MAMMUT

Roman der Eiszeit

GREGORY FULLER

MAMMUT

Roman der Eiszeit

Casimir Katz Verlag

Für Michi

Satz: Casimir Katz Verlag, Gernsbach
Druck: Clausen & Bosse, Leck
Umschlagsgestaltung: Zembsch' Werkstatt, München
ISBN: 3-925825-26-6

Inhalt

Der Mammut-Mensch

Als Aiyuk aufwachte, erinnerte er sich sofort: Nur noch ein einziger Tag und eine einzige Nacht.

Er zitterte und fuhr sich durch den roten Vollbart. Die große Angst, die jeder Jäger kannte, stieg in ihm auf. Er fühlte das Angststechen in der Brust und dann im Hals. Die Finger krallten sich im Bart fest. Da Aiyuk noch in seinem Wisentfell lag, sah niemand seine Bewegungen und seine vor Angst weit aufgerissenen Augen.

Die Anspannung ließ allmählich nach: Immer stärker drangen die vertrauten Laute des frühen Morgens zu ihm. Er hörte das Zischen der Renfilets auf den heißen Steinen am Feuer, er hörte das Knistern des Feuers, das Weinen von Fagayuks Kleinkind. Allmählich wich Aiyuks Beklemmung.

Als Junge hatte er der Bärenjagd oft zugesehen. Damals war er weder schnell noch stark genug gewesen, um daran teilzunehmen. Doch gestern hatte er sich bereit erklärt, allein zu gehen. Keiner hatte etwas dagegen einzuwenden gehabt. Der kluge Eschona war einer der erfahrensten und vorsichtigsten Jäger, und er hatte nur zustimmend genickt. Alle hatten gefühlt, daß dies der richtige Zeitpunkt sein würde. Also war morgen die Reihe an Aiyuk. Meistens war es so: Wenn alle dasselbe fühlten und von der Richtigkeit der Handlung oder der Worte überzeugt waren, wurde nichts mehr besprochen.

Aiyuk warf sein Wisentfell beiseite und band sich seine

kniehohen Fellschuhe um. Weil ihn fröstelte, legte er das Wisentfell um die Schultern, ohne es zuzuknöpfen. Dann stand er schnell auf, ging einige dutzend Schritte vor den Höhleneingang und urinierte. Aus dem prallen Waschsack ließ er Wasser ins Gesicht spritzen und wusch sich kurz. Direkt hinter dem großen gemeinschaftlichen Feuer am Höhleneingang lagen die Reste des letzten vorrätigen Renkadavers. Aiyuk wischte sein Faustkeilmesser im frischen, knöcheltiefen Schnee ab und schnitt sich ein hartes Fleischstückchen ab, um es zu rösten.

„Du mußt mehr essen", sagte der alte Tore. „Sonst bist du morgen nicht schnell genug."

Aiyuk zählte achtzehn Sommer, und Tore war mehr als doppelt so alt und noch zehn Sommer dazu. Genau wußte er es nicht. Von Rheuma gequält, wie fast alle alten Menschen, ging Tore halb gebückt. Seine Finger waren von der Arthritis gekrümmt. Obwohl seine Hüftgelenke immerzu schmerzten, obwohl er den kurzen Wurfspeer nicht mehr so geschickt handhabte wie noch vor ein paar Sommern – Tore hatte überlebt und war uralt geworden, beinahe fünfzig Sommer.

Aiyuk lächelte und nahm das saftige Stückchen Fleisch, das ihm Tore anbot. Lange schaute ihn Tore besorgt an und drehte sich unsicher weg. Aiyuk setzte sich ans Feuer.

Er aß langsam, denn während er still vor sich hinkaute, stieg die große Angst wieder in ihm auf. Um sich nicht zu verraten, blickte er lange ins Freie, in die große weite Schneebene. Die grauen Schneewolken des langen Winters waren verschwunden. Die Sonne schien, aber sie wärmte noch nicht. Aiyuk zog sein Wisentfell enger an den Körper. Unter dem dicken Fell, nur im dünnen Hirschrock, fröstelte ihn – obwohl der Atem nicht so voll und weiß war wie in den letzten Tagen. Niemand sprach. Plötzlich wurde Aiyuk aufgeschreckt durch das Zischen von Renfleisch auf dem heißen Stein neben sich. Er schaute auf.

„Jetzt ist es nicht mehr so kalt. Es ist Zeit", sagte Kukikatugak und hockte sich neben seinen Freund Aiyuk.

Wieder fühlte Aiyuk die Angst in der Brust; denn Kukikatugak meinte: Es ist Zeit, den Bären aus der Höhle zu holen, bevor er vom langen Schlaf erwacht.

Kukikatugak, der Aiyuks Angst spürte, lachte und sagte: „Es ist Zeit, wieder Bärenschinken in meinen Magen zu bekommen."

Aiyuk und die anderen lachten. Die Angst verschwand. Aiyuk wußte, auf den starken Arm seines großen Freundes Kukikatugak konnte er vertrauen, wenn der riesige Höhlenbär hinter ihm herrannte. Kukikatugak war stark wie der Bär. Er sah auch aus wie ein Bär mit seinem zottigen schwarzen Bart und seinem ausufernden Haarbusch. Mit seinem mächtigen Oberkörper und den buschigen Haaren überragte er Aiyuk um einen ganzen Kopf. Aiyuk nannte Kukikatugak manchmal „Bär", oft auch im Spaß „wolliges Nashorn" oder „kleines Mammut". Gleichgültig, wie sehr er sich über den Riesen Kukikatugak lustig machte, nie wurde Kukikatugak ernsthaft böse. Über die Dinge ärgerte er sich, nicht aber über die Menschen. Überhaupt war es ungewöhnlich, daß sich ein Mensch über einen Menschen ärgerte; das galt als schlechte Sitte.

Nein, dachte Aiyuk. Ich brauche keine Angst zu haben. Die anderen werden mich beschützen. Kukikatugak wird mich beschützen.

Und da war noch Eschona, der mit über fünfunddreißig Sommern zu den besten Jägern zählte, und der von allen hochgeachtet wurde. Das galt auch für Fagayuk, die Frau, bei der Eschona lag. Fagayuk, die fruchtbare Fagayuk, und Eschona lagen schon viele Sommer zusammen und bildeten auch meist ein Jagdgespann, wenn sich die Großgruppe zur Jagd aufspaltete. Ganz allein hatten die beiden eine große Bärin getötet. Wer Fagayuk und Eschona und Kukikatugak hinter sich wußte, der mußte keine Furcht haben.

Mit dem stillen Gukall, der so viele Sommer zählte wie Aiyuk, kam noch die kleine Lucuwat, die Tochter von Fagayuk und Eschona. Alle setzten sich ans Feuer und aßen. Fagayuk nahm das Kleinkind an ihre große, pralle Brust.

Dann kam der außer Tore älteste Mammut-Mensch und setzte sich mühsam. Es war die alte und geduldige Tunulig, die wie der weißhaarige Tore vom Rheumatismus geplagt war. Nun waren fast alle Mammut-Menschen am Feuer.

Sie nannten sich Mammut-Menschen: Es war nicht so, daß sie das Mammut vor allen anderen Tieren achteten. Es war nicht so, daß sie es besonders gefürchtet hätten, denn Mammuts wurden nicht allzu oft gejagt. Es war auch nicht so, daß sie es besonders oft jagten oder auch nicht; nein, das war nicht der Grund, daß sie sich Mammut-Menschen nannten. Irgendwann, vor langer Zeit, hatte die Gemeinschaft ein besonders großes Mammut erjagt, und so nannten sie sich Mammut-Menschen, um das Ereignis zu feiern. Früher hieß die kleine Gemeinschaft „Hasen-Menschen"; warum, das wußte auch die kluge Tunulig nicht. Wenn sie sich „Mammut-Menschen" nannten, wußte jeder, wer sie, im Unterschied zu den anderen Gemeinschaften, waren. Daher gab sich jede Gemeinschaft einen Namen, von denen die meisten Ursprünge unbekannt waren. Die Mammut-Menschen trafen jeden Sommer mit den Pferde-Menschen zusammen. Alle paar Sommer sahen sie auf der großen Wanderung die Wisent-Menschen. Nur gelegentlich traf man die Fuchs- und die Hirsch-Menschen.

Einer nach dem anderen bemerkte, daß die alte Tunulig ins Leere gestarrt hatte.

„Wir können alles aufessen", sagte sie plötzlich. „Morgen werden wir einen großen Bären töten."

Alle blickten Tunulig an. Tunulig war Alt-Mensch. Wenn der Alt-Mensch etwas sagte, nachdem er ins Leere geschaut hatte oder die Augen geschlossen hielt, dann geschah das Vorhergesagte.

Kukikatugak stieß seinen Freund Aiyuk an; beide nickten, und Kukikatugak verzog die Mundwinkel zu einem Lachen.

„Bärenschinken", sagte er.

Tunulig war Alt-Mensch. Alt-Mensch wurde die Frau oder der Mann, der das Große Gefühl bekam. Tunulig wußte nicht mehr als die anderen. Ebenfalls spielte das Alter keine Rolle, obwohl meist die Älteren Alt-Menschen wurden. Bei den Wisent-Menschen war ein unscheinbares Mädchen Alt-Mensch, die noch keine zwölf Sommer zählte. Alt-Menschen bekamen einfach das von den Menschen so genannte „Große Gefühl" für die Dinge, die kein Mensch sehen konnte. Meistens jedoch besaß Tunulig kein Gefühl für die Dinge hinter den Dingen. Bekam sie es jedoch, irrte sie nie.

„Nur ein einziger Bär?" fragte Kukikatugak zaghaft.

„Ich sehe es nicht", antwortete Tunulig langsam.

„Ich sehe nur einen gefährlichen, großen Bären, der schnell rennt. Ich sehe nicht wieviele."

Kukikatugak schwieg. Tunulig begann wieder zu essen. Das Große Gefühl war vorüber.

Aufgeregt stand Aiyuk auf. Er konnte nicht länger ruhig am Feuer sitzen. Er ging zu seiner Schlafstätte und legte seine Muschelhalskette um. Am Kopfende seiner Schlafstätte, die mit trockenen Farnen und Gräsern gepolstert war, lag sein Speerwerfer, in dessen gehaktem Ende man den kurzen Wurfspeer einlegte. Aiyuk nahm Speerwerfer und Wurfspeere in die Hand und trat ans Feuer.

„Oschet soll nicht zu lange Augen-Mensch sein. Sie hat Zahnschmerzen. Ich werde sie jetzt schon ablösen."

Niemand antwortete. Natürlich war es richtig, sie früher als es ihr zustand abzulösen. Es war aber auch richtig, daß Oschet trotz ihrer Zahnschmerzen Wache hielt, denn alle Aufgaben mußten erfüllt werden. Und ein wenig krank war immer jemand.

In der frischen Morgenluft bestieg Aiyuk den Felsen, der über der Höhle vorkragte. Es ging immer höher und steiler bergauf. Dann, nach kurzer Zeit, war Aiyuk auf der Hochebene angelangt, hundert Schritte über der Höhlenöffnung.

Auf ihren Langspeer gelehnt wartete Oschet auf Aiyuk. Keuchend kam er ihr entgegen; er hatte sich beeilt.

Oschet lächelte trotz ihrer geschwollenen Wange, zeigte aber ihre Zunge nicht. Es war nämlich Sitte, daß ein Mensch dem anderen Menschen die nach unten gerollte Zunge – so daß die Zungenspitze im Mund blieb – zum Gruß zeigte. War die Zunge rosig, wußte jeder: Du bist gesund. War die Zunge aber dunkel oder streckte man sie nicht heraus, so war klar: Weil der Geist eines Tieres in dir ist, bist du krank. Darum werden wir dir helfen, dich vom Geist zu befreien.

Oschet und Aiyuk streichelten einander kurz am Oberarm entlang. Auch dieser Gruß war Sitte: Ich bin dir gut, mein Arm soll deinen Arm schützen und dein Arm soll meinen Arm schützen.

Oschet hatte ihr Wisentfell dicht ans Gesicht gedrückt. Aiyuk streichelte Oschets Haare und sagte: „Bald werden wir das Pferd malen, dessen Geist in dir wohnt. Dann vergeht der Schmerz."

Oschet nickte und kletterte zur Höhle hinab.

Das Wachfeuer, das Wölfe, Löwen und unruhige Geister fernhielt, war ausgegangen. Da aber die Sonne immer stärker zwischen den hohen, dünnen Wolken hindurch schien, brauchte Aiyuk kein Wachfeuer. Schließlich hatte er seine Muschelkette übergezogen; sie hielt die Tiergeister fern, das wußte jeder.

Oschet war nun nicht mehr zu sehen. Ab und zu hörte Aiyuk die Rufe der spielenden Kinder und das Hämmern des Faustkeils. Aiyuk war allein. Er ging auf und ab und blickte in alle Richtungen. Er konnte die ganze Hochebene übersehen; dann blickte er weit hinab ins breite Tal bis hin zu den großen Bergen. Nichts regte sich; nun waren Oschets Schritte nicht mehr zu hören. Das Klopfen des Faustkeils hatte aufgehört. Niemand war zu sehen, kein einziges Tier. Diesen Augenblick hatte Aiyuk am meisten gefürchtet: er war allein. Er konnte nicht einmal auf den Wind horchen. Allein sein hieß: in Gefahr sein, vom Geist eines nichtgemalten Tieres gepackt zu werden, der den Menschen krank machen könnte. Er zupfte an seinem

Muschelhalsband, das die Geister fernhalten sollte. Es klirrte leise. Allein zu sein: das war der Tod.

Lange Zeit verging. Nichts regte sich. Wieder hatte das Klopfen der Faustkeile eingesetzt, neue Messer und Speerspitzen wurden für die Bärenjagd vorbereitet. Mit Langspeeren, Kurzspeeren und Speerwerfern bewaffnet sah er den jagderfahrenen Doregak, die schnelle und gewandte Hikiijaut und Gukall, den Stillen, über die Ebene gehen, um die Hasenfallen zu prüfen. Schließlich wurden sie ganz klein, dann verschwanden sie in der großen, weiten, weißen Tundra. Bis auf die Faustkeile war es still.

Jetzt bin ich allein, ich bin Augen-Mensch, dachte er. Morgen aber habe ich viele Arme. Kann ein Bär gegen viele Arme kämpfen? Viele Arme sind das Leben, viele Arme schützen mich. Zwei Arme sind allein. Deswegen mußt du sterben, Bär. Aber du brauchst keine Angst um deinen Geist zu haben: Wir werden dir ein großes Bild malen, du wirst zufrieden sein und Ruhe finden. Bär: Wenn wir dich töten, wirst du ruhig sein. Dein Tod ist unser Leben, also bist du ein Bär für den Menschen. Nie würden wir dich töten, wenn wir dich nicht brauchen würden, Bär. Wenn du leben willst, tötest du nicht das Ren und den Hirsch? Und dabei kannst du ihr Bild nicht malen. Aber wir werden dein Bild malen. Fürchte dich nicht, wenn dein Geist entschwebt. Höre mich, Bär, in den Bergen über dem Tal: Wir bitten dich um dein Leben, das du liebst und das wir achten. Wir sind dir dankbar.

Aiyuk hatte keine Angst mehr. Der Bär, der doch selbst einmal ein Mensch gewesen war, verstand ihn. Der Bär würde ihm sein Leben geben und Aiyuks Leben schonen. In diesem Augenblick war es vollkommen still, vollkommen windstill. Das bedeutete: In der Stille konnte ihn der Bärengeist hören, und wer gehört wurde, war verstanden worden. Für Aiyuk gab es keine Gefahr.

Noch viele Stunden ging Aiyuk auf und ab. Gukall, Hikiijaut und Doregak waren längst zurückgekehrt.

Schritte wurden lauter. Die Wachablösung kam. Es war

Eschona, der bei allen Mammut-Menschen hoch in Ansehen stand.

Aiyuk und Eschona begrüßten einander mit Zungengruß und Streicheln.

„Bist du auch schnell genug für den Bären?" fragte Eschona lächelnd.

„Ich werde noch den Hasensprung üben", sagte Aiyuk im Gehen.

Eschona nickte und legte ihm die Hand auf die Schulter. Aiyuk kletterte schnell und behend zur Höhle hinab. Immer wieder, jedes Mal, nachdem er Augen-Mensch gewesen war, durchströmte ihn das Glücksgefühl, das jeder kannte. Er war wieder unter Menschen.

Unten, in der Ebene vor der Höhle, wartete sein Freund Kukikatugak schon auf ihn. Er hielt ihm gebratenes Hasenfleisch hin. Aiyuk aß im Stehen, während er und Kukikatugak die Spiele besprachen. So war das bei den Mammut-Menschen: Immer einigten sie sich, bevor sie etwas unternahmen. Ohne Einigkeit gab es keine Wanderung, kein Essen, keine Jagdspiele und auch keine Jagd. Und so war es auch bei Aiyuk und seinem Freund Kukikatugak, denn sie waren immer zusammen. Meistens aßen sie zusammen, immer übten und jagten sie nebeneinander. Morgen würden sie sich zum ersten Mal trennen, da Aiyuk kleiner, flinker und schneller war als der große, schwere Kukikatugak. Aiyuk war der Bärenköder.

„Werfen wir zuerst, dann rennen", schlug Kukikatugak zuletzt vor.

„Wo ist die arme Oschet mit ihrem Zahnschmerz? Sollen wir den Geist des Tieres, der in ihr war, nicht malen?"

„Tunulig hat den Abszeß aufgeschnitten. Eschona und ich mußten sie halten. Jetzt schläft sie."

Aiyuk und Kukikatugak legten einige alte Felle auf den Schneewehen aus. Lange warfen sie mit den kurzen Wurfspeeren auf die Felle. Später kamen Teschadjuk und Hikiijaut hinzu.

Teschadjuk und Hikiijaut nannte man „die Unzertrennlichen". Sie waren zwar nicht Schwestern, waren aber zusammen aufgewachsen. Beide hatten sogar äußerliche Ähnlichkeit miteinander: sie waren schlank, sehnig, brünett, beide zählten sechzehn Sommer, beide waren gesprächig, immer zu Scherzen bereit, und beide waren außerordentlich gute Jägerinnen. Nur in einem hatte Hikiijaut es der Teschadjuk voraus: mit ihren langen Fingern vermochte Hikiijaut den Speerwerfer besonders geschickt zu halten und den Speer viel später loszulassen als Kukikatugak mit seinen dicken Fingern. Hikiijauts Speer flog in einem hohen Bogen und mit einer Eleganz, die selbst alte Jäger wie Tore erstaunte. Alle lachten und freuten sich, wenn Hikiijauts Speer das Ziel in einem besonders hohen Bogen traf.

Dann stellten Aiyuk und Kukikatugak alle hundert Schritt einen Speer auf. Morgen war für Aiyuk der Tag der Beine, nicht der Tag des Speeres.

Das Hindernisrennen, das die Mammut-Menschen den Hasensprung nannten, wurde von Aiyuk begonnen. Als ob ihn der Bär verfolgte, so mußte er von Speer zu Speer rennen und um jeden Speer einen Haken schlagen. Dann wurde nur noch der letzte Speer stehengelassen. Nun kam der Alt-Mensch, die weit in die Zukunft sehende Tunulig, langsam herbei. Den täglichen Spaß des Wettrennens ließ sie sich nicht entgehen; es war aber kein Spiel. Von Aiyuks Schnelligkeit hing morgen sein Leben ab.

Schweratmend kamen Aiyuk und Hikiijaut, dicht gefolgt von Teschadjuk, am Ziel an.

„Komm Mammut, komm Nashorn", riefen alle, als Kukikatugak keuchend ankam.

„Hasen, Hasen", schnaufte Kukikatugak müde. „Pferde, Pferde, du Pferde-Mensch", sagte er zu Aiyuk.

Aiyuk lachte nicht mehr und versetzte Kukikatugak einen Stoß gegen die Schulter. Erstaunt wich Kukikatugak einen Schritt zurück. Alle schwiegen betreten.

„Ich bin ein Mammut-Mensch", sagte Aiyuk ruhig. Er fühlte Tunuligs Blick. Sie sagte nichts. Aiyuk errötete und drehte den Kopf zur Seite. Ein Mensch schlägt den anderen Menschen nicht, hatte Tunulig gesagt. Ein Mensch beschützt den anderen Menschen.

Tunulig wandte sich ab und ging in die Höhle zurück. Niemand sagte etwas. Das Spiel war zu Ende. Aiyuk ging zu Kukikatugak und legte den Kopf an seine Schulter. Kukikatugak umarmte ihn. Sie gingen zur Höhle zurück. Aiyuk mußte sich nicht mehr schämen; Kukikatugak hatte ihm verziehen. Nie würde jemand den Vorfall erwähnen.

Als sich Aiyuk in sein Wisentfell legte, hatte er plötzlich einen Gedanken: Aber Tunulig hat Kukikatugak nicht korrigiert. Er hat also recht. Ich bin ein Pferde-Mensch und kein Mammut-Mensch wie alle anderen. Aber warum bin ich ein Pferde-Mensch?

Aiyuk schlief darüber ein, und als er aufwachte, war es schon Nacht. Das Feuer knackte laut.

„Wir haben dich schlafen lassen", sagte Kukikatugak, der neben ihm schlief und sich nun zu ihm herüberbeugte. „Morgen mußt du schnell sein. Aber habe keine Angst. Ich bin da mit meinem Speer."

Aiyuk legte vor Scham seinen Kopf auf Kukikatugaks Arm. Wer für einen solchen Menschen wie Kukikatugak das kleine Gefühl hatte, so daß er ihn ganz besonders beschützte, brauchte keine Angst zu haben. „Das kleine Gefühl": so nannten die Mammut-Menschen die Freundschaft.

Immer heller loderte das Feuer. Alle Mammut-Menschen, außer Aiyuk und der schlafenden Oschet, saßen am Feuer. Aiyuk dachte aber nicht nur an die Bärenjagd. Immer wieder sagte er zu sich: Es ist also wahr, worüber niemand mit mir sprechen wollte: Ich komme von den Pferde-Menschen.

Am Feuer aber sprach man nur über den Bären. Die Bedrückung der letzten Tage, als es immer weniger zu essen gab, war gewichen. Von seiner Schlafstätte aus hörte Aiyuk die Worte „– Bär – gefährlich – Bärin – Hunger –

Bärenjunges – ", und immer mehr vergaß er seine Zweifel, immer mehr dachte er an den Bären und an seine besonders gefährliche Aufgabe morgen. Die Stimmen am Feuer wurden lauter. Eschona und Fagayuk, bei der er lag, hatten begonnen, Bärenlieder zu singen. Die eigentümliche Hochstimmung vor einer gefährlichen Jagd, die Aiyuk so gut kannte, breitete sich immer mehr aus. Sie fand ihr Ende in der Bärengeschichte, die Tunulig, der Alt-Mensch, erzählte.

„In einer Zeit vor unserer Zeit, die niemand mehr kennt, war alles warm. Es gab kein Mammut und es gab keinen Bären, aber es gab den Menschen. Und der Mensch fror nicht, denn immer gab es Sonne und Früchte an den Bäumen, und alle Menschen aßen, ohne daß sie gezwungen waren, große Tiere zu töten. In den Flüssen gab es immer Fische, die sich für die Menschen von den Harpunen aufspießen ließen.

Und da sagte die Sonne zum Menschen, daß sie nicht mehr mit dem Wind und den schweren Wolken kämpfen wollte. Die Sonne sagte: Ich bin müde, laßt mich lange schlafen. Also ging die Sonne schlafen, und alles wurde kalt und immer kälter. Um warm zu bleiben, mußte der Mensch die Tiere töten. Um warm zu bleiben, mußte der Mensch in Höhlen wohnen. Weil die Menschen aber noch nie in Höhlen gewohnt hatten, verirrten sich ein paar Menschen tief in den Höhlen, anstatt am Höhleneingang zu schlafen. Weil sie müde wurden, schliefen sie ein. Sie wären gestorben, wenn ihnen nicht während des Winters ein Fell gewachsen wäre. Als sie nach dem langen Winter aufwachten, wollten sie sprechen; doch Sprache hatten sie keine. Und als sie nach dem langen Winter ihre Harpunen ergreifen wollten, hatten sie keine Hände, sondern Tatzen. Und statt Haut hatten die Menschen ein Fell bekommen. So wurde der Mensch zum Bären. Darum achten wir den Bären besonders, denn der Bär, den wir morgen töten, war einst ein mächtiger Mensch. Wir geloben dir, Bär: Wir werden dir ein schönes Bild malen und deinen Geist zufriedenstellen. Wir achten dein Fleisch und bitten dich, uns dein Leben zu geben, denn dein Tod ist unser Leben. Freund: du gibst uns das Leben."

Der Bär

Als Aiyuk Speere, Speerschleuder und Wisentfell auf den Boden legte, hatte die Fackel noch geflackert. Jetzt war alles still. Der schwarze Rauch stieg steil nach oben. Aiyuk blieb stehen. In seinem dünnen Hirschfellrock, der ihm bis zur Mitte des Oberschenkels reichte, fröstelte ihn.

Ich höre nichts. Seid ihr schon aufgewacht, Bären? Ich habe versprochen, euch zu malen, und wir werden es tun. Habt keine Angst.

Er wechselte die Fackel in die linke Hand und leuchtete in die Dunkelheit hinein. Ein schwerer Tropfen der feuchten Decke klatschte neben ihm auf den Steinboden; Aiyuk zuckte zusammen. Das Hämmern in ihm, das er auf dem Weg zur Höhle bezwungen hatte, begann wieder. Da entdeckte er die Kratzspuren der Bärentatzen an den Wänden, tief im Gestein eingeritzt. Es hämmerte weiter in ihm und ebbte erst ab, als er dachte: Hikiijaut und Kukikatugak hatten mit ihm gescherzt, oft die Hand auf seine Schulter gelegt und seine Haare gestreichelt. Sogar die kleine Lucuwat, die zum Zusehen mitgenommen war und die Aiyuk an der Hand führte, nannte ihn zum ersten Mal den Bärenjäger. Obwohl es noch gefährlichere Tiere gab – den Löwen und das Mammut – war es doch etwas besonderes, Bärenjäger zu sein. War denn der Bär nicht einst ein Mensch gewesen?

Der Bärengeruch wurde immer stärker.

Ich rieche euch immer mehr, Bären. Könnt ihr mich schon sehen? Habt ihr Angst vor der Fackel?

Er blieb wieder stehen. Ein Seitengang zweigte ab; er wußte, daß er zuerst dem Seitengang folgen mußte, denn es war die erste Regel der Bärenjagd, nie einen Bären hinter sich zu haben.

Wer in den Haupteingang geht und aus dem Seitengang den Bären übersieht, der hat einen Bären von vorne und von hinten, der muß sterben. Ich will nicht sterben.

Aiyuk ging schnell durch den Seitengang, denn der Bärengeruch wurde schwächer. Schließlich wurde der Gang zu eng, als daß ein Bär hätte weitergehen können. Aiyuk drehte sich erleichtert um. In diesem Moment hörte er ein Rascheln zu seiner Rechten, dann bewegte ein kaum fühlbarer Luftzug die Flamme der Fackel. In einer Angst, die ihn beinahe lähmte, warf sich Aiyuk mit dem Rücken gegen die Wand und streckte die Fackel so weit vor sich her, wie er es nur vermochte.

Allein zu sein: das ist mein Tod.

Bevor Aiyuk es überhaupt wahrnehmen konnte, war der Polarfuchs schon an ihm vorbei. Der weiße, buschige Fuchsschwanz zuckte kurz im Fackellicht und verschwand. Innerhalb von Sekunden war das leicht hüpfende Geräusch der Pfoten verhallt.

Aiyuk hatte sich nicht bewegt. Er begann zu zittern.

Kukikatugak hätte gelacht, gelacht hätte er. Er ist so viel stärker als ich. Hätte er gelacht, wenn er allein gewesen wäre? Allein zu sein ist auch sein Tod. Ein Fuchs! Wie konnte ich die Füchse vergessen.

Er schämte sich: kann ein Jäger ein Tier vergessen?

Im Hauptgang war alles ruhig.

Nicht mehr zittern, nein, ich zittere nicht, ich zittere nicht, es ist gut. Bald bin ich wieder bei meinen Menschen. Ja. Eschona und Fagayuk, die viele Bären getötet haben, und Kukikatugak, und Hikiijauts Speer.

Aiyuk ging schneller und leuchtete nun im Halbkreis vor sich her. Der Bärengeruch wurde stärker, sogleich jedoch schwächer. Aiyuk blieb stehen. Da sah er es: die Schlafstätte der Bären, mit Knochenresten bedeckt, war leer. Er kniete hin und fuhr über den Boden. Kein Bärenkot, aber viele Bärenhaare.

Das Tageslicht wurde immer heller, Aiyuk rannte ins Licht. Hinter den Felsbrocken zur Linken und Rechten sah er Arme und Speere.

„Kein Bär, kein Bär!" rief er.

Langsam standen Fagayuk, Hikiijaut, Eschona, Gukall, Tore und Teschadjuk auf. Ärgerlich warf Kukikatugak den Speer in den Schnee.

„Es gibt eine andere Höhle", sagte Fagayuk ruhig.

Gukall sagte zu Aiyuk: „Wenn du willst, werde ich das nächste Mal gehen."

Aiyuk schüttelte den Kopf und legte ihm die Hand auf die Schulter.

Dieses Mal war es leichter, vor der Höhle die Waffen abzulegen. Kukikatugaks Ärger hatte sich gelegt. Er lachte leise: „Geh, Fuchsjäger!" Aiyuk grinste und umfaßte die Fackel. Mit schnellen Schritten drang er ins Innere. Bald aber wurden die Schritte langsamer; er blieb stehen.

Wieder allein. Wieder nur zwei Arme und kein Speer, kein Speer, ein nutzloser Speer in einer engen Höhle, ein Speer, der überall anstößt, ein Speer, der den Bären nur verletzt, damit er schneller rennt, nein, ich brauche keinen Speer. Ich brauche die Fackel, ja die Fackel, die den Bären aufweckt und am Fell kitzelt.

Die Nutzlosigkeit seines Speeres gab ihm Mut. In dieser Höhle war der Boden noch feuchter als in der anderen, der Lehm wurde dicker. Aiyuk hörte seine langsamen Schritte. Bei jedem Schritt sank sein Fuß ein wenig ein und wurde mit einem leichten Sauggeräusch abgezogen. Die Fackel wackelte und schlug leicht gegen die vorkragende Wand.

Die Fackel, ich darf die Fackel nicht verlieren, die Fackel verlieren, und ich muß umkehren. Wenn der Bär hinter mir her rennt und ich die Fackel verliere? Er riecht mich, und ich sehe nichts, und ich bin tot, ich bin tot. Bär, hast du mich nicht gehört? Wir werden malen, Bär.

Plötzlich blieb Aiyuk stehen. Vor ihm gab es nur ein

Loch: die Decke hatte sich gesenkt, nun mußte er kriechen. Die Decke hatte sich auf Gürtelhöhe eines Jägers gesenkt. Er entschied: es ist breit wie zwei Bären und so hoch wie ein Bär auf allen Beinen.

Der Lehm hatte aufgehört, es war leicht, auf dem glatten Fels auf den Knien voranzukommen. So plötzlich wie die Decke sich gesenkt hatte, stieg sie nun steil nach oben, so weit, wie Aiyuk nicht zu leuchten vermochte. Nun waren Wände und Boden mit Tropfsteinen bedeckt. Aiyuk leuchtete im Kreis umher. Es blitzte und glänzte ringsum; er staunte und vergaß für einen Augenblick seine Angst. Dann brachte ihn das hohle Klatschen eines Wassertropfens zur Besinnung. Er horchte, und das Hämmern in ihm wurde lauter.

Er ist da. Ich spüre ihn. Er ist da. Bär!

In diesem Augenblick sog er den schweren Duft der Bären ein, den er vor dem Engpaß noch nicht riechen konnte.

Aber wohnt der Bär in der Wasserhöhle?

Das Ungeheuerliche seiner Frage wurde ihm langsam klar. Er wußte: kein Bär wohnt dort, wo es naß ist. Vorsichtig, ohne den geringsten Laut, atmete er. Er atmete – den Bären. Nichts regte sich. Aiyuk blieb lange ohne sich zu rühren. Er atmete, er atmete nur. Mit jedem Atemzug wurde das Pochen in ihm ruhiger, dumpfer.

Es muß, es muß einen Seitengang geben. Einen Seitengang, der trocken ist.

Behutsam, ganz behutsam setzte er den linken Fuß vor, dann den rechten, dann den linken. Er blieb stehen und leuchtete. Dann sah er den riesigen, dunklen Spalt. Das Pochen wurde zu einem Hämmern, das Hämmern wurde zu Zittern. Sein rechter Arm mit der Fackel bewegte sich wie im Wind.

Allein zu sein: das ist der Tod.

Der Bärengeruch war nun in ihm. Um ihn herum glitzerte die Höhle im Fackellicht.

Die Fackel nicht verlieren, wenn ich krieche, den Lehm

nur mit dem Fußballen berühren, auf die vorkragende Wand aufpassen, aufpassen!

Das Zittern wurde übermächtig, seine kleine, weiße linke Hand griff instinktiv nach dem Speer und krallte sich dann in seinem Bart fest.

„Ich komme, Bär!" rief er und sprang vorwärts, auf die Spalte zu, ein, zwei Schritte. „Ich komme!"

Das Hallen seiner Stimme feuerte ihn an – das Hallen war wie viele Stimmen, Stimmen von Menschen. Er sprang in den Spalt und sah das riesige Bärenfell vor sich. Zuerst war es ruhig, dann regte es sich und bewegte sich hin und her. Aiyuk schwang die Fackel im hohen Bogen von oben nach unten und sengte das Bärenfell an.

Die Tatze, die nach ihm schlug, sah er schon nicht mehr. Er war mit einem großen Sprung wieder in der Tropfsteinhöhle. Als er an der niedrigen Decke angelangt war, erschütterte ihn das Brüllen; es preßte sich in die Ohren. Aiyuk rutschte auf dem glatten Stein aus, fing sich, riß das Knie auf und fiel wieder der Länge nach hin. Im Fallen aber glitt er durch den Engpaß hindurch und hielt erst an, als sein Gesicht vom feuchten Lehm bedeckt wurde.

Augen! Meine Augen, Fackel!

Mit der linken Hand wischte er über die Augen, und dann hörte er es dicht hinter sich, das aufgeregte Keuchen und nochmals ein Brüllen. Wieder auf den Knien drehte er sich um und stieß die Fackel in Richtung des Bären. Kurz, ganz kurz sah Aiyuk zwei Augen und das Glänzen eines einzigen langen Zahns. Dann schlossen sich die Augen, blinkten, öffneten sich. Der Bär, noch im Engpaß, blieb stehen. Aiyuk nutzte den Augenblick, stolperte, griff sich ans blutige Knie, stand auf, sackte kurz zusammen und spurtete dann aus der Hocke nach vorne. Das Zittern war verschwunden. Er rannte. Die Fackel wippte so laut, daß Aiyuk das Pfropf-Geräusch der Bärentatzen im Lehm nicht hören konnte. Auch das Brüllen hörte er nicht. Das Blut an seinem Knie gab es nicht.

Der Fels, da oben, da!

Er rannte, rieb den Oberarm, dann die Hand an den Felswänden, rannte weiter. Knie, Handrücken und der aufgeschürfte Oberarm bluteten immer stärker. Der schwere Atem war wieder dicht hinter ihm. Die Krallen schlugen bisweilen gegen die Felswand, und ein hohles, hastiges Kratzen hallte durch den Gang. Eine Sekunde lang gab es kein Geräusch: der Bär war mit der Schnauze gegen den vorkragenden Fels gestoßen. Er brüllte nochmals und lief noch schneller. Aiyuk rannte nicht mehr: er sprang in großen Sätzen. Um die nächste Ecke sah er das Licht, das Sonnenlicht, noch zwei Sprünge und er rannte, dicke, rote Blutstropfen hinterlassend, auf dem Schnee. Die Fackel warf er beiseite. Licht!

Er sah Arme, Speere, sah Köpfe, deren Gesichter er nicht wahrnehmen konnte. Aiyuk rannte zu der Stelle, wo er seine Speere hingelegt hatte. Unmittelbar am Höhleneingang war der Bär, geblendet, stehen geblieben. Er schnupperte mit leichten Kopfbewegungen. Dann richtete er sich auf und breitete die Pranken aus.

Im Umdrehen hörte Aiyuk das Zischen der Speere. Drei, vier Speere drangen in die Seite und Brust des Bären ein. Er brüllte laut, dann leiser. Das letzte Brüllen war mit dem Gurgeln des Bluts, das ihm aus dem Mund schoß, vermischt. Der Bär machte einen kleinen Schritt nach vorne und rollte dann über die Schulter ab. Er blieb vor Aiyuk liegen, reckte sich mit ausgestreckten Krallen und starb.

Aiyuk sagte nichts. Er senkte den Arm mit dem Speer und der Speerschleuder und schaute den Höhlenbären an. Männer und Frauen standen auf. Hikiijaut sprang vor Freude über den Felsbrocken, hinter dem sie sich versteckt gehalten hatte. Die kleine Lucuwat sprang an ihrer Mutter Fagayuk hoch. Eschona stand daneben und sagte zwei Worte, die von Lucuwats Freudengeschrei übertönt wurden. Dann wiederholte er die Worte. In diesem Augenblick geschah es:

Hikiijaut und der eifrige Kukikatugak hatten vor Freude ihre Speere in die Höhe geworfen; Eschona rief: „Erst abwarten!" und dann schoß ein zweiter Bär aus der Höhle, gerade auf Hikiijaut zu, die links von Aiyuk stand und keine Waffe hielt. Sie warf sich, rollte beiseite, stand auf und rannte davon. Der Bär war auf genau die Stelle gesprungen, an der sie gestanden hatte. In der Zeit, in der Aiyuk den Arm mit Speerschleuder und Speer hatte hochheben können, hatte er seinen Speer abgeschossen. Der Bär aber war mit einer solchen wuchtigen Schnelligkeit aus der Höhle gespurtet, daß Aiyuks Speer lediglich sein Fell streifte. Rechts von Aiyuk stand nur noch der alte Tore; auch er hatte, erfahrener in Bärenangriffen, sofort den Speer geworfen. Doch der Bär, der jetzt ganz auf der anderen Seite des Höhlenvorplatzes rannte, war zu weit weg. Der Speer klackte gegen das Gestein und splitterte entzwei. Aiyuk sah nur noch, wie Fagayuk mit einem gezückten Speer dastand, als der Bär Hikiijaut schon beinahe erreicht hatte; er sah nur noch, wie Kukikatugak beiseiterollte und schrie. Denn da geschah das für ihn Unfaßbare, da geschah, was noch keinem Mammut-Menschen seit Menschengedenken passiert war. Ein dritter Bär, eine etwas kleinere Bärin, schnupperte ganz kurz und rannte, ohne sich aufzurichten, auf Aiyuk zu.

Sterben, jetzt, wo ist mein Speer, weg!

Und mit dem Speer in der Linken, ohne daß er hätte werfen können, drehte er sich in rasender Eile um. Er sprang über den kniehohen, breiten Felsbrocken, hinter dem sich Tore verborgen gehalten hatte und rannte am Abhang entlang auf dem Höhlenplateau. Tore stob davon. Aiyuk sah ihn nur aus den Augenwinkeln.

Jetzt, weg, der Bär, mich nicht gehört, zu Ende schon, erste Bärenjagd, wohin, wo ist Kukikatugak, helft mir!

Er rannte um sein Leben, blutete und schwitzte und fror zugleich. Die Panik trieb ihn an; wie im Traum hörte er das Rauschen des Windes in den Ohren. Es schien ihm, als ob er lautlos schweben würde. Das kurzatmige Schnauben und Keuchen dicht hinter ihm schien so weit weg, als ob es bereits zu einem anderen Leben gehört hätte, als ob ihm das

Keuchen nichts anhaben könnte. Er rannte und rannte, stolperte und erwartete das Keuchen in seinem Ohr, erwartete das Keuchen auf seinem Rücken, erwartete die Krallen und den kurzen Schmerz; erwartete Ruhe und Schlaf. Doch nichts geschah. Erst viele Schritte hinter ihm hörte er das Schaben der Krallen auf dem Gestein. Aiyuk stand wieder auf, rannte noch einige Schritte und blieb auf der Stelle stehen. Vor ihm endete das Plateau. Erst viele hundert Schritte tiefer fing die Tundraebene an. Auch auf der anderen Seite neben ihm stieg der Fels beinahe senkrecht nach oben. Aiyuk drehte sich um, mit dem Rücken zur Felswand. Zehn Schritte vor ihm blieb die Bärin wie angewurzelt stehen, schnupperte und richtete sich zu ihrer vollen Größe auf. Die Bärin brüllte kurz und ging zwei Schritte vor. Aiyuk, der seit dem Fall ganz ruhig geworden war, riß mit beiden Händen den Speer über den Kopf, bereit zum Zustoßen und bereit zum Sterben.

Allein zu sein: das ist mein Tod. Komm, Bärin, komm mit mir.

Die Bärin machte noch einen Schritt vor und breitete die riesigen Pranken aus. Sie blieb stehen. In diesem Augenblick traf sie ein bärenkopfgroßer Felsbrocken genau auf die Schädeldecke. Es knackte. Die Bärin stand noch da, mit weit ausgebreiteten Pranken; sie schwankte leicht von Seite zu Seite, als ob sie ein Luftzug hin und her bewegte. Dann brach sie lautlos zusammen.

Aiyuk senkte den Speer und blickte nach oben. Er sah Tore regungslos stehen.

„Tore!" schrie Aiyuk und breitete die Arme voller Freude aus. Tore weinte, er bewegte sich nicht. Nun lachte Aiyuk. Er sprang johlend auf die Bärin und rief immer wieder, „Tore, Tore, ich lebe, ich lebe, du hast mich gerettet, ich lebe!" Erst als Eschona und Kukikatugak außer Atem bei ihm ankamen, blieb Aiyuk mit dem Rücken an die Bärin gelehnt, ruhig liegen.

„Du lebst", lachte Kukikatugak und warf sich auf ihn.

„Alle leben, alle sind gesund", meinte Eschona lachend.

„Als der Bär Hikiijaut erreicht hatte, wurde er von Kukikatugak mit einem Stein abgelenkt. Fagayuk, Teschadjuk und ich trafen ihn dann in den Rücken." Er fuhr mit der Hand über den Bärenschädel und nickte. Aiyuk machte sich von Kukikatugak frei und sprang auf. Tore war gekommen. Aiyuk umarmte ihn und streichelte seinen Rükken. Fagayuk und die anderen kamen bei Aiyuk an.

„Wir waren nicht vorsichtig genug", sagte Fagayuk. Ihre Worte waren die große Ernüchterung. Niemand antwortete.

„Aber jetzt kommt kein Bär mehr?" fragte Lucuwat. Kukikatugak lachte zuerst.

„Genug Bärenschinken", meinte er und schlug mit der Faust auf den Bärenpelz.

„Drei Bären", sagte Fagayuk. „Wir können nur zwei Bären tragen. Am besten vergraben wir den größten."

So war es immer auf Großjagden. Niemand widersprach ihr.

„Schnell", sagte Eschona. „Wir haben nur noch einen halben Tag bis zur Dunkelheit. Ich werde graben."

Ohne weitere Worte gingen alle an die Arbeit. Kukikatugak und Eschona fingen, wieder vor der Höhle, mit ihren schmalen Steinbeilen zu graben an, direkt neben dem ersten großen Bären. Sie mußten hinknien, um mit den kurzen Holzgriffen zu graben; in dem Holzgriff eingelassen und mit Riemen daran befestigt befand sich der schmale, genau zurecht gehämmerte Stein. Es war eher ein Hacken als ein Graben, denn der Permafrost unter der dünnen Schneedecke war noch immer hart. Wer einen Bären nicht vergrub, sah am nächsten Tag nur noch ein Gerippe.

Im späten Winter waren die Wölfe immer hungrig; wann waren sie denn nicht hungrig?

Aiyuk und Tore gingen zusammen zur Höhle zurück, um Stangen und Felle zu holen. Aiyuk klopfte Tore immer wieder auf den Rücken, streichelte seinen Oberarm: dein Arm hat meinen Arm beschützt. Ich lebe.

„Dein Knie?" fragte Tore.

„Nur aufgeschürft", antwortete Aiyuk.

Mit langen Stangen in den Händen kamen sie wieder bei der Bärin an, die wie zusammengekauert dalag. Die langen Stangen hatten sie zu zweit, einer hinter dem anderen, auf der Schulter getragen. Nun legten sie sie auf den Schnee unmittelbar neben der Bärin und breiteten sie aus. Denn einen Bären transportierten die Menschen folgendermaßen: Zwei lange Holzstangen wurden mit dem oberen Ende überkreuz hingelegt, so daß die Stangen unten weit auseinander gingen. Über die unteren, auseinander liegenden Enden wurde eine Querstange gelegt, die mit Riemen befestigt wurde. Auf dieses spitze Dreieck wurden zur größeren Belastbarkeit zwei Wisentfelle gelegt und mittels vorher gebohrter Löcher mit Riemen an das Gestell gebunden. So entstand eine Fläche in einem Dreieck. Am oberen Ende ragten die beiden langen Stangen überkreuz hervor; das waren die Haltegriffe. Tore, Aiyuk und Hikiijaut, die hinzugekommen war, und Fagayuk rollten die Bärin auf das Dreiecksgestell und legten sie flach auf den Rücken. Auf diese Weise war ihr Gewicht gleich verteilt. Das spitze Ende des Dreiecksgestells wurde daraufhin auf Hüfthöhe angehoben. Aiyuk und Fagayuk auf der einen, Tore und Hikiijaut auf der anderen Seite zogen an den Stangen. So glitt das hintere Teil des Gestells über den Schnee.

Bei den anderen angekommen hielten sie an. Der andere Bär, der Hikiijaut erschlagen wollte, war bereits aufgeladen. Nun grub auch Gukall mit seinem Beil. Bald war das Loch hüft-, beinahe brusthoch. Es durfte nicht zu schmal sein, denn dann konnten die Wölfe den Bären über Nacht ausgraben; es durfte jedoch auch nicht zu tief sein: wie sollten die Menschen ansonsten den Bären wieder aus dem Loch holen? Kukikatugak, Gukall und Eschona rollten den Bären in das Loch und begruben ihn mit erstarrter Erde, Steinen und Schnee; über Nacht würde der Schnee zufrieren.

Viele Stunden lang zogen die Mammut-Menschen die beiden Bären. Die Sonne ging unter. Die Anstrengung wurde immer größer; die Euphorie nach der gelungenen Jagd trug sie über die Tundraebene, am Rande ihrer Kräfte.

Weit entfernt sahen sie ein winziges Licht. Es war die Höhle, wo Tunulig, Oschet und das Kleinkind warteten.

Aiyuk zog zusammen mit Tore an einer Stange.

„Tore", sagte Aiyuk plötzlich, „ich muß mit dir sprechen, allein, später."

Tore schaute ihn kurz an, blickte dann zu Boden und errötete.

„Später", sagte er leise.

Das Licht kam immer näher. Lucuwat lief voran, und bald hörte man das Geschrei der beiden Kinder. Doregak, Tunulig und Oschet standen vor dem Feuer.

Fagayuk umarmte sie: „Alle gesund, es waren drei Bären." Tunulig nickte. Wie alle anderen warf sich auch Kukikatugak vor Erschöpfung auf sein Lager. Aiyuk keuchte und rieb sich das pochende Knie. Tunulig kam zu ihm und sagte: „Laß mich sehen." Dann sagte sie: „Es ist nicht schlimm. Schmiere diese Gallensalbe auf Knie, Hände und Schulter." Nach dem Einreiben döste Aiyuk. Tunulig und Oschet nahmen die Innereien der Bären aus und trugen sie hinaus in die Dunkelheit. Nur die Galle behielten die Menschen, die gut für Wunden war.

„Gukall", sagte Oschet leise, noch immer mit geschwollener Wange.

„Du hast recht", antwortete er und stand mühsam auf. „Die Wölfe werden bald kommen." Gukall nahm Speere und Speerwerfer, ging aber nur kurz vor die Höhle. In der Nacht wo die Wölfe kommen würden, um die Innereien zu essen, ging der Augen-Mensch nur wenige Schritte vor die Höhle.

Oschet, Doregak und Tunulig lösten das Fell von den Bärenschenkeln und schnitten das Muskelfleisch heraus. Eschona war aufgestanden und half ihnen. Sie schnitten dünne Scheiben ab, die aufgespießt über dem Feuer angebraten und nach kurzem Abkühlen vom Stock gebissen wurden. Dabei half das Faustkeilmesser, das an den Zähnen entlang geführt wurde und das Fleisch durchtrennte. Auch Aiyuk war nun aufgestanden. Das Feuer loderte so hoch wie ein Bär, alle aßen und aßen. Aus den Steinbockschläuchen tranken die Mammut-Menschen Wasser, indem sie den Kopf nach hinten legten und aus einem kleinen Loch das Wasser in den Mund drückten. Immer wieder spritzten sie sich das fettglänzende Gesicht voll.

Noch immer aßen die Mammut-Menschen; das Fasten der letzten Tage, das Fasten mit dem alten Renfleisch war vergessen. Es gab nur Bären und Bärenfleisch.

Ich lebe, ich lebe, es ist gut, alles ist gut, das Fleisch!

Und Aiyuk sagte nichts, und Kukikatugak sagte nichts und schmatzte nur. Lange aßen die Mammut-Menschen und aßen nur. Kukikatugak hörte erst auf, als er Bauchschmerzen bekam und sich hinlegen mußte. Die Kinder schliefen bereits, dann legten sich Eschona, Fagayuk und die anderen schlafen.

Aiyuk lag auf dem Rücken unter seinem Wisentfell. Neben ihm schnarchte Kukikatugak.

Es ist gut, es ist gut. Ich werde das nächste Mal vorsichtiger sein. Es ist gut. Nein. Es ist nicht alles gut, ich muß noch mit Tore sprechen. Er muß es mir sagen. Warum redet niemand mit mir darüber? Ist es wahr, daß ich von den Pferde-Menschen komme? Und wenn es wahr ist, warum reden Tunulig und Tore, die Alten, nicht davon? Was ist Schlechtes an den Pferde-Menschen? Kukikatugak sagte einmal, sie würden nicht so gut jagen wie wir, aber ich glaube es nicht. Wir sind keine fünfzehn Mammut-Menschen, doch die Pferde-Menschen sind zweimal zwanzig. Also müssen sie gut jagen, um so viele Menschen zu ernähren. Woher komme ich?

Er begann einzuschlafen. Das vertraute Flackern der Flamme an den Steinwänden beruhigte ihn und ließ ihn die Zweifel vergessen.

In weiter Ferne heulten die Wölfe. Doch da knackte es neben ihm. Er fuhr auf, die Augen weit aufgerissen. Es war Oschet.

„Laß mich bei dir liegen", sagte sie leise und schlüpfte unter sein Wisentfell. „Wenn ich bei dir bin, geht es meinem Zahn besser. Und du läßt dich quälen von der Jagd, ich habe dich beobachtet."

Aiyuk lächelte und nahm sie in den Arm. Früher, einen Sommer und einen Winter lang, waren sie miteinander gelegen. Es war viele Sommer her, da hatte sie Brüste bekommen. Sie beschlossen, zusammen zu liegen, um es zu machen wie die Großen. Aber bald verflog der erste Rausch. Sie hatten viel Spaß miteinander, und alle hatten mit Freude ihr Zusammenliegen gesehen, auch wenn sie beide nur dreizehn Sommer zählten. Die Mammut-Menschen brauchten Kinder. Aiyuk hatte ihr aus Elfenbein eine Furchtbarkeitsfigur mit besonders großen Brüsten und Hüften geschnitzt; aber sie blieb kinderlos, und das war gut so, denn nach dieser Zeit stellten Aiyuk und Oschet gemeinsam fest, daß sie füreinander nicht das Gefühl, wie es die Mammut-Menschen nannten, bekommen hatten. Eschona und Fagayuk besaßen dieses Gefühl schon seit vielen Sommern, und so blieben sie beieinander liegen. Doch Aiyuk und Oschet bekamen das Gefühl nicht. Gewiß, das kleine Gefühl, das behielten sie immer bei. So lagen sie nur noch selten miteinander. Wenn Gukall öfters mit ihr lag, kümmerte das Aiyuk nicht. Doch manchmal, da war die alte Vertrautheit da – wenn sie, wie häufig, Zahnschmerzen hatte oder wie heute, an dem Tag, an dem Aiyuk Bärenjäger geworden war.

Sie rieben die Nasen miteinander und öffneten den Mund gegeneinander. Oschet streichelte Aiyuks Gesicht und seinen Körper und sein Glied, und ließ es steif werden in ihrer festen kleinen Hand.

„Komm auf mich, ich bin müde", flüsterte er, indem er seine Nase an ihrem Hals rieb.

Aiyuk blieb lange in ihr. Als er ihr seinen Samen gegeben hatte, glitt sie von ihm herab und schlief in seinem Arm ein. Aiyuk schloß die Augen. Die Erschöpfung trug ihn langsam in den Schlaf. Er fühlte nur die Schwere, die große

Schwere. Doch als er, zufrieden und ermattet, einschlief, hallte noch die eine Frage in ihm nach:

Woher komme ich?

Das Bild

Ich lebe. Es ist schön, es ist gut.

Oschet schlief noch in Aiyuks Arm. Noch war es still, als er das Morgenrot, das er so schön fand, erblickte. Das Feuer glühte nur noch. Gukall stand aufrecht davor und schaute ebenfalls ins Morgenrot. Selten war Aiyuk das Leuchten so freundlich vorgekommen, selten hatte er sich hier am Höhleneingang so wohl gefühlt. Die Wölfe hatten längst aufgehört zu heulen. Aiyuk ließ, noch im Liegen, seine Augen über den Halbkreis gleiten, den die Mammut-Menschen bewohnten. Der Halbkreis ging zwanzig Schritt vor der ersten Überdachung der Höhle bis in die Höhle hinein; dort verengte sich die Höhle schlagartig. Im Dunkeln wohnten die Mammut-Menschen nicht. Die meisten Mammut-Menschen lagen nebeneinander auf der Wandseite, wo Aiyuk schlief. Auf der anderen lagen nur Tore und Tunulig – die längst nicht mehr miteinander lagen – und die jungen Jägerinnen Hikiijaut und Teschadjuk. Daneben wurde das Holz gestapelt, dann, immer in Richtung der großen Höhlenöffnung, gab es einen Knochenhaufen an der Wand, davor Geräte wie Meisel, Spachtel, Nähnadeln aus Knochen in ausgehöhlten Renknochen aufbewahrt, konkave und konvexe Kratzer, Messer, Schulterblätter von Bären als Schaufeln, Knochen- und Basaltambosse, mit Lehm verschlossene Knochenphiolen aus dem Sprungbein des Rens, Knochen- und Steinsplitter aller Art, Mörser und Mörserkeulen zum Zerkleinern der Ockererde und der Pflanzensamen, allerlei beid- und einseitig behauene Feuersteine. Daran schloß sich, direkt am Höhleneingang, die staubige „Werkstatt" an, die voller Knochen- und Steinsplitter war; hier war die Erde mit Sandstein- und Quarzpulver bedeckt, hier wurden die Speerspitzen angefertigt, hier wurden die Knochen mit dem konkaven Kratzer abgekratzt und dann mit Sandstein glatt geschliffen. Hier wurden die Knochen-Plättchen ausgesägt und mit spitzen, harten Schiefermeiseln oder mit den scharfen Geweihsprossen des Hirsches durchlöchert; durchlöchert wurden auch die Muscheln, die Aiyuk immer am Halse trug, und auf Pferdehaar an einer Kette aufgezogen.

Mitten in der Höhle lagen die beiden Bären, im hintersten Teil der Höhle Felle, Tragetaschen aus Ren- und Steinbockhaut. Hier lagen auch die Trage- und Zeltstangen und die Tragefelle. Knapp bevor die Überdachung endete, war die große, runde Feuerstelle. Wenige Schritte zur linken und zur rechten der Feuerstelle war, wie jede Nacht, eine zaunähnliche Absperrung aufgebaut, die einem Menschen bis zur Hüfte reichte. Sie war aus Ästen, Blättern von Büschen und Dornen zusammengebaut, gehalten von Lederriemen. So diente die Absperrung einem doppelten Zweck: sie hielt wilde Tiere ab und sie sorgte dafür, daß es kaum einen Luftzug im Inneren des Höhleneingangs gab. Und davor nun stand Gukall, der in dieser Nacht Augen-Mensch gewesen war und der in diesem Augenblick von Doregak abgelöst wurde.

Vor der Höhle gab es einen ungefähr zehn mal zehn Schritte breiten Vorplatz, danach fiel der Fels wieder einige Dutzend Schritte ab. Der Fels vereinigte sich dort mit der Tundraebene, über die jetzt die Sonne aufging.

Die Ablösung des Augen-Menschen weckte Tunulig, den Alt-Menschen. Sie stand meist als erste auf. Die kleine Lucuwat sagte etwas, was Aiyuk nicht verstand, dann weinte das Kleinkind, das Fagayuk sofort an die Brust nahm. Obwohl es einen Sommer zählte, war es bei den Mammut-Menschen üblich, Kinder viele Sommer lang zu stillen. Fagayuk, bei der Eschona lag, war nicht nur wegen ihres ruhigen, sicheren Speerwerfens, das der Jagdweise von Eschona glich, geachtet, sondern auch wegen ihrer großen, fleischigen Brüste. Es konnte kein Zufall sein, daß sie jedes Jahr ein Kind bekam.

Hikiijaut, Teschadjuk und Oschet, die alle zwischen sechzehn und achtzehn Sommer zählten, hatten noch keine Kinder bekommen, wenn man Teschadjuks zwei Totgeburten nicht rechnete. Teschadjuk lag früher viel bei Doregak, aber es war allen klar, daß ihr Gefühl füreinander nicht so groß war wie das zwischen Eschona und Fagayuk. Gab es deshalb kein Kind, obwohl die Mammut-Menschen so dringend Kinder brauchten? Vor drei Wintern waren an einer Krankheit, die niemand kannte, sieben Mammut-Menschen innerhalb von drei Tagen gestorben, darunter vier Kinder.

„Wie sollen wir leben, wenn es keine Kinder gibt?" klagte Tunulig immer wieder am Feuer.

Daran dachte Aiyuk jetzt nicht. Er dachte nicht, er fühlte. Oschet, für die er zwar nicht das Gefühl besaß, die aber durch das Kleine Gefühl an ihn gebunden war, lag in seinem Arm. Auf der anderen Seite schlief Kukikatugak, sein guter Freund. Eschona und Fagayuk, die er beide besonders achtete wegen ihrer stillen, ruhigen, zuverlässigen Art, das Wild zu jagen, lagen daneben. Tunulig, der Alt-Mensch: sie sagte selten etwas, aber wenn sie sprach, hörte jeder zu. Und es war dort Hikiijaut, die trotz all ihrer Verspieltheit den schnellsten und elegantesten Speerwurf schaffte. Manchmal schlief auch Fagayuks Tochter Lucuwat in Aiyuks Arm, Lucuwat, die keine sechs Sommer zählte und ihn besonders mochte. Auch Gukall, der oft bei Oschet lag, hatte er gern; er war ernst, still, aber immer bereit, sich für die Gemeinschaft zu opfern.

Ja, es ist gut, es ist alles gut.

Die ersten langen Sonnenstrahlen drangen in die Höhle, und das Wohlgefühl stieg warm in Aiyuk empor. Er lächelte und rieb seine Nase an Oschets Wange.

Da war auch Tore, der ihm gestern das Leben gerettet hatte.

Tore?

Ein Unbehagen mischte sich mit dem Wohlgefühl und vertrieb es schließlich.

Tore? Ja ich lebe, aber ich wollte noch mit ihm sprechen. Ja, ich wollte ihn doch noch fragen.

„Hyänen!" Doregaks Ruf unterbrach seine Gedanken. Aiyuk, Eschona und Hikiijaut sprangen sofort auf und griffen zu ihren Speeren und Speerwerfern. Teschadjuk nahm eine bereit liegende Harzfackel, zündete sie am glimmenden Feuer an und sprang zu Doregak, der bereits einen Wurfspeer losgelassen hatte. Ein Heulen bewies, daß er getroffen hatte. Schon knapp vor dem Höhlenvorplatz kletterten drei Hyänen hinauf: sie hatten die toten Bären gerochen. Aiyuk und Hikiijaut riefen laut; Teschadjuk schwang die Fackel. Die drei Hyänen hielten an, zwanzig Schritte von Doregak entfernt. Aiyuk und Hikiijaut warfen ihre Speere – ein Zischen, dann das dumpfe „Plock" des Aufpralls im Körper. In den Mund und in die Brust getroffen, zuckten die Hyänen noch kurz und starben. Eschona mußte nicht einmal den Speer werfen, denn jaulend sprang und rollte die letzte Hyäne den Abhang hinab. Sie war allein, und auch für die Hyäne war das plötzliche Alleingelassensein ein Schock und eine Strafe, die mit nichts zu vergleichen war.

„Gut", meinte Tunulig, die an den Rand des Vorplatzes trat und auf die drei toten Hyänen hinabschaute. Sie schnupperte und sagte: „Der Wind hat sich gedreht, deswegen sind sie jetzt gekommen. Lucuwat wird Zielscheiben haben."

Bei den Menschen war es so, daß die Kinder, sobald sie stehen konnten, mit dem Speer, später mit dem nur halb so langen, geschleuderten Wurfspeer umzugehen lernten. Es war üblich, von immer wechselnden Erwachsenen das Speerwerfen, das Zustechen mit dem Messer, das Werfen der Bolas – zwei Basalt-Kugeln, die durch einen schmalen

Riemen miteinander verbunden waren – zu lernen. So erfuhren die Kinder alle Aspekte des Jagens: den eleganten Wurf der Hikiijaut, den ruhigen, zielsicheren Wurf Eschonas, den starken, zerschmetternden Wurf Kukikatugaks. So erfuhren sie, daß Hikiijaut den schrittlangen Speerwerfer mit seinem gehakten Ende, in den der Wurfspeer gelegte wurde, mit den Fingerspitzen hielt, und daß Eschona hingegen den Speerwerfer voll in der Handfläche ruhen ließ und im letzten Augenblick Speer und Speerwerfer vorschnappte. Und die Kinder lernten bei allen Erwachsenen alles: sie lernten mit dem Quarzhammer in der Rechten, Knochen oder Schiefermeisel in der Linken, auf einem Basaltamboß Feuersteinspeerspitzen zu bearbeiten. Sie lernten, mit sachten Schlägen kleine Kegel aus dem Stein heraus zu splittern und so eine scharfe, beinahe gerade Schneide zu hämmern. Sie lernten, Nähnadeln zu machen, sie lernten das Nähen mit Rentiersehnen und Pferdehaaren. Sie lernten, Harpunen mit einfachem und doppeltem Widerhakenpaar zu schnitzen. Sie lernten, sich anzupirschen, sie lernten, das Tier richtig zu zerlegen und wie man das Fleisch in unterirdischen Lebensmittelsilos lagerte. Auf diese Weise lernten sie alles, was es zu lernen gab. Später, wenn sie es schaffen sollten, Erwachsene zu werden, würden sie ganze Menschen werden, Menschen die alles tun können und anderen Kindern alles beibringen konnten. Sie wurden zu Lehrern, Jägern, Handwerkern, zu Menschen, die gleich gut nähen, malen, kundschaften, singen konnten; zu Menschen, die mit Speer, Wurfspeer, Bolas, Wurfstock, Messer, Beil, Hammer, Meisel, Spachtel, Kratzer, Nähnadeln, Schaufel, Säge, Locher und Mörserkeule umzugehen vermochten.

Die Mammut-Menschen kehrten zur Feuerstelle zurück, während Aiyuk die Speere holte und die Hyänenkadaver den Hügel hinabrollen ließ. Die Gefahr hatte alle Fragen, alle Wohlgefühle in ihm verdrängt. Allmählich beruhigte er sich. Es war ungewöhnlich, Hyänen in Höhlennähe anzutreffen. Auch für sie war der Winter hart; in der Tundraebene hatte es seit Wochen keine Herde gegeben. Die Hyänen hatten Hunger gehabt, und Aiyuk verstand sie.

Die blutigen Wurfspeere in der Hand, stieg Aiyuk wieder zur Höhle hinauf. Einige Menschen wuschen sich auf dem Vorplatz. Auch Aiyuk zog sich aus und zitterte vor Kälte. Er nahm den prall gefüllten Waschsack in die Hand, zog den Lehmpropfen ab und ließ das Wasser über die schulterlangen Haare, den kurzen roten Bart und den Körper strömen. Der Duschsack unterschied sich vom Trinkwasser dadurch, daß er größer war, mit einer großen Öffnung. Aiyuk trocknete sich an seinem Lager mit seinem Wisentfell ab.

Kukikatugak hatte ausnahmsweise keinen Hunger, und so hatte er sich bereits an die Arbeit gemacht. Tore, Tunulig, Hikiijaut und Gukall schwitzten beim Ablösen der Bärenfelle. Auch Aiyuk nahm einen konvex-geformten Steinschaber, schnitt mit der rechten und zog mit der linken Hand.

Als er Tore sah, erinnerte er sich.

„Tore", sagte er leise.

„Nicht jetzt", antwortete Tore. Er blickte nicht auf. „Wir dürfen die Bären nicht länger liegen lassen."

Aiyuk schwieg und arbeitete weiter.

Als das erste Fell abgezogen war, begann das Ablösen der Oberhaut und des Fettes. Das geschmolzene Fett war gut für die Sehnen und heilte Mückenstiche und Blasen schnell. Auch gegen Tores und Tunuligs Gicht war es gut. Am Abend würden sie sich gegenseitig einreiben. Fagayuk und Teschadjuk spannten das Fell auf ein Holzgerüst und stellten es in den Spalt im hinteren Teil des Höhlenraums. Während Kukikatugak, Gukall und die anderen das Fleisch in Streifen herausschnitten und auf den Holzstangen über dem Feuer zum Räuchern aufhingen, sägten Eschona und Fagayuk den Bärenkopf ab. Sie erweiterten mit einer kleinen Feuersteinsäge die kraniale Öffnung und holten das Gehirn heraus, das die Mammut-Menschen noch am selben Abend als Leckerbissen verzehren würden. Die gerundete Gehirnschale wurde leergekratzt, gesäubert – ein Trinkgefäß.

Nachdem viele Stunden später das Fleisch abgetrennt worden war, wurden die Gelenke aufgebrochen und das darin enthaltene Öl sorgfältig in Knochenphiolen gefüllt und die Öffnung mit Lehm versiegelt. So wurde jeder Knochen und jedes Körperteil des Bären verwendet: mit einem einzigen Schlag von Hammer und Meisel – Eschona war darin am geschicktesten – wurden alle Knochen der Länge nach gespalten, um das Mark herauszuholen, das man vorerst in einer Gehirnschale auffing. Das Knochenmark war ein Leckerbissen, und man konnte es auch für die Öllampen gebrauchen. Die Rippenknochen wurden als Spachteln und die Beinknochen als Meißel benutzt. Die Krallen und kleinen Knöchelchen wurden zu Hals- und Armketten, die Schulterblätter wurden zu Amboß, die Hüftknochen zu Schaufeln und Gefäßen. Mit diesen Schaufeln, von einem früheren Bären, gruben Kukikatugak und Teschadjuk einen Schacht in die Erde, direkt vor der Höhle, um dort das geräucherte Fleisch zu lagern und vor den Wölfen und Hyänen zu verstecken.

Als es Nachmittag wurde und sich einige Mammut-Menschen hingelegt hatten, gab es keine Bärenkörper mehr. Aber der Bärengeist: der Bärengeist lebte noch.

„Es ist Zeit zu malen", meinte Fagayuk als die Sonne unterging. Während Eschona und Hikiijaut das Gehirn in Streifen schnitten und das Feuer schürten, begannen Fagayuk, Aiyuk und Kukikatugak, Farbe zu mahlen. Aiyuk nahm die in Rensäcken gesammelte Ockererde und streute sie auf einen eingelassenen Quarzitstein. Die Mörserkeule aus Basalt nahm er in die rechte Hand und rieb kreisend die Ockererde zu Pulver. Fagayuk füllte Asche und zerriebene Holzkohle vom Feuer in ein weiteres Säckchen. Ein anderes Säckchen enthielt bereits den weißen Löschkalk, der die dunkelrote Ockererde aufhellte. Auch das im Eisenerz enthaltene Mangan mit seiner rötlich-braunen Farbe wurde zerstoßen. Aiyuk holte einen großen Hirschsack vom Fell-Lager und begann mit dem Einpacken aller Utensilien: Schulterblätter, die als Farb-Paletten dienten; Knochenspachteln, um die Farbe zu vermischen; Talg für die Lämpchen; Öl zum Mischen mit den Farbpülverchen. Das rot-gelbe Hämatit, bereits mit Tierölen gemischt, besaß einen bestimmten Zweck: es diente der Bemalung. Aiyuk nahm die Tube aus Steinbockhaut, zerbrach den Lehmpfropfen und sagte zu Kukikatugak: „Kommst du mit?"

Kukikatugak sagte: „Geh nur, Füchslein. Ich esse lieber Gehirn."

Aiyuk lächelte und begann, Hikiijauts Gesicht zu bemalen, die sich vor ihn hinkniete. Er machte mit der öligen Farbe lange Streifen von einem Ohr zum anderen, dann zwei große Kreise um ihre Augen und zog mit der Farbe ihre Mundwinkel leicht nach oben. Danach bemalte sie ihn auf die gleiche Weise, und so wurden Fagayuk, Eschona, Teschadjuk, Gukall und Oschet bemalt.

„Ich will auch mit, ich bin jetzt alt genug", sagte Lucuwat zu Aiyuk und streichelte seinen Bart.

„Sie ist alt genug", meinte Tunulig. „Sie versteht jetzt."

Also kniete sich Aiyuk vor die kleine Lucuwat hin und bemalte ihr Gesicht.

Langsam aßen die Mammut-Menschen die Bärengehirne. Sie sprachen wenig. Vor dem Malen, das so wichtig war wie die Jagd selbst, sprach man nicht. Jeder wußte die Gefahr, die doppelte Gefahr, die sie dabei eingingen. Die Malhöhle, die nur eine halbe Stunde von ihrer Höhle entfernt lag, war zwar nicht bewohnt. Doch wer konnte wissen, ob nicht ein Wolfsrudel dort Unterschlupf gesucht hatte? Wer konnte mit Sicherheit sagen, ob nicht eine Löwengemeinschaft dort ihr Lager errichtet hatte? Und da war die Gefahr von den Bärengeistern: immer konnten sie in die Menschen eindringen. Auch die furchterregendste Hämatitfarbe, auch Hals- und Armketten waren nicht immer mächtig genug, sie abzuhalten. Es gab nicht die bestimmte Furcht, das prickelnde Hochgefühl wie vor der gefährlichen Jagd – vor dem Malen gab es die unbestimmte

Angst. Es lag eine Unruhe in der Luft, die nicht aufputschte, wie vor der Bärenjagd, sondern die die Menschen schweigen machte.

Aiyuk, der seine Unruhe als erster niedergerungen hatte, stand auf. In den großen offenen Sack begann er die genau abgesägten Renknochen, die nicht länger als zwei Finger waren, zu packen.

Lucuwat trat zu ihm und schaute ihn fragend an.

„Unterwegs", sagte er ernst. „Ich erkläre es dir unterwegs. Was mit Geistern zu tun hat, wird nicht dort besprochen, wo Menschen wohnen."

Dann holte er noch den Renkopf vom Fell-Lager im hinteren Teil der Höhle. Das Renfell ging nur bis zu den Schultern hinab und war sorgfältig vom Gesichtknochen bis zur Schnauzenspitze abgelöst worden. Nur der Knochen direkt unter dem Geweih war belassen worden. So konnte man das kurze Fell mit dem mächtigen Geweih wie eine Kappe aufstülpen. Auch den Renkopf packte Aiyuk in den großen Sack. Zuerst band er sich sein Wisentfell um, das am Hals und an der Brust mit zwei Knöpfen aus Knochen zugeknöpft wurde. Dann legte er den breiten Riemen des Sacks um Hals und Schulter und hatte so die Hände frei für Wurfspeere und den Speerwerfer.

Hikiijaut und Eschona leuchteten mit den Talgfackeln voran. Dann kamen Fagayuk, Teschadjuk und Gukall. Aiyuk ging als letzter. Lucuwat legte ihre kleine Hand in die seinige und schaute an ihm herauf.

„Du willst wissen, weshalb wir die Renknochen beim Malen brauchen", sagte er.

„Warum malen wir denn?" fragte sie.

„Ich will es dir erzählen. So wird die Zeit kurz, bis wir ankommen.

„Siehst du, jedes Tier hat, wie jeder Mensch, einen Geist. Und wenn wir auch die Tiere achten wegen des Opfers, das sie uns bringen, und wegen ihrer Nähe zu den Menschen, so sind doch die Geister der Tiere so wild wie die Tiere selbst. Die Tiere lieben die Tiere, und die Menschen lieben die Menschen. Auch wenn wir die Tiere verstehen und achten, so würden sie doch einen Menschen töten; aber ein Mensch würde einen Menschen nie töten, denn was gibt es Wertvolleres als die Gemeinschaft der Menschen?"

„Aber der Geist?"

„Ja, der Geist", meinte Aiyuk ruhig. „Der Geist des Bären ist wild, und wenn wir den Bären getötet haben, findet der Bärengeist keine Ruhe; denn wenn der Geist nicht mehr im Körper ist, lebt er nicht mehr in der Bärengemeinschaft. Daher sucht der Geist ein lebendes Wesen, in das er eindringen kann, um nicht mehr allein zu sein. Denn allein zu sein: das ist das Unglück des Bärengeists. So findet der Geist in der Luft keine Ruhe. Er irrt umher. Wenn das Tier durch Krankheit stirbt, findet es Ruhe, denn das ist natürlich; wenn das Tier aber von uns Menschen getötet wird, findet es keine Ruhe, denn das ist unnatürlich."

„Warum töten wir dann?" fragte Lucuwat schüchtern.

„Weil wir essen müssen", antwortete Aiyuk. „Aber wir danken dem Bären, indem wir ihn malen. Es ist so: Wenn der Geist keine Ruhe findet, dringt er in den Körper eines anderen Tieres ein oder in ein Muttertier. Da erschreckt der Geist das ungeborene Tier so sehr, daß es nicht aus dem Muttertier schlüpfen will. So können die Geister verhindern, daß das Muttertier fruchtbar wird und ein Junges gebärt. Das kann der Geist auch mit den Menschen tun: Wenn er das Ungeborene in Fagayuk erschreckt, wird Fagayuk nicht schwanger. Der unruhige Geist erzeugt auch Krankheit und den Tod durch Krankheit. Deswegen hatte Oschet Zahnweh."

„Ja, deswegen habe ich die Kette, die vertreibt den Geist."

„Ja, und deswegen haben wir einander bemalt. Das hilft auch, den Geist zu vertreiben, weil die Farbe den Geist erschreckt und er nicht weiß, ob wir nicht selbst Geister sind. Wir haben dem Geist versprochen, sein Bild zu malen, damit der Geist Ruhe findet und in sein Bild eindringen kann. Wenn der Geist in sein Bild eindringt, hat er für immer Ruhe und stiftet kein Unheil. Wenn man das Versprechen nicht hält, wird der Geist böse und dringt in die Menschen ein und macht sie krank."

„Malen wir auch die drei Hyänen?" fragte Lucuwat.

„Nein, die malen wir nicht", antwortete Aiyuk bestimmt.

„Warum?"

„Es ist so", antwortete er schlicht. „Das Gesetz sagt, daß man manche Tiere nicht malen muß. Ich glaube, die Hyänengeister gehen zu den Hyänen zurück und die Wolfsgeister gehen zu den Wölfen zurück. So verhindern die Geister, daß es zu viele Hyänen und zu viele Wölfe gibt. Aber es kann nie genug Pferde und Rene und Bären geben.

Wenn aber ein Tier in den Menschen eindringt, muß man das Tierbild malen, damit der Kranke gesund wird. Der Geist des Tiers ist nicht böse – er will nur im falschen Körper leben und versteht nicht, daß er im Bild Ruhe findet. Malen heißt den Geist malen. Die Menschengeister sind nicht gefährlich, weil die Menschen nicht gefährlich sind. Aber auch sie wollen Ruhe finden, und wenn nicht genug Menschen geboren werden wie jetzt, wollen sie uns daran erinnern, ihr Zeichen zu malen, damit sie Ruhe finden. Darum werden wir heute nacht auch Menschenzeichen malen. Wenn man ihre Zeichen malt, sind sie zufrieden."

„Aber warum malen wir manchmal Tiere in den Höhlen, wo wir wohnen? Wohnen da auch die Geister?" Lucuwat hatte sich an ihr letztes Sommerlager unter einem Abri erinnert, wo Tiere graviert und gemalt waren.

Aiyuk lachte. Es war doch klar, daß da keine Geister in den Bildern wohnten: „Die Geister wohnen nur dort, wo es ganz ruhig ist. Wo Menschen wohnen, ist es laut, und die Geister lieben die Ruhe. Darum gehen wir tief in die Höhle hinein, wo keine Menschen hinkommen. Das ist der Ort der Geister, und wir stören die Geister nur, wenn wir einen neuen Geist rufen. Das kümmert die Geister nicht, sie freuen sich, denn auch die Geister leben gern in anderen. So sind die Geister auch in Gemeinschaft und müssen nicht einsam sein."

„Ja, aber warum malen wir Tierbilder manchmal dort, wo wir wohnen, und auf Kukikatugaks Speerwerfer ist ein Ren eingraviert?"

„Wir malen sie dort, weil es Spaß macht. Die Tiere sind unsere Freunde, und wir danken ihnen für ihr Leben, wenn wir sie malen. Aber in die Bilder, wo die Menschen wohnen, und in die Bilder auf den Speeren und Speerwerfern kommen keine Geister, denn da ist es zu laut. Die Geister kommen nur in die Bilder, wenn man sie ruft. Wir rufen sie mit den Knochen und beim Tanzen. Du mußt nachher genau das tun, was wir tun. Wenn du still bleibst, könnte dich der gerufene Geist mit einem Tier verwechseln und in dich eindringen."

Lucuwat erschrak und blieb stehen.

„Fürchte dich nicht", meinte Aiyuk und umarmte sie. „Wenn du mit uns bist, passiert dir nichts. Mit der Farbe siehst du zu gefährlich aus!"

Lucuwat lächelte zaghaft, aber sie sagte nichts.

„Lauf vor zu deiner Mutter Fagayuk", sagte Aiyuk sanft. „Sie wird dich beschützen. Lauf. Jetzt sind wir da."

Der Höhleneingang wurde durch einen schmalen, beinahe waagrechten Spalt gebildet, der schräg in die Erde hinabführte.

Aiyuk legte die Tragetasche hin.

„Ich gehe", meinte Eschona. „Ich kenne diese Höhle."

Fagayuk streichelte seinen Oberarm, nachdem er seinen Bärenpelz abgelegt hatte. Er nahm sein Handbeil in die rechte Hand und in die linke eine Fackel.

„Sei vorsichtig", sagte Fagayuk.

Eschona rutschte auf dem Bauch in die Höhle. Noch kurz sahen die Menschen den Schein der Fackel. Dann verschwand das Licht plötzlich. Fagayuk legte ihre Fingerspitzen an den Mund. Sie sagte nichts und hielt Lucuwat fester.

Ein Wind kam auf. Doch er pfiff nicht wie der Winterwind. Er legte sich leicht um die Mammut-Menschen, die mit erhobenen Speeren zu beiden Seiten des Spaltes kauerten. Die leichte Unruhe des Windes aus der tiefen Nacht der Tundra wurde zu einem Teil der Menschen; die Unruhe um Eschona ließ Aiyuk Speer und Speerwerfer fest umklammern, ließ Oschets Finger leicht am Griff ihres Handbeils auf und ab fahren. Nichts regte sich. Mit dem Schweigen der Luft und dem Schweigen der Höhle wuchs die Anspannung.

„Löwe?" fragte Lucuwat ängstlich.

Aiyuk und Fagayuk streichelten sie.

Ein Löwe, dachte Aiyuk. Wenn ein Löwe in der Höhle ist oder ein Hyänenpack, dann ist Eschona schon tot. Dann, ja dann tot. Aber Eschona stirbt nicht, er ist der erfahrenste Jäger, nein, er stirbt nicht.

Alles war still. Aiyuks Finger am Speerschaft wurden feucht.

Und wenn er doch stirbt, so hat er sich den Tieren geopfert. Sie werden es ihm danken.

Ohne Vorwarnung kam ein erregtes Geräusch aus der Höhle, ein Geräusch, das Aiyuk nicht kannte. Es wurde gegen den Stein geschlagen, getrommelt. Die Spitze von etwas erschien im Spalt und verschwand wieder. Es gab ein Flattern, Aiyuk und Hikiijaut nahmen den Speerarm zurück – und mit dem nervösen, schnellen Flügelschlag verängstigter Tiere flog eine erste, dann eine zweite große Schnee-Eule an den Köpfen vorüber. Sie verschwanden sofort in der Dunkelheit. Aiyuk ließ Speer und Speerschleuder sinken. Fagayuk lächelte, und Eschonas Fackellicht erschien am Spalt.

„Es ist gut", sagte er erleichtert.

Aiyuk machte wieder mit Lucuwat den Schluß. Sie krochen auf dem Bauch, standen wieder auf, krochen weiter, zwängten sich durch einen zweiten Spalt und konnten dann aufstehen. Aiyuk hatte die Tiergravuren an den Wänden bisher kaum bemerkt; wozu auch? Längst waren die Geister in die Bilder eingegangen. Als er aber nach dem letzten Engpaß nun in einem weiten Raum stand und die Fackel hochhielt, da spürte er doch das Gefühl der Ehrfurcht. Der Raum, dessen Decke sich in einem Spalt viele hundert Schritte über den Köpfen der Mammut-Menschen verlor, war Dutzende Schritte breit und noch mehr lang. Er endete in einem langen Spalt, der sich in die Dunkelheit nach oben hinzog. Vor Erstaunen entfuhr Lucuwat ein langes „Oh-h-h", und Eschona streichelte sie.

„Schau", sagte er. Dann bewegte er seine Fackel hin und her im Halbkreis und nickte Aiyuk zu, das gleiche zu tun. Auf den Wänden schienen die schwarzumrandeten Stiere und Bären und Pferde und Wisente zu tanzen und zu rufen. Aus dem hellbraunen Sandstein sprangen die schwarzen Umrisse hervor und fragten: Werdet ihr heute neue Geister bringen?

Eschona sagte ruhig:

„Wir bringen neue Geister, freut euch." Und wie zu sich selbst sagte er: „Beginnen wir."

Aiyuk legte den Sack ab. Er füllte Talg in die kleinen Knochenschalen. Bald brannten fünf, dann zehn Talglichter im Kreis. Eschona hatte für jeden noch eine Kette aus bunten Steinen mitgebracht. Daran hatte Aiyuk nicht gedacht: die Steine, so hieß es, waren ein besonders wirksamer Schutz gegen die Geister.

„Ich möchte ritzen", sagte Aiyuk. „Nur die Bären. Oschet hat das Vorrecht auf ihr Pferd."

So war es bei den Menschen: Wer an einer Jagd teilnahm, hatte kein besonderes Vorrecht, das Tier zu malen, und es spielte auch keine Rolle, wer malte und wer gravierte und wer die Geister rief. Denn das Jagen war eine Gemeinschaftstat, die allen zugute kam. Daher konnte malen, wer wollte. Bei der Krankheit war es jedoch anders: Wer krank wurde, konnte, mußte aber nicht den Geist des ihn quälenden Tieres nach seiner Genesung gravieren und malen oder nur gravieren. Denn wer krank wurde, der war zwar nicht allein gelassen, ganz im Gegenteil: aber die Krankheit suchte doch nur ihn heim und quälte nur ihn. Also hatte der Genesende ein Anrecht zu malen, wenn er wollte. Tunulig sagte immer, dies sei die einzige Freude der Krankheit, denn die Menschen malten mit großem Ernst und zugleich mit kindischer Freude: was gab es Besseres – außer miteinander zu liegen – als unsere Tiere zu malen?

Oschet mischte auf einer Knochenpalette Kohle, Mangan und Fett zu einem schwarz-braunen Brei, den sie mit einer Spachtel aus Renrippe rührte. Sie bereitete sich innerlich darauf vor, *ihr* Pferd zu malen: denn es war klar, daß bei Zahnschmerzen das Pferd mit seinem großen Gebiß schuld war. Wenn die Zähne schmerzen, ist der Pferdegeist in den Menschen gefahren. Bei Kopfkrankheiten und Kopfschmerzen ist es oft der Bär wegen seines dicken Schädels, manchmal auch das Mammut. Bei inneren Krankheiten ist das nicht so eindeutig: manchmal das Wisent, manchmal das wollige Nashorn, bisweilen auch das Pferd. Bei Fußkrankheiten gab es jedoch keine Zweideutigkeiten: da war immer der Hirschgeist schuld.

In zwei anderen Schalen mischten Aiyuk und Hikiijaut Ockerfarben, eine hell und mit Löschkalk vermischt, die andere rötlich-braun.

Eschona legte das Rengeweih an. Wer das Geweih anzog, um einen Bärengeist zu rufen, ging die höchste Gefahr ein.

Fagayuk verteilte die Knochen, Aiyuk nahm Meißel und Steinhammer auf. Die Mammut-Menschen außer Oschet, die mit einem Wisentschwanzpinsel zu malen begann, saßen im Halbkreis um die Wand, die schon viele Tiergeister beherbergte. Die Flammen gaben ein ruhiges Licht ab; doch mit dem ersten Schlag von Aiyuks Meißel wich die äußere Ruhe einer inneren Unruhe. Mit dem ersten Schlag des Meißels verwandelte sich der Raum. Er wurde zu einem Geisterraum, voll lebendiger Geister, die sehnsüchtig einen neuen Freund erwarteten. Die alten Geister besaßen ihre Bilder und waren nicht gefährlich. Aber die neuen?

Mit dem ersten Schlag des Meißels und dem ersten Farbtupfer begann das rhythmische „Tak-tak-a" der aufeinander geschlagenen, hohlen Renknochen.

Bär, komm, Bär, nun könnt ihr hier in diesem Bären ruhen. Ja, Bären, danke für euer Leben. Jetzt das Hinterbein, jetzt das andere, der Bauch.

Das Klopfen wurde schneller und lauter und immer lauter und immer schneller. Hikiijaut und Eschona standen auf. Sie brummten wie die Bären, noch ganz vorsichtig. Eschona mit dem Geweih mimte das flüchtende Ren, Hikiijaut und dann Fagayuk den schweren, schleppenden Gang der Bären. Das Brummen und Tanzen wurde schneller, hektischer. Die Schatten tanzten lang an den senkrechten Wänden empor, die Flammen wippten hin und her, vom Luftzug der Tänzer bewegt. Ein Lämpchen ging aus, dann das nächste. Die Atmosphäre der Erregung steigerte sich, die Schatten wuchsen in die Höhe. Die Knochen riefen den Bären, das tanzende Ren rief den Bären, die tanzenden Bären riefen den Bärengeist.

Aiyuk hatte zu meißeln aufgehört. Oschet hatte nur den Umriß ihres Pferdes gemalt, nun malte sie den Umriß des Bären, indem sie der gravierten Linie entlang fuhr. Aiyuk malte mit dem Ocker ein Auge, daraufhin die Rückenpartie dunkel und den Bauch hell. Das Klopfen der Knochen und das Stampfen der Füße machte Aiyuk trotz der Kühle der Luft schwitzen. Nun waren alle aufgestanden, auch Lucuwat, die sich nicht mehr ängstlich an Fagayuk klammerte. Sie schaute den Bärentanz an den anderen ab. Nun standen die Bärentänzer, mit weit ausgebreiteten Armen wie Pranken, schnupperten und brüllten.

Bär, komm! Bär!

Noch zwei Pinselstriche und der Bär war fertig – so lebendig im Gehen, das linke Vorderbein wie im Gehen halb gehoben, daß der Bärengeist sofort das Bild des genau dargestellten Bären erkennen mußte.

Nun tanzte auch Aiyuk den Bärentanz, Eschona in der Mitte.

Der Bär! Der Bär kommt! Es ist gut, ja, ja, ja, Bär, ja, ja!

Die Füße stampften im Gleichschritt, der Kreis wurde enger gezogen. Das Klopfen wurde so schnell wie die Mammut-Menschen schlagen konnten und hielt auf dem Höhepunkt an. Die pochende Erregung hatte alle erfaßt. Aiyuk schwitzte; die Farbe zerlief in seinem Gesicht. Dann fühlte er es, das Zittern und Beben in sich, in den anderen. Das Pochen, das Pochen wuchs an und dröhnte in ihm und außer ihm und hallte wider und immer wider.

Bär, komm!

„Sie sind da!" schrie Eschonas Stimme wie durch eine Nebelwand und überschlug sich. Eschona ließ sich zu Boden fallen und murmelte den Dank an die drei Bären. Das Schlagen und Pochen hörte auf, und auch Aiyuk sank zu Boden und dankte den Bären, daß sie gekommen waren. Nun würden sie in diesem Bild Ruhe finden. Die Erschöpfung kam über Aiyuk. Noch im Sitzen döste er. Er hörte kaum, wie Oschet später aufstand und noch einige Punktreihen, Ovale und Parallellinien mit Ocker- und Kohlenfarbe über die Wand zog: das löste das Versprechen ein, Menschengeister Ruhe finden zu lassen, damit Menschen geboren werden können.

So bannten die Mammut-Menschen den Tod. Sie sicherten sich zugleich ein neues Tier zur Erjagung, das nun, da der Geist des Toten hier Ruhe fand, aus dem Mutterleib schlüpfen konnte. Wenn ein Ungeborenes vor dem Geist eines Toten gerettet wurde, war es bereit für die Speere der Erretter; es zeigte sich zum Sterben williger als wenn es nicht errettet worden wäre. So dankte das Tier dem Menschen; und im Bild dankten die Menschen dem Tier das Opfer seiner selbst.

Die Erschöpfung löste sich allmählich. Aiyuk wachte auf. Es war ihm kühl; der Schweiß war getrocknet, die Restfarbe wurde hart auf seiner Gesichtshaut. Er legte den Pelz um und starrte vor sich hin.

Gut, es ist gut, es ist geschehen, jetzt kannst du ruhen, Bär.

Noch einmal schaute er das Bärenbild an, das drei Bärengeister beherbergte. Es spielte dabei keine Rolle, ob man für drei Geister einen oder drei Bären malte. Denn für die Mammut-Menschen spielten Zahlen keine große Rolle. Im

Gegenteil: Wenn drei Bären in einem einzigen Bärenbild eine Heimat fanden, so freuten sie sich, da sie nun Geselligkeit hatten. Auch konnte man Bärenbilder über andere Bilder malen oder ritzen, denn dann gab es noch mehr Geselligkeit. Auch für den Geist war die Einsamkeit die schrecklichste Vorstellung, die es gab. Auf diese Weise sorgten die Menschen dafür, daß es auch im Tod Gemeinschaft gab. Jedes Wesen strebt danach, bei seiner Art zu leben oder sich aufzuhalten. Der Bär liebt den Bären, der Mensch liebt den Menschen.

Wenn jemand krank war und man malte das Bild des Tieres, durfte es immer nur ein einziges Tier sein; es war nicht möglich, daß mehr als ein Tiergeist in den Kranken eingedrungen war. Diesen Geist mußte man nicht rufen wie die Geister der gewaltsam Gestorbenen. Der Geist, der in die Kranken eingedrungen war, kam von allein, da er bereits aus dem Kranken gewichen war. Das sahen die Menschen ja: schließlich war der Kranke genesen. Daher besaß der Geist des Pferdes keinen Ruheplatz mehr und war froh, sein Bild zu sehen. Die Geister der getöteten Tiere hingegen fuhren beim Sterben sofort in die Luft empor und wollten gerufen werden. Der Schreck des Todes saß noch in den Geistern, und so mußten sie die Menschen aus dem Schreck herunterholen. Die Krankengeister hingegen waren bereits wieder heruntergekommen, hatten den Schreck überwunden, fanden aber kein Bild vor, und so machten sie Unfug, bis die Menschen ihre Anwesenheit bemerkten und ihnen ein Ruhebild schenkten.

Die Harzfackeln wurden wieder angezündet, die Talgleuchten gelöscht, Malgeräte, Farben und Knochen wieder eingepackt. Dieses Mal nahm Gukall den schweren Sack. Aiyuk legte Gukall zum Dank die Hand auf die Schulter. Oschet lächelte, als Aiyuk über ihre Wange strich: nun war sie von Zahnschmerzen befreit.

Der Rückweg, im Gehen, Kriechen, Knien, schien Aiyuk viel länger als der Hinweg. Wieder auf dem Bauch, dann sah er den Himmel und kroch in die Nacht hinaus. Er stand schnell auf, wie es die Menschen zu tun pflegten: Wußte man, ob nicht ein Löwe oder ein Rudel Wölfe gierig warteten?

Da spürte er es. Auch Eschona lächelte, und die Menschen warfen die Köpfe zurück und fühlten. Es war der erste Regen des Jahres. Der Wind, der beim Betreten der Höhle aufgekommen war, hatte die Unruhe des Frühjahrs gebracht. Der Wind verwandelte sich in eine warme Brise, die den warmen Nieselregen geschickt hatte.

„Der Frühling, der Frühling!" rief Hikiijaut, legte den Arm um Aiyuk und umarmte Teschadjuk.

Die restliche Farbe lief vom Gesicht. Hikiijaut zog sich schnell aus und rieb den warmen Regen über ihren sehnigen, schlanken Körper.

Langsam, erschöpft aber glücklich, gingen die Mammut-Menschen an der Hügelkette entlang in ihre Höhle zurück. Der Nieselregen bedeutete Frühling, und Frühling bedeutete Wandern.

Aiyuk dachte: Ja, wir werden leben. Es wird Frühling, wir müssen unsere Winterhöhle verlassen. Auf uns warten die Ren- und Pferdeherden. Wir werden euch finden.

Finden?

Da erinnerte er sich an die Frage, die ihn seit Tagen beunruhigt hatte: Woher komme ich? Er dachte über Tore nach: Was ist mit ihm, was ist? Heute morgen war keine Zeit und heute mittag war ich zu müde. Oder, oder ist er mir ausgewichen?

Das beunruhigte ihn noch mehr, und er nahm sich fest vor, bei der Rückkehr sofort mit Tore zu sprechen. Als er aber erschöpft ankam, da war die Müdigkeit stärker als die Unruhe. Er erinnerte sich am nächsten Morgen nicht einmal mehr an das Einschlafen.

Der Berg

Vor dem Aufbruch aus dem Winterlager gab es viel zu tun. Doregak, Eschona, Kukikatugak und Hikiijaut waren schon am frühen Morgen mit den Stangen und Fellen losgezogen, um den dritten, den größten Bären zu bringen. Auch Tore war mitgegangen.

Tore? Aber ich wollte doch mit ihm reden. Warum ist er nicht da?

Und so stand Aiyuk auf, legte Holz nach, räumte das Dorngatter beiseite und trat hinaus vor die Höhle. Hoch oben kreisten zwei Falken. Der warme Wind blies nicht länger. Der Himmel war mit dicken weißen Wolken übersät, die schnell nach Nordosten zogen. Durch sie hindurch sah Aiyuk ein glänzendes Blau. Er beobachtete die Wolken, die der Wind vor sich her trieb. Wie alle Menschen liebte er es, den Wind in den Haaren zu fühlen, wenn die Wolken schnell über den Himmel rannten: so nannten es die Menschen. Auch die Wolken waren wie die Tiere: Sie wollten gerne zusammen bleiben, so sehr sogar, daß sie immer wieder ineinander verschmolzen.

Die Wolken. Die Wolken lieben die Wolken und die Bären lieben die Bären, dachte Aiyuk.

Die Wolken zogen nach Nordosten; Osten nannten die Menschen „jenseits der Sonne", Westen „diesseits der Sonne". Bald würden die Menschen vom Süden, der „Sonne", in die „Nacht" – so hieß der Norden – ziehen. Die Wolken gaben das Zeichen: Zieht mit! Zieht mit! Das taten sie jedes Jahr. Wenn die graue Wolkendecke aufbrach, kamen die kleinen, dicken weißen Wolken. Sie sprachen zu den Menschen: Kommt mit! Kommt mit, ihr Menschen! Der Wind treibt uns, zieht auch ihr mit dem Wind! Und so gehorchten die Menschen jedes Jahr den Wolken und dem warmen Wind.

Der Wind rauschte in Aiyuks Ohren und rief auch zu ihm, und er hörte den Wind und sah die Wolken und wußte, was für den Menschen zu tun sei. Er schaute hinab in die weite Ebene, aus der hier und da braune Erde hervorkam, und weiter zu den fernen Bergen. Noch waren sie schneebedeckt. Doch in wenigen Tagen würden auch sie rufen, indem sie ihre kahlen Felsen vom Schnee entblößten. Das hieß: Besteigt uns! Es ist soweit! Auf der anderen Seite warten die großen Herden, denn hier gibt es nichts mehr.

Auch die Berge hörte Aiyuk.

Ja, ihr Berge. Wir kommen, ihr Berge. Ja, drüben bei euch sind jetzt Kukikatugak und Tore und bringen die Bären. Tore. Warum weicht er mir nur aus? Tore schaut immer, daß es mir gut geht, aber jetzt will er nicht mit mir sprechen.

Wolken und Wind gaben ihm keine Antwort. Da hatte er eine Idee. Er wunderte sich, noch nicht darauf gekommen zu sein: Wenn Tore heute abend nicht mit mir reden will, werde ich Tunulig fragen. Sie ist noch ein paar Sommer älter als Tore. Sie wird mir sagen, woher ich komme.

Dieser Gedanke beruhigte ihn. Als ob er sie gerufen hätte, trat Tunulig, der Alt-Mensch, zu ihm. „Ja, die Berge. Ich denke, in ein paar Tagen brechen wir auf." Sie legte ihre Hand auf Aiyuks Schulter.

„Ja, du hast recht. Schau, die Wolken rufen", antwortete er. Auch Oschet, Fagayuk, Gukall und die beiden Kinder waren aufgestanden. Zum ersten Mal in diesem Jahr sahen sie die rufenden Wolken, und sie freuten sich.

„Wir brauchen noch zwei Bärenmäntel für die Kinder, bevor wir aufbrechen", meinte Tunulig. „Ich werde nähen. Wir brauchen auch noch Speerspitzen."

„Ich werde sie jetzt machen", sagte Aiyuk. Gukall, der nur selten sprach, nickte dazu: Wir können sie zusammen machen. Die großen Steine haben wir ja schon gesammelt.

Gukall war kleiner als Aiyuk. Sein langer schwarzer Bart war anders als der kurze rote Bart, den Aiyuk trug. Doch wie Aiyuk trug er ein Hirschfellkleid bis zur Mitte des Oberschenkels. Ein Gürtel aus Hirschleder hielt es an der Hüfte zusammen. Wisentfellschuhe reichten auch ihm bis zu den Knien. Die Sohle war doppelt verstärkt; überkreuz gebundene, schmale Lederriemen reichten von den Knöcheln bis zum Knie, wo sie zusammengeknotet waren. Statt eines Wisentfells wie Aiyuk trug er als Winterschutz ein riesiges Bärenfell und eine Bärenkappe, da ihm immer am Kopf fror und er oft unter Ohrenschmerzen litt. Er hörte nur noch auf einem Ohr. Immer wieder hat er Mammut-, dann Bärenbilder gemalt, um den Tiergeist aus seinem Kopf zu vertreiben, doch immer wieder hatte er Ohrenschmerzen bekommen.

„Soll ich dir zuerst den Bart schneiden?" fragte Aiyuk.

„Wie?"

„Soll ich dir zuerst den Bart schneiden?"

„Ah – ja, danke."

Aiyuk legte einen kleinen Knochenamboß gegen Gukalls Brust. Dann nahm er sein Messer aus dem Gürtel, umfaßte den kurzen Holzgriff und schnitt den Bart waagrecht ab, indem er ihn gegen den Amboß drückte. Auf diese Weise schnitt er ihm auch die Haare an der Schulter ab, und Gukall schnitt auch Aiyuks Haare ab. Die Menschen trugen nämlich lange Haare, die sie vor der Kälte schützten. Wenn es Sommer wurde, legten Frauen und Männer ihre Haare in ein geflochtenes Netz. So mußten sie im Sommer nicht schwitzen, und beim ersten Einbruch der Kälte hatten sie wieder ihre warmen Haare. Die Kinder hingegen trugen die Haare immer lang, oft bis zur Hüfte, damit Kopf, Hals und Rücken am besten geschützt wurden. Die Fingernägel wurden nicht geschnitten; sie wurden abgekaut. Gekaut wurden auch die mit Fett eingeriebenen, noch steifen Felle, um sie beweglich zu machen: das taten jetzt Tunulig und Fagayuk. Tunulig, die um die fünfzig Sommer zählte und eine sehr alte Frau war, hatte ganz abgebissene Schneidezähne, abgekaut beinahe bis zum Zahnfleisch. Daher bekam sie, zusätzlich zu ihren Rheumatismus- und Arthritisschmerzen, manchmal Zahnschmerzen. Da mußte sie aber kein Bild malen, da war kein Geist in sie gefahren. Denn wenn der Pferdegeist in den Menschen und in die Zähne fährt, tut es furchtbar weh. Geht der Schmerz nach wenigen Stunden wieder weg, wie bei Kopfschmerzen oder dem Ziehen in Tunuligs Vorderzähnen, so hatte der Geist den Weg selbst nach draußen gefunden. Überhaupt glaubten die Mammut-Menschen nur bei einigen Krankheiten, daß der Tiergeist in den Menschen eingedrungen war: bei Ohrenschmerzen, starken Zahnschmerzen, Bauchschmerzen, bei eitrigen Entzündungen und anderen Schmerzen ohne ersichtlichen äußeren Grund. Verletzungen, Wehen, Kopfschmerzen, Rheuma und Arthritis – die so gut wie jeden alten Menschen befielen – hatten die Ursachen, die sie nun einmal besaßen. Sie hatten nichts mit den Tiergeistern zu tun. Das galt auch für andere Krankheiten wie Lungenentzündung: Wer zu lange im Wind umherlief ohne Überfell, der erkältete sich am Wind. Bei anderen häufigen Krankheiten wie Skorbut hingegen waren die Menschen nicht so sicher, ob sie äußere Gründe hatten oder ob vielleicht doch ein Tiergeist am Werk war. In Zweifelsfällen wurde das Bild gemalt.

Gukall und Aiyuk setzten sich Seite an Seite, jeder vor einem Knochenamboß. Aiyuk legte einen flachen, von ihm nur gering behauenen Feuerstein auf den leicht konvexen, breiten Schulterknochen. Mit dem Basalthämmerchen, das auf der anderen Seite abgeflacht war, schlug er auf das breite Ende einer spitzen Geweihsprosse vom Hirsch. Das spitze Ende seines Geweihmeißels drang immer wieder in den Stein. Bei jedem Schlag spritzte ein Splitter beiseite und hinterließ einen Kegel. So flachte Aiyuk den Stein auf beiden Seiten ab und gab ihm eine Spitze. Für die Feinarbeit nahm er eine noch kleinere Geweihsprosse und fuhr mit sachten Schlägen die eine Seite bis zur Spitze, dann die andere Seite entlang. Nun hielt er den Meißel in einem immer flacheren Winkel und brach, eine Reihe hinter der anderen, immer winzigere Splitter aus dem Stein. Am Schluß legte er den Hammer beiseite und hielt den Finger unter der Schneide der Speerspitze. Den Meißel benutzte er nun als Hämmerchen; mit dem Finger fing er den behutsamen Schlag auf. Nun wurden die Kegelränder glatt geschlagen. Auf diese Weise entstand eine auf beiden Seiten behauene, äußerst scharfe Kante, die der Spitze zu immer schärfer wurde. Aiyuk legte die Speerspitze beiseite. Dann griff er zu seinem Messer, um es zu schärfen. Auch Tunulig und Lucuwat brachten ihre Messer zum Schärfen.

„Ich mache dir einen Speer", sagte er zu Lucuwat, die ihren Arm um seine Schulter gelegt hatte.

Aus den Splittern der großen Speerspitze hämmerte er in wenigen Minuten zwei kleine Speerspitzen. Er band sie mit einem Lederriemen an ein Holz, indem er das flache Ende der Speerspitze in eine mit Harz gefüllte Kerbe des Stocks einließ.

„Wir gehen bald zusammen speerwerfen, ja?" sagte er zu ihr. „Ich will nur noch ein paar Speerspitzen nachschärfen."

Er suchte alle Schlafstätten ab und schärfte Eschonas, Kukikatugaks und Hikiijauts Speerspitzen.

Hand in Hand gingen Aiyuk und Lucuwat den Abhang hinab, zu den drei Hyänenkadavern. Zehn Schritte vor dem ersten Kadaver blieben sie stehen. Aiyuk kniete hinter der kleinen Lucuwat und legte ihr den am hinteren Ende gehakten Speerwerfer in die Handfläche.

„Ich weiß schon", sagte sie verärgert.

Aiyuk nickte und streichelte ihr über den Kopf.

„Ich weiß. Du wirst einmal eine große Jägerin werden."

Stolz nahm Lucuwat den rechten Arm zurück, hakte mit der linken Hand den Speer in den Speerwerfer ein und warf, daneben.

Schon der zweite Wurf traf die Hyäne am Hinterschenkel. Danach gab es fast immer das hohle „Plock", als der Speer in den harten Leib eindrang. Dann begann Aiyuk zu werfen. Später kamen Oschet und Teschadjuk hinzu.

So verwendeten die Menschen auch das unangenehmste aller Tiere, die Hyäne. Genauso wenig wie den Wolf konnte man sie essen. Das Fell war zu unregelmäßig, als daß man es hätte verwenden können, im Gegensatz zum Wolf und Fuchs. Daher nannten die Menschen die Hyäne auch das „Zielscheiben-Tier-mit-den-Flecken". Der Wolf hieß auch „Grauer Heuler", der Fuchs „Weißpelz", die Eule „Großauge", das Mammut „Langnase", der Bär „Braunpelz" oder „Mensch-im-Pelz", das Pferd „Renn-Bein", der Löwe „Reiß-auf-das-Maul". Der Vielfraß wurde „Stink-Pisser" genannt, da er die Angewohnheit hatte, die menschlichen Lebensmittellager zu plündern und mit seinem scheußlich stinkenden Wasser zu verunreinigen.

All diese Namen wurden jedoch selten gebraucht, meist nur noch von Kindern. Auf diese Weise merkten sich die Kinder alle Namen leichter. Da man die Kinder auf die Jagd mitnahm, sobald sie fünf oder sechs Sommer zählten, lernten sie bald, wie die Tiere mit dem richtigen Namen hießen. Lucuwat kannte längst alle Tiere und fast alle richtigen Tiernamen.

So verging der Tag. Am späten Nachmittag bemerkte Aiyuk schwarze Punkte in der Ferne, die langsam näher kamen. Es waren Kukikatugak und Tore und die anderen. Aiyuk ließ den Arm mit seinem Speer sinken und sagte zu Lucuwat: „Wirf du allein weiter. Die anderen kommen."

Tore kommt, dachte er. Tore, jetzt will ich dich fragen, sobald ihr den Bären gehäutet habt.

Doch die Mammut-Menschen häuteten den Bären nicht. Niedergeschlagen kamen zuerst Eschona und Kukikatugak mit den Stangen auf den Schultern näher, dann die anderen, Tore am Schluß. Es gab keinen Bären.

Aiyuk legte den Arm um Kukikatugak, als sich alle ans Feuer gesetzt hatten. Tunulig machte ein besorgtes Gesicht; ihre Sorge pflanzte sich in den anderen Menschen fort. Aiyuk wußte schon, was passiert war.

„Es waren zuerst Wölfe", sagte Eschona müde. „Obwohl wir den Bären mit Steinen gut zugedeckt hatten, haben sie ihn ausgegraben. Dann waren die Hyänen da. Am Schluß kam der Vielfraß. Er hat überall sein Stinkwasser gemacht, wir konnten nicht einmal das Gehirn entfernen. Wir haben nur die Krallen mitgebracht."

„Der Weg über den Berg wird noch schwieriger", meinte Tunulig. Dann blickte sie hinaus in die Dämmerung und in das zarte blaue Licht der Schneebene. Nichts bewegte sich, kein einziges Tier regte sich.

„Dann warten wir am besten zwei Tage länger und stellen inzwischen Fallen auf."

Niemand antwortete ihr: das war die einzige Lösung, um zu mehr Proviant für die zehntägige Bergüberquerung zu kommen. Natürlich – in den Bergen jagten die Menschen oft Steinböcke, die gut schmeckten und deren Haut für Säcke und Trinksäcke nützlich war; daher gab es Steinböcke immer nur im Frühjahr und Herbst, wenn man die Berge überquerte. Doch wer konnte mit Bestimmtheit sagen, ob die Menschen das Glück haben würden, die scheuen Steinböcke zu erjagen? Es hatte viele Bergüberquerungen gegeben ohne auch nur einen einzigen Steinbock zu sichten, geschweige denn mit dem Speer zu treffen.

Noch am selben Abend bauten die Menschen Kleintierfallen aus Holzstangen mit einem Fallgitter. Wenn ein Hase die Falle betrat, um die Trockengräser zu essen, oder ein Schneehuhn, um die Körner zu picken, schnappte das Gitter zu. Denn das Gitter wurde von einem kleinen Stöckchen hochgehalten. Wenn das Tier durch die enge Öffnung ins Innere trat – denn die Körner und Gräser wurden genau in die Mitte der Falle gelegt – bog es das obere Gitterende nach außen. Damit brach das Stöckchen entzwei und das Gitter sauste nach unten. Das Tier war gefangen. Da es nicht verletzt war, litt es nicht und war zugleich frisch, wenn die Jäger die Fallen aufsuchten.

In den nächsten Tagen wurde konzentriert gearbeitet. Ersatzspeerspitzen wurden aus dem Stein gehämmert, besonders dicke Felle und Tragesäcke wurden aus den neuen Bären- und alten Renfellen geschnitten und vernäht. Das gelagerte Bärenfleisch wurde im Bodensilo mit mehreren Steinschichten bedeckt. Und weil der Frühling nahte, hatten die Mammut-Menschen wenigstens im Kleinen Glück, denn viele Tiere kamen aus ihren Verstecken. Die Fallen fingen zehn Hasen, zwölf Schnee- und Rebhühner, drei Krähen und zur großen Freude der Menschen sieben Enten. Die Enten schmeckten nicht nur gut: ihre Anwesenheit bedeutete Frühling.

Vor dem Marsch aßen die Menschen viel und räucherten noch mehr Fleisch als Proviant. Sie aßen sogar das Bärenfett, um sich ein kleines Fettpolster anzulegen; das taten sie vor der Frühjahrswanderung und vor dem Winter.

So bereiteten sich die Mammut-Menschen auf die Frühjahrswanderung vor.

Viele Tage lang hatte Aiyuk nicht mehr an die Frage gedacht, die ihn so beschäftigte. Dann kam die Nacht vor der großen Wanderung. Alle schliefen schon außer Eschona, der oben auf dem Hügel in dieser Nacht Augen-Mensch war. Aiyuk stand auf, das Wisentfell um sich geschlungen, und legte sich zu Tore, der erstaunt den Kopf wandte.

„Ich muß mit dir sprechen. Du bist alt genug, um es zu wissen. Wenn du nichts weißt, werde ich Tunulig fragen."

„Ich werde antworten", sagte Tore nach langem Zögern, und seine Mundwinkel waren in ängstlicher Erwartung leicht nach außen gezogen.

„Ich will wissen, woher ich komme. Ich will wissen, warum Tunulig nichts gesagt hat, als mich Kukikatugak einen Pferde-Menschen nannte."

Tore zuckte zusammen und schwieg. Nach langer Pause sagte er: „So viel will ich dir sagen, so viel darf ich dir sagen: Deine Mutter hieß Igiluk. Sie zählte sechzehn Sommer bei deiner Geburt. Sie war der sanfteste Mensch, den ich je gekannt habe. Sie starb bei deiner Geburt. Und nun laß mich."

Tore drehte sich auf die andere Seite. Nach wenigen Augenblicken entfernte sich Aiyuk und ging zurück zu seiner Schlafstätte neben Kukikatugak.

Igiluk, Igiluk, Igiluk also. Ich habe diesen Namen noch nie gehört. Wir reden doch oft über die Toten. Noch nie gehört. Sechzehn Sommer, sanfte Igiluk. Wenn sie sanft war, warum erwähnt man ihren Namen nicht? Ein sanfter Mensch kann nichts Böses tun.

Aiyuk blieb lange wach. Tores Antwort, die ihn hätte zufriedenstellen sollen, berunruhigte ihn noch mehr als vorher.

Wer war Igiluk?

Noch beim Einschlafen dachte er: Warum spricht niemand jemals über Igiluk?

Aiyuk lag im Tiefschlaf, als ihn Kukikatugak wachrüttelte. Es war noch Nacht. Aiyuk schloß die Augen.

Igiluk?

Dann dachte er nicht mehr an den Namen. Er riß die Augen auf, sein Oberkörper schnellte hoch. Alle anderen waren schon wach, aßen und packten die Tragetaschen. Das war Aiyuk noch nie passiert. Wie konnte er nur schlafen, während die anderen die große Wanderung vorbereiteten?

„Das Füchslein will wohl noch im Bau bleiben", sagte Kukikatugak und grinste.

Aiyuk griff unter sein Fell, das ihn rundherum bedeckte, und warf eine Handvoll Trockenfarne in Kukikatugaks Gesicht. Kukikatugak wehrte lachend ab und ließ sich nicht beim Bepacken eines Lebensmittelsacks stören.

„Wenn du so viel Farn übrig hast, kannst du meine Farne auch tragen, weil ich den größten Fleischsack trage."

Aiyuk nickte.

Kukikatugak war der größte der Mammut-Menschen und vermutlich der stärkste. Genau wußte das niemand, da die Menschen ihre Kräfte nie gegeneinander maßen. Sie interessierte nur, wer viel tragen konnte. Doch auch der größte Mensch brauchte Farne und Trockengräser zur Unterlage; umso mehr in den Bergen, wo der Boden noch viel kälter war als in der Höhle.

Überall wurde gepackt. Zwischen den x-förmig ausgebreiteten Tragestangen lagen Zeltfelle in mehreren Schichten, und darüber lag Brennholz. Es war mühsam genug gewesen, das Holz von der Sonnenrichtung her zur Höhle zu bringen. Noch mühsamer war es, den Holzvorrat über die Berge zu schleppen: Nahmen die Menschen zu viel mit, vermochten sie das Holz nicht zu tragen; nahmen sie zu wenig mit, mußten sie erfrieren oder waren den Wölfen ohne Schutz des Feuers ausgeliefert. So verstaute Tunulig das Holz langsam und überlegt. In jeden Tragesack – denn jeder außer den Kindern trug einen eigenen Sack mit Farnen, Speerspitzen, Farben, Feuerhölzern, Messern, einige mit Nähnadeln – steckte sie noch ein paar daumendicke Äste. Das war die Notration; in den Bergen war das Holz oft wichtiger als das Fleisch. Auch viel Talg nahmen die Menschen mit und viel Harz für die zahlreichen Fackeln. Die Trinkschläuche wurden geleert, denn in den Bergen gab es genug Schnee, und die Schläuche waren so schwer. Mörser und Mörserkeulen, die größten Schaufeln, einige Felle und viele rohe Steinblöcke wurden in der Höhle zurückgelassen, für den nächsten Winter oder für den Menschen, der sie gerade brauchte.

Auf jeden wurde geräuchertes Fleisch verteilt, in genau gleichen Portionen. Kukikatugak trug den Rest; der Sack erwies sich aber als zu schwer, und so leerte er einen Teil in das Lebensmittelsilo. Über das Fleisch legte er Schieferplatten in mehreren Schichten, dann einen zurückgelassenen Knochenamboß und einen Mörser. Das Loch wurde mit Erde zugeschüttet und festgetreten.

Aiyuk schulterte den schweren Sack über sein Wisentfell, denn jeder trug ein, oft drei schwere Felle übereinander, damit die Felle nicht getragen werden mußten. Tore legte, beinahe entschuldigend, die Hand auf Aiyuks Schulter und fragte: „Ist das nicht zu schwer?"

„Nein, es geht gut. Kannst du deinen Sack tragen?"

Tore nickte. Er ging zu den Tragestangen am Boden, bückte sich mühsam und sagte: „Ich bin bereit."

Aiyuk griff zu den Stangen, dann Eschona und Hikiijaut. Tore tat, als merkte er nicht, daß Aiyuk hinter ihm stand. Etwas nervös sagte er, und es war nicht seine Art, so viel zu reden: „Vergeßt die Fackel nicht, es ist noch Nacht. Seid ihr bereit? Der Berg ruft. Bald kommen die großen Herden."

Hikiijaut, die neben Aiyuk stand, lächelte. Aber Aiyuk verstand wohl, warum Tore so viel gesprochen hatte. Er hatte Angst – Angst vor Aiyuks Fragen, und Aiyuk wußte nicht warum.

Aiyuk war gezwungen, alle Fragen beiseite zu legen. Die Mammut-Menschen brachen auf.

Niemand sprach. Lucuwat weinte. Der Aufbruch aus dem sicheren Winterlager erzeugte immer Unbehagen und oft Trauer. Die Überquerung der Berge war für alle gefährlich. Die Höhle war gut zu ihnen gewesen. Der Stein, der sonst kalt war, hatte sie warm und sicher gehalten. Die Höhle – das bedeutete Sicherheit und Geborgenheit. Dem Stein der Höhle gebührte Dank, und so mischten sich Unbehagen, Trauer, Dankbarkeit und auch Angst. Nur die Aussicht auf die großen Herden trieb die Menschen an. Außerdem war es Brauch, jedes Frühjahr denselben Weg zu gehen und nie einen anderen. Vor undenklichen Zeiten, so hatte es Aiyuk aus Tunuligs Mund gehört, waren alle Menschen im Sommer zusammengekommen. Sie hatten im Einvernehmen beschlossen, welche Gemeinschaft welchen Weg zu nehmen habe, damit jede Gemeinschaft genug Fleisch und immer eine trockene Unterkunft hatte. Die Wanderwege wurden so vereinbart, daß sie sich mindestens einmal im Jahr kreuzten – die Menschen lieben die Menschen und wollen Menschen sehen und wollen selbst gestreichelt werden.

Die Berge und die große Wanderung: das war die ungewisse Zukunft. Die Menschen lebten jedoch in der Gegenwart. Die Zukunft bedeutete Gefahr. Aber wo die Herden grasten, da waren auch die Menschen.

So zogen die Mammut-Menschen aus ihrem Winterlager. Tunulig und Oschet gingen mit Fackeln voran, Kukikatugak bildete den Schluß. Die Menschen zogen über die Berge, die man später Pyrenäen nennen würde, durch ein Land, das man später Andorra nennen würde, hinab in die Ebene, vorbei an der Bison-mit-den-zwei-Speeren-Höhle, genau in Richtung der Nacht bis zur Höhle-mit-den-vielen-Stieren.

Am späten Nachmittag waren die Mammut-Menschen am Fuß der großen Berge angekommen. Hier blieben sie für die Nacht.

Zuerst hoben sie eine zehn mal fünf Schritte große Vertiefung mit den Knochenschaufeln aus. In einem flachen Winkel gegeneinander legten sie die Dachstangen, die in der Mitte von einer langen Stange gehalten wurden. Darüber wurden die großen Wisentfelle gelegt, auch über die beiden Enden. Auf diese Weise hatten die Menschen eine warme Unterkunft, deren Dachfirst bis zur Gürtelhöhe eines Menschen reichte. Man schob am Ende ein Fell beiseite und stieg zwei Stufen hinab. Die Felle wurden am äußersten Rand, auf der Erde, mit Schnee und Felsbrocken beschwert. In der Mitte des Langzelts ließen die Menschen die Felle einen Spalt offen. Hier zog der Rauch ab.

Das Feuer machten die Menschen so: Doregak, der sehr geschickt war mit dem Feuer, legte ein flaches Holz auf den Boden. Im rechten Winkel dazu nahm er ein rundes Holz in die Hände; das Holz war zweimal so lang wie eine Menschenhand. Mit den ausgestreckten Fingern und Handflächen fuhr er hin und her von oben nach unten, so daß sich das Rundholz in einer Kerbe im Flachholz rasend schnell drehte. Nach kurzer Zeit rauchte das Flachholz, rauchte immer mehr, und als Doregak schließlich trockenen Farn darauf legte und vorsichtig darauf blies, sah er ein kleines Glimmen. Noch ein Stück Farn, dann Rindenstückchen: und auf dem Flachholz züngelte das erste Flämmchen.

Doregak, ruhig und geschickt, zündete auf der Wanderung mit seinen Feuerhölzern immer das Nachtfeuer an.

Es wurde Nacht. Vor dem Zelt zündete Aiyuk ein zweites Feuer an. Heute nacht, zumindest für die halbe Nacht, war Aiyuk Augen-Mensch. Er fürchtete sich nicht. Zwei Schritte hinter ihm lagen, dicht nebeneinander, die Mammut-Menschen.

Aiyuk ging um das Feuer herum, Speer und Speerwerfer fest in der rechten Hand, zwei Ersatzspeere in der linken. Nein, es bestand kein Grund, Angst zu haben. In zehn Tagen würden die Menschen die Berge überquert haben. Auch nahte kein Sturm – der Himmel war wolkenlos und glitzerte und blitzte mit tausend Sternen. Aiyuk schaute lange zu den Sternen empor. Tunulig hatte ihm davon erzählt als er ein kleiner Junge war, und er wiederum hatte Lucuwat erzählt, was es mit den Nachtfeuern auf sich hatte. Abends wurde die Sonne nämlich müde vom vielen Leuchten und wollte sich zur Ruhe legen. Aus ihrem Bauch holte sie einen Wisentsack, in dem viele kleine Feuer lagen. Mit der Hand griff die Sonne in den Sack und streute die kleinen Feuer weit über den Himmel. So konnte sich die Sonne am nächsten Morgen nicht verirren, da es nun im Dunkeln leuchtete, doch ohne daß es Tag wurde. Am nächsten Morgen begann die Sonne, ausgeruht zu leuchten, und ihr Leuchten überstrahlte die unendlich vielen kleinen Nachtfeuer. Da kehrten sie in den großen Wisentsack zurück und wurden im Bauch der Sonne verstaut, bis zur nächsten Nacht.

Aiyuk blickte in die Nacht der grauen Berge. Von den Tälern, weit, weit weg, drang das Heulen der Wölfe zu ihm. Es störte ihn nicht. Früher war es ihm immer unheimlich gewesen als Augen-Mensch. Nun aber hatte er sogar gebeten, heute nacht Augen-Mensch zu sein. Kukikatugak hatte sich gewundert. Tunulig schaute ihn scharf an, während sich Tore an den Fellen zu schaffen gemacht hatte. Tunuligs scharfer Blick war Aiyuk entgangen, so sehr hatte sich Aiyuk darauf gefreut, mit den Gedanken allein zu sein.

Igiluk? Meine Mutter hieß Igiluk. Warum wollte Tore nicht mehr sprechen? Wo war Igiluk? War sie ein Mammut-Mensch?

Am nächsten Morgen nahm Aiyuk zusammen mit Tore die Dachfelle ab, obwohl ihn Tore sanft beiseite geschoben hatte: „Das kann ich allein."

Aiyuk legte seine Hand auf Tores Unterarm und fragte: „War sie ein Mammut-Mensch?"

Mit einem gewaltigen Ruck riß Tore das Fell von den Stangen. „Sie war ein Pferde-Mensch", sagte er hastig. „Wir müssen uns beeilen. Der Weg ist heute weit."

Aiyuk antwortete nicht.

Ein Pferde-Mensch. Ein Pferde-Mensch also. Kukikatugak hatte recht, obwohl er nichts wußte. Sie war kein Mammut-Mensch. Aber das ist doch kein Grund, nicht über sie zu reden. Wir mögen die Pferde-Menschen. Kukikatugak sagt, sie würden nicht so gut jagen wie wir, aber das sagt er nur zum Spaß.

Den ganzen Tag verbrachte Aiyuk mit diesen Gedanken, während die Mammut-Menschen den mühsamen Aufstieg begannen. Am frühen Nachmittag wurde der Schnee immer tiefer. Der feste, tiefe Schnee verscheuchte alle Gedanken, die nicht überlebenswichtig waren. Aiyuk, der wieder an den Stangen zog, sackte bei jedem Schritt bis zu den Knien, dann bis zu den Oberschenkeln ein. Wie alle anderen keuchte und schwitzte er. Immer öfters wurden Pausen eingelegt. Es fing zu regnen an. Der Regen gefror sofort an der Schneeoberfläche. Aiyuk brach bei jedem Schritt in den weichen Schneeuntergrund ein. Bei jedem Schritt schnitt die Eiskante in seine ungeschützten Knie und in die Oberschenkel, die vor Kälte schon ganz rot waren. Die blutigen Kratzspuren an den Knien mehrten sich. Jeder Schritt wurde zur Qual.

„Halt", stöhnte Oschet, „es tut so weh. Wir müssen halten."

„Wir brauchen eine windgeschützte Stelle", sagte Eschona.

„Er hat recht", sagte Aiyuk. „Im tiefen Schnee können wir kein Feuer anzünden."

Und so zogen die Menschen weiter, immer höher hinauf, mit blutenden, zerschundenen Knien. Eschona hatte die weinende Lucuwat auf den Rücken genommen. Völlig erschöpft stieß er in langen weißen Wolken den Atem in die kalte Luft hinaus. Tore und Tunulig blieben immer weiter zurück; immer verbissener durchbrach Kukikatugak mit seinen großen Füßen die Eisschicht. Er bahnte den Weg für die anderen; wer in seine Fußstapfen trat, riß sich das Knie nicht auf. Auf diese Weise ging es etwas besser. Das Kleinkind, das Fagayuk trug, hatte zu schreien begonnen und war nicht zu beruhigen.

Kukikatugak drehte sich um und rief: „Da vorne!"

Auch die anderen sahen es nun: ein kleiner Felsüberhang, so hoch wie ein Mensch, unter dem nur wenig Schnee lag. Fünf große Schritte lang war der Weg flach, und da konnten die Menschen schlafen.

Kukikatugak warf sich keuchend auf die Erde. Aiyuk riß die Säcke von der Schulter und legte sich kurz neben Kukikatugak.

„Das war schlimm", sagte er. Da erst sah er, warum Kukikatugak stöhnte. Seine Knie waren völlig aufgerissen und bluteten noch immer. Obwohl er sich vor Erschöpfung kaum regen konnte, kroch Aiyuk zu Tunuligs Sack hinüber und schmierte die Bärenfettsalbe auf die Handflächen. Damit rieb er zuerst Kukikatugaks Knie und Oberschenkel ein, dann die eigenen.

Langsam, einer nach dem anderen, erhoben sich die Menschen und begannen, die Stangen schräg gegen den vorkragenden Teil des Felsvorsprungs zu lehnen. Darüber banden sie die Felle. Am Feuer erholten sie sich wieder. Die Erschöpfung wich dem vertrauten Beisammensein, und so fühlten sich die Menschen wieder wohl. Kukikatugak konnte seine Knie wieder bewegen, und als Aiyuk nach außen trat, um Augen-Mensch zu sein, bemerkte er belustigt: „Das Füchslein will denken."

Aiyuk sagte nichts. Die Nacht war ohne Sterne. Aiyuk starrte lange ins Feuer. Plötzlich schreckte ihn das Heulen der Wölfe auf. Es war nicht mehr so weit entfernt, aber noch nicht nahe.

Lucuwat setzte sich zu ihm. Hatte sie Tunulig geschickt? Aber das glaubte er nicht, denn sofort streichelte sie seinen Bart und flüsterte: „Horch!"

„Ja", sagte er. „Die Wölfe sind weit weg, Kind. Da brauchst du keine Angst zu haben."

„Die Wölfe sind aber doppelt", sagte Lucuwat.

„Doppelt?" Aiyuk überlegte. „Doppelt – ja, du meinst, das hallt in den Bergen. Ja, der Stein ist so hart und will die Stimmen nicht schlucken. Daher nimmt er sie und wirft sie zurück."

Trotzdem schmiegte sie sich an ihn.

„Weißt du", begann er, „vor den Wölfen mußt du keine Angst haben. Sie sind nicht böse, kein Tier ist böse. Die Wölfe waren sogar einmal Menschen. Willst du die Geschichte hören?"

„Ja, aber nur wenn ich keine Angst haben muß."

„Nein, ganz bestimmt nicht. Vor den alten Geschichten muß man sich nicht fürchten, denn sie sind wahr und helfen uns, die Tiere zu verstehen. Es war so. Einst gab es andere Menschen als uns. Sie hatten einen größeren Kopf und waren stärker als wir, aber sie waren nicht klüger. Die Mammut-Menschen und die Pferde-Menschen erzählten sich schreckliche Dinge über sie. Reden konnten wir nicht mit ihnen, weil sie nicht so sprachen wie wir. Sie grunzten viel. Es ging bei uns Menschen das Gerücht, daß wenn bei ihnen jemand starb, die anderen Dickkopf-Menschen das Gehirn des Toten aufaßen. Das ist für uns so böse, daß wir es nicht verstehen. Ja und da aßen diese Dickkopf-Menschen immer mehr Dickkopfgehirn und wurden immer böser, aber weil sie mit dem Gehirn dachten, so wie wir, wurden sie auch klüger. Am Schluß hatten sie so viel Gehirn gegessen, daß es niemanden mehr gab. Und so lebten diese Dickkopf-Menschen nicht mehr. Alle starben. Die, die Gehirne gegessen hatten, verwandelten sich in bissige Tiere. Die Gehirnesser wurden zu Wölfen, und darum lieben wir die Wölfe nicht wie die anderen Tiere. Der Wolf hat die Stärke *eines* Menschen, aber die Klugheit von fünf Menschen. Er hat ja auch viel Dickkopfgehirn gegessen. Darum ist der Wolf besonders gefährlich. Der Fuchs ist aber nicht gefährlich, weil er zwar die Klugheit von zehn Menschen besitzt, aber nur die Kraft von Fagayuks Kleinkind, deiner Schwester. Wir brauchen den Wolf nicht zu fürchten, denn er kommt selten zu den Menschen. Und wenn sein Geist stirbt, kehrt er zurück zu den anderen Wölfen und tut dem Menschen nicht weh. So gibt es nie zu viele Wölfe, weil die Geister der toten Wölfe oft in die lebenden Wölfinnen eindringen und die Ungeborenen erschrecken.

Siehst du: so ist das mit den Wölfen. Weil es nicht zu viele Wölfe gibt, kommen sie selten zu den Menschen, da sie ihre Beute woanders finden. Und nun geh schlafen, denn du mußt morgen viel laufen."

Lucuwat streichelte seinen Oberarm, zeigte die gerollte Zunge zum Gruß und verschwand.

Lucuwat hatte Aiyuks Nachdenklichkeit vertrieben. Heulen die Wölfe, fragte er sich, weil sie einmal Gehirn gegessen haben, was gegen das Gesetz verstößt?

Noch viele Tage zogen die Menschen über die Berge. Mit jedem Tag kamen sie langsamer voran. Doch die Knie schmerzten nicht mehr, da die Menschen Fellstreifen um die Knie gewickelt hatten. Dafür schmerzten die bloßen Hände und das Gesicht immer mehr: Der Wind blies immer kräftiger. Es schneite oft. Auch dagegen besaßen die Menschen ein Mittel, das „Enten-Mittel". Sie rieben Gesicht, Hände und Arme mit schwerflüssigem Bärenfett ein, das wie eine Schutzschicht vor Sonne, Wind, Mücken und Schnee wirkte. So kamen die Menschen voran, bis sie ein plötzlicher Schneesturm zwang, an einer Felswand zu kampieren. Sie gruben sich ein, legten Felle über die an die Felswand gelehnten Stangen und warteten. Aber anstatt nachzulassen, blies der späte Wintersturm immer heftiger; er pfiff durch die Ritzen und stieß die Flamme hin und her.

Schon dauerte der Sturm drei Tage, und am dritten Tag sagte Kukikatugak: „Das Essen reicht nur noch für vier, vielleicht fünf Tage."

Tunulig schaute ihn an und schaute wie durch ihn hindurch. Dann meinte sie: „Der Sturm wird heute nacht zu Ende sein."

Kukikatguk war zuerst ernst, dann aber grinste er und lachte: „Es gibt bald Ren in meinem Magen."

Die angespannte Atmosphäre war mit einem Schlag gewichen. Aiyuk lachte nun auch und sagte: „Dann wird dein Bauch noch dicker." Nun lachte auch Eschona, sogar Tore und Tunulig lachten. Die Menschen freuten sich wieder.

Es kam wie Tunulig vorhergesagt hatte. Noch in derselben Nacht brachen die Menschen auf. Der Schnee war leicht wie Ockerpulver, und die Menschen brauchten keinen Knieschutz mehr. Sie kamen schnell voran.

Ab und zu dachte Aiyuk an Igiluk. Abends war er, wenn er nicht Augen-Mensch war, so erschöpft, daß er wie die anderen sofort einschlief. Am Tag ging Lucuwat meist an seiner Seite, und sie sprachen viel über Wölfe und Füchse und Bilder in den Höhlen. Aiyuk versprach, ihr die Höhle-der-vielen-Mammuts zu zeigen, die nicht weit von ihrem Sommerlager entfernt lag. Auch die Höhle-der-rennenden-Wisents wollte er ihr zeigen. Vor dem Einschlafen ritzten sie Renbilder in Lucuwats Speerwerfer. Auch Kukikatugak setzte sich dazu und begann zu ritzen. Bald aber warf er ärgerlich den Knochenstift auf den Boden und schaute seine großen, schwieligen Hände an. Aiyuk lachte, und Kukikatugak sagte: „Was soll ich Rene ritzen. Ich esse lieber, das kann ich besser. Vielleicht sehen wir bald Steinböcke."

Aber am nächsten Tag hörten sie nur das Heulen der Wölfe, das immer näher kam. Die Menschen schwiegen und horchten, und horchten den ganzen Tag. Am Abend sagte Kukikatugak: „Es ist besser, heute nacht zwei Augen-Menschen zu haben."

Er und Gukall legten ein besonders großes Feuer vor dem Zelt und nahmen die Langspeere in die Hand, die nur für große Tiere wie Mammut und Wisent und wolliges Nashorn benützt wurden – und für die Wolfsschädel. Neben sich legten sie die kürzeren Speere und den Speerwerfer.

Das Heulen der Wölfe schien einmal näher, dann weiter entfernt. Die Felswände gaben jeden Wolfston mehrfach wieder, und daher vermochten auch die erfahrenen Jäger nicht zu sagen, ob da zehn oder zehn mal zehn Wölfe lauerten. So vertraut wurde das Geheul, daß Aiyuk darüber einschlief. Mit einem Mal wachte er auf. Es war totenstill. Die absolute Stille dauerte nur wenige Augenblicke. Dann kam Kukikatugaks Ruf: „Wölfe!"

Hikiijaut und Aiyuk waren zuerst vor dem Zelt und schrien und fuchtelten mit den Armen. Zuerst sahen sie nichts, dann das Glitzern der Augen. Kukikatugak stand gebückt, wenige Schritte vor dem Feuer. Mit beiden Händen hielt er den Langspeer. Vor ihm knurrte es, dann sauste sein Speer auf die Schnauze eines Wolfs nieder. Es krachte dumpf, ein Wolf jaulte leise. Dann Stille. Kukikatugak hatte auf die Nasenspitze gezielt und das Nasenbein zerbrochen. Der nächste Schlag saß auf dem Kopf, und Aiyuk sah, wie der Wolf zusammenbrach und Blut spuckte. Er sah einen schwarzen Schatten hinter dem Feuerschein. Da ließ er den Speer vom Speerwerfer schnellen. Das „Plock" des Aufschlags nahm er nicht wahr, schon hatte er den zweiten Speer in den Speerwerfer eingehakt. Hikiijaut nahm einen brennenden Scheit vom Feuer und warf ihn mit Geschrei in das Rudel. Nun konnten sie die Wölfe sehen. Aiyuk, Eschona und Teschadjuk warfen ihre Speere und trafen noch zwei Wölfe. Gukall, auf der anderen Seite des Feuers, nahm seinen Langspeer in die linke Hand und bückte sich, um nach einem Holzscheit zu greifen. Auf diesen Augenblick hatte der Wolfsanführer gewartet. Schneller als Gukall es wahrnehmen konnte, war der Wolf gesprungen. Schneller als ein Mensch zu denken vermochte, hatte Gukall seinen linken Arm schützend vor das Gesicht gehalten und den Speer fallengelassen. Der Wolf senkte seine langen gelben Zähne in Gukalls Arm. Von der Wucht des Sprungs fiel Gukall hinten über; der wild knurrende Wolf lag auf ihm und biß sich in seinen Arm fest. Seine Zähne drangen immer tiefer, und im selben Augenblick hatte er zu reißen begonnen. Vor Schreck hatte Gukall nicht einen einzigen Ton von sich gegeben. Aus dem linken Augenwinkel hatte Kukikatugak das Zähnefletschen gesehen. Im nächsten Augenblick nachdem der Wolf die Zähne in Gukalls Arm begraben hatte, sauste sein Speer auf den Nacken des Wolfs nieder. Die Wucht seines Schlags war so enorm, daß der Speer krachend entzwei splitterte. Der Wolf zuckte nur einmal kurz mit zerschmettertem Rückgrat und lockerte die Zähne. Aiyuk war mit einem Riesensatz über das Feuer gesprungen, und sein Messer, das das Herz des Wolfs aufriß, war nicht mehr nötig, um Gukall zu retten. Einen Augenblick lang sah Aiyuk nichts, von einer dicken Blutfontäne bespritzt. Dann packte ihn eine Wut auf die Wölfe, eine Wut, die ihn selten ergriff. Ohne auf die anderen zu achten, ohne auf Gukall zu achten, riß er dessen Speer an sich, sprang ins Halbdunkel und zerschmetterte einem Wolf mit einem im Kreis von oben nach unten geführten Schlag den Unterkiefer. Kukikatugak stand nun neben ihm und gebrauchte den abgebrochenen Speer als Prügel. Bei jedem Schlag krachten die Knochen. Rechts von Kukikatugak sauste Hikiijauts Speer vorbei und traf einen Wolf im Sprung, so daß er einen mannshohen Purzelbaum schlug und tot vor Aiyuks Füßen zu liegen kam. Urplötzlich ließ das Knurren nach; zwei Wölfe hechelten vor Schmerz; zwei Wölfe jaulten kurz. Dann war es still, und man hörte nur die Pfoten im Schnee. Aiyuk starrte in die Dunkelheit, und ein letztes Wimmern hinter ihm brachte ihn wieder zur Besinnung. Er strich das Wolfsblut vom Gesicht und leckte die Handflächen ab.

„Mein Arm, mein Arm", stöhnte Gukall und verlor das Bewußtsein.

Tunulig und Eschona knieten schon neben Gukall. Der Unterarm war völlig aufgerissen; am Ellbogen blitzte der blutige Knochen im Feuerschein.

„Galle", sagte Tunulig.

Eschona zog Aiyuks Messer aus dem Wolf und schlitzte schnell aber vorsichtig den Wolfsbauch auf. Er zerrte den Pelz zurück, riß das Gedärm hervor und warf es beiseite. Sorgfältig löste er die pralle Galle aus dem Bauch, nahm sie in die Hände und hielt sie über Gukalls Arm. Tunulig ritzte die Galle an und goß den bitteren Saft in die Wunde, so daß Gukall noch in der Bewußtlosigkeit zusammenzuckte. Mit behenden Fingern löste Tunulig die Niere aus dem Wolfsbauch, drückte sie aus und wickelte die Nierenfetthaut um die Wunde.

„Noch eins", sagte sie.

Aiyuk und Eschona öffneten den nächsten Wolfsbauch und schälten die Nierenfetthaut heraus. Auch dieses Heilpflaster band Tunulig um die Wunde. Dann wurde Gukall ins Zelt getragen.

„Diese Wölfe", sagte Aiyuk.

„Sie hatten Hunger", antwortete Eschona. Damit war das Gespräch über die Wölfe beendet. Da die Menschen keine Wölfe aßen und wegen ihrer Bepackung keine Felle mitnehmen konnten, blieben die Wolfskadaver einfach liegen. Niemand kümmerte sich um sie.

„Wenn die Große Hitze kommt", meinte Tunulig, „müssen wir hierbleiben. Draußen in der Kälte wird Gukall sonst sterben."

Da sagte Fagayuk, und auch Eschona staunte: „Und wenn wir hierbleiben, stirbt der Kleine. Wir müssen weiter, wir haben kaum noch zu essen."

„Niemand wird sterben", antwortete Tunulig bestimmt, und ihre Augen blitzten. „Niemand stirbt. Denk an Gukall."

„Ich denke auch an das Kleinkind."

„Alle werden leben. Wenn Gukalls Große Hitze heute nacht kommt, werden wir sie senken. In zwei Tagen ist er gesund. Dann gehen wir."

Fagayuk drehte sich weg und weinte, und als sie Eschona beruhigen wollte, drehte sie ihm den Rücken zu und ließ sich nicht streicheln.

Stumm hatte Aiyuk dem Wortwechsel zugesehen. So hatte er Fagayuk nie erlebt. Aber er verstand ihre Angst um das Kind, das ihr die Ruhe genommen hatte.

„Morgen jage ich einen Steinbock", sagte Kukikatugak, um sie zu beruhigen. Aber Fagayuks Rücken zitterte noch immer, und sie bewegte sich nicht.

Gukall schlug die Augen auf und sagte sofort: „Mein Arm – ich habe keine Schmerzen."

„Wir haben Galle in deine Wunde getan", beruhigte ihn Oschet, die sein Gesicht streichelte. „Morgen ist es wieder gut."

Am Morgen war es aber nicht gut, denn noch in der Nacht begann das Fieber. Gukall phantasierte und schwitzte unter den dicken Wisentdecken.

Am Morgen sagte Tunulig, die ihn besorgt anschaute: „Fagayuk hat nicht Unrecht. Wir müssen das Fieber schnell senken und dem Wundstarrkrampf vorbeugen, sonst sterben wir alle hier. Gukall muß den Schmerz aushalten."

„Ich werde ihn pflegen", sagte Oschet und ihre Augen füllten sich mit Tränen. Sie wußte, was jetzt passieren würde.

Eschona legte drei Speerspitzen ins Feuer. Kukikatugak und Aiyuk hielten Gukall fest, während Oschet Gukalls Kopf in den Händen wiegte. Gukall verlor sofort das Bewußtsein, als die erste Speerspitze in seiner offenen Wunde zischte; Tunulig hatte zuvor die harten Blutränder der Wunde ausgeschnitten. Dann wurde Gukalls Wunde zugedeckt. Um seine Unterschenkel und um den gesunden Unterarm legte Oschet kalte Umschläge aus Renfell, die mit Schnee eingerieben worden waren. Gukall zitterte und schwitzte und fror. Das Fieber raste. Unermüdlich streichelte ihn Oschet, machte ihm Umschläge, legte ihm Schnee an die Stirn, gab ihm zu trinken.

„Er muß leben, er muß leben", flüsterte sie und streichelte Gukalls Wange. Eine Träne tropfte auf Gukalls Stirn und vermischte sich mit seinem Schweiß. Da wußte Aiyuk mit einem Mal, daß er nie wieder mit der scheuen und stillen Oschet liegen würde. Sie hatte für den kranken Gukall das Gefühl bekommen, und Aiyuk war nicht traurig.

Außer Aiyuk hatte Tunulig sofort bemerkt, was geschehen war. Sie schaute zuerst Oschet, dann Aiyuk an. Sie legte ihre knöchrige alte Gichthand auf Aiyuks Unterarm und meinte still, so daß es nur Aiyuk hören konnte: „So ist aus etwas Schlechtem etwas Gutes entstanden."

Aiyuk nickte.

„Gut", stellte Tunulig fest.

Am Nachmittag kamen Hikiijaut und Kukikatugak mit einem riesigen Steinbock zurück. Mit einem Blick auf Fagayuk legten sie das Tier hin und begannen, zusammen mit Aiyuk und Tore, mit dem Ausnehmen. Kukikatugak gab Fagayuk den ersten Fleischstreifen. Aber sie aß nicht, so sehr schämte sie sich.

„Verzeih", bat sie Oschet. Oschet streichelte den Kopf des Kindes, das an Fagayuks Brust trank, und sagte: „Es ist gut."

Da fühlten sich die Menschen wohler. Gukalls Fieber war gesunken. Am nächsten Morgen fühlte er sich nur noch schwach. Sein Fieber war verschwunden. Aber sein linker Arm – blieb für immer steif.

Die Menschen rasteten noch einen Tag am selben Ort. Am nächsten Morgen brachen sie auf. Gukall wurde von Kukikatugak und Doregak gestützt; nun trug Aiyuk drei Säcke. Aber seine Knie waren geheilt, und die Tage, die mit Warten zugebracht worden waren, hatten alle gekräftigt. So stapften die Menschen schnell durch den Schnee, der überall taute. Jetzt ging es bergab.

Obwohl Aiyuk schwer an den Säcken zu tragen hatte, ging Lucuwat noch immer neben ihm. Sie unterhielten sich über die kreisenden Adler, über den weißen Bergschnee, über die unsichtbaren Steinböcke. Bei den Menschen gab es nämlich die Sitte, daß das Kleinkind die ersten zwei Jahre fast ganz bei der Mutter verbrachte. Dann aber wurde es zusehends von anderen Personen erzogen, ohne daß es der Mutter weggenommen wurde. Auf diese Weise erreichten die Menschen zweierlei: zum einen lernte das Kind von vielen Personen viele Dinge; zum anderen wurde es nicht ausschließlich an die Mutter gebunden – der Tod war allgegenwärtig, und der frühe Tod der Mutter die Wahrscheinlichkeit. Es war bei den Kindern üblich, einen oder zwei ältere „Freunde" zu besitzen, die das Kind besonders mochte. Sie brachten dem Kind besonders viel bei, indem sie es streichelten und liebten und lobten – aber nicht zuviel, damit es mit sich nicht zufrieden werden würde. Die Kinder durften alles, was ungefährlich war. So entdeckten sie selbst viel. Aiyuk war Lucuwats älterer „Freund", so wie Tore Aiyuks älterer „Freund" gewesen war.

Aiyuk blickte sich um und sah Tore mit Tunulig im Gespräch. Tore machte eine heftige Handbewegung. Als Tunulig aufschaute und Aiyuk sah, schwieg sie. Dann schwieg auch Tore, und ehe Aiyuk nachdenken konnte, sagte Lucuwat: „Komm weiter. Sind dir die Säcke zu schwer?"

„Nein, nein, Kind. Es ist alles gut." Und er erzählte ihr von den Adlern, die Eschona mit Murmeltieren in den Krallen fliegen gesehen hatte.

Aber es war nicht alles gut.

Am Abend gab es nur noch wenig zu essen. Den ganzen Weg war außer dem einen Steinbock kein anderes eßbares Tier zum Vorschein gekommen. Wer würde schon, außer beim Verhungern, einen Wolf verspeisen?

Am nächsten Morgen schien die Sonne ungewöhnlich stark. Gukall ging besser als am Vortag. Nun stützte ihn nur noch Doregak, so daß Kukikatugak wieder seinen Sack tragen konnte. Daher ging auch Aiyuk freier.

Jetzt ging es immer steiler bergab. Trotz ihres Hungers liefen die Menschen immer schneller: den Hunger waren sie gewohnt, und am folgenden Tag wartete die Ebene, warteten die großen Herden auf sie.

In Aiyuk kam immer wieder das Bild von Tores heftiger Armbewegung auf. Was hatten die beiden nur gesprochen? Aber schon vergaß Aiyuk das seltsame Gespräch: die Knie zitterten, je steiler der Abstieg vonstatten ging. Aiyuk fragte sich, ob der Aufstieg mit dem Klopfen in der Brust nicht doch besser war. Ganz in Gedanken versunken hörte er als letzter das entfernte Grollen. Kukikatugak stieß ihn an: „Da – es kommt!" Die Sonne hatte weit oberhalb den Schnee gelöst. Das tiefe Grollen rollte zu ihnen am Hang, ließ die Luft erzittern. Oschet schmiegte sich an Gukall und sagte: „Ich bleibe bei dir."

Tunulig rief: „Niemand stirbt – da vorne hinter der Felskante!"

Sie rannten, rutschten, schlitterten um ihr Leben. Aiyuk keuchte und zitterte vor dem großen Schnee, der so viel gefährlicher war als der große Bär.

Jetzt sterben, jetzt schon? Den Bären kann man töten, aber der rollende Schnee begräbt alles.

Kukikatugak, Hikiijaut und Teschadjuk waren schon um die senkrechte Felswand verschwunden. Aiyuk packte die Stangen und zog mit Doregak, Fagayuk und Eschona. Sie wagten nicht, sich umzusehen. Das Grollen übertönte alle Worte. Eschona brüllte, Fagayuk weinte und schrie, aber Aiyuk verstand nichts. Sie rannten um die Felskante – weiter nach rechts – über ihnen gab es einen kleinen Felsvorsprung. Nun kamen auch Gukall und Oschet, und Tore und Tunulig. Aiyuk hatte die Stangen hingelegt und schob Tore und Tunulig an die Felswand. Die weiße Wolke donnerte schon heran – donnerte und stampfte mit einem Getöse, das Aiyuk noch nie aus der Nähe gehört hatte. Lucuwat war flach an den Felsen gedrückt, davor stand Aiyuk. Nun kniete er und umarmte sie. Da brach die große weiße Wolke über sie herein und ging doch an ihren Köpfen vorüber. Sie fühlten von den vielen tausend kleinen Schneespitzen nur ein leichtes Prickeln auf der Haut. Nach kurzer Zeit war alles mit einer feinen, durchsichtigen Schneeschicht bedeckt. Plötzlich entfernte sich das Grollen und zog ab ins Tal. Die Lawine war vorüber.

Aiyuk wischte den feinen Schnee von Lucuwats Gesicht und sagte: „Keine Angst mehr – alles ist gut – nicht mehr weinen – die größten Wolken zogen drüben durch die Schlucht – hier war es nicht so schlimm – alles ist gut."

Fagayuk lachte und streichelte das Kleinkind. Oschet und Gukall rieben ihre Nasenspitzen aneinander. Kukikatugak legte den Arm um Aiyuk. Obwohl Kukikatugak noch vor Angst leicht zitterte, sagte er zu Aiyuk: „So ein Schnee – das ging noch gut – dagegen kann auch ein schlaues Füchslein nichts machen."

Fröhlich und erleichtert stiegen die Menschen zu Tal, trotz und wegen der Todesgefahr, der sie gerade entronnen waren, trotz des Magenknurrens. Denn jetzt gab es nichts mehr zu essen.

„Mein Magen ist eine laute Lawine", sagte Kukikatugak. Das war das Lied der Ausgelassenheit, der Erleichterung; das Lied von Kukikatugaks hungrigem Magen, der lauter dröhnte als die Lawine. Auch Tunulig stimmte mit ein. An der nächsten Wegbiegung verstummten alle. Vor ihnen, weit im Tal, lag die unendliche Ebene, nur noch hier und da mit Schneeresten übersät, schon mit zartem, glänzendem Grün bedeckt. Die Abenddämmerung leuchtete rot und sanft über die weite Tundra. In der weiten, weiten Ferne hörten die Mammut-Menschen ein anderes Donnern als das der Lawine: das Donnern der großen Renherden. Sie sahen das Rotbraun der Herden, das sich mit dem Orangebraun der untergehenden Sonne vermengte. Die Tundra leuchtete. Grün, weiß, rot, braun, orange – es glitzerte und strahlte. Die Tundra bewegte sich, die Sonne bewegte sich. Sonne und Tundra und Herden riefen den Menschen zu, die ein Teil von ihnen waren: Kommt!

„Wir sind gerettet", sagte Eschona langsam.

Das Ren

Noch einen ganzen Tag zogen die Mammut-Menschen bergab. Der knurrende Magen meldete sich immer aufdringlicher. Immer öfters griffen die Menschen in den Schnee, der den Magen so kalt werden ließ, sie aber immerhin vom schlimmsten Hungerschmerz befreite. Niemand hatte Lust, ein fröhliches Lied zu singen: dafür drückte der Hunger zu sehr, dafür zitterten die Beine zu sehr beim steilen Abstieg. Stellenweise war der Schnee schon geschmolzen, so daß die Menschen sehr schnell vorankamen. Der Himmel hatte sich wieder bewölkt. Trotzdem war das kräftig-grüne Leuchten der Tundraebene nicht zu leugnen. Grün bedeutete: Beeren und Wurzeln und Knollen. Schon seit Monaten hatten die Menschen keine Pflanzen mehr essen können. Und braun bedeutete: Ren!

Nach vielen Stunden lag der schwierigste Abstieg hinter ihnen. Weil er sich nicht mehr so stark auf die Beine konzentrieren mußte, begann Kukikatugak auf seinen unersättlichen Magen zu schimpfen.

„Das hilft dem Hunger nicht", meinte Tunulig.

Lucuwat fing vor Hunger an zu weinen.

Aiyuk legte den Arm auf Kukikatugaks Schulter. Eschona nahm Lucuwat an die Hand und sagte: „Denk an das Ren morgen. Da kannst du so viel essen wie du willst." Und um Lucuwat und nicht nur Lucuwat vom Hungerschmerz abzulenken, begann er in seiner ruhigen, stillen Art zu erzählen:

„Das Ren ist ein wunderliches Tier, weißt du. Ich erzähle dir, wie das Ren sein Geweih bekam, ja?

Es war nämlich so: Einst war die Erde grün, und die Rene ästen nicht nur die Flechten und Gräser, sondern auch von den Bäumen. Da gab es eigentümliche und hohe Bäume, höher als jetzt. Die Rene schickten eines der größten Rene auf die Höhe, um Augen-Ren zu sein, damit sich kein Löwe anschleichen sollte. Oben auf der Höhe sah das Ren einen Baum, von dem es noch nie gekostet hatte. Da schnupperte es und kostete erst ein Blatt, dann noch ein Blatt und noch ein Blatt. Der Baum schmeckte so wunderbar wie Hirschrücken oder Bärenhirn. Das Ren äste und äste von dem Baum. Jedes Mal, wenn ein Blatt aufgegessen wurde, wuchsen zwei Blätter nach, und die schmeckten noch besser, wie das Hirschkalb. 'Das ist aber ein lustiger Baum', dachte das Ren. Da merkte es auf einmal, daß der Baum noch viel lustiger war, als es sich das Ren gedacht hatte: denn wer von den nachgewachsenen Blättern aß, wurde unsichtbar! Das Ren konnte seine Hufe gar nicht mehr sehen; sein Körper war verschwunden. Da kamen Löwen daher, und Bären und Wölfe und Hyänen: sie alle schnupperten und schnupperten und rochen das Ren, aber nichts war zu sehen. Da lachte das Ren in sich hinein und äste weiter von den Blättern, die immer besser schmeckten. Längst war die Renherde in Richtung Nacht weitergezogen, und noch immer äste das Ren. Es blieb an der gleichen Stelle stehen, denn da wuchsen genug schmackhafte Blätter nach. Weil das Ren immer an der gleichen Stelle blieb, wuchs es allmählich mit dem Baum zusammen. Es konnte nicht mehr weg. Das kümmerte das Ren aber nicht; wer immer gut zu essen hat, der bleibt gern am gleichen Ort.

So verging der Sommer. Der Herbst kam. Der Baum begann, seine zarten, grünen Blätter mit Ockerfarbe anzumalen, um sie schließlich ganz abzuwerfen. Aus den Zweigen und Ästen wich der Saft. Das Ren, das nun wieder sichtbar wurde, vermochte sich loszureißen – es zerrte und zog an den trockenen Ästen und befreite sich schließlich. Doch einige Äste waren mit seinem Kopf zusammengewachsen. Diesen Ästen gab das Ren Saft von seinem eigenen Körper, und so wurden die Äste zum Rengeweih.

Von der Höhe herab sah das Ren, wie die Herde aus der Nacht zurückkehrte, und schloß sich ihnen wieder an. Es war Brunstzeit. Im nächsten Frühjahr kalbten die Renkühe erst zwei, im übernächsten Frühjahr vier Renkälber, denen das Geweih aus dem Kopf wuchs. So bekamen bald alle Rene das Geweih, und ähnlich erging es den Hirschen und den Saiga-Antilopen.

Darum soll man nie von Pflanzen und Bäumen essen, die wir nicht kennen. Denn was sollten wir Menschen schon mit einem Geweih anfangen?"

Lucuwat strahlte über das ganze Gesicht. Auch für alle anderen, die andächtig zugehört hatten, war der schlimmste Hunger zeitweilig vergessen.

Noch vor dem Abend schlugen die Menschen ihr Lager auf, am Fuß der Berge. Eschona, Aiyuk und Tunulig besprachen sich kurz, dann rief Tunulig Lucuwat herbei: „Liebes Kind", sagte sie, „du warst nun zum ersten Mal bei der Malzeremonie dabei, als wir dem Bärengeist Frieden geschenkt haben. Nun haben wir beschlossen, daß du morgen zum ersten Mal mit deinen Speeren als Renjägerin an der Jagd teilnehmen sollst; aber nur, wenn du keine Angst haben wirst."

„Nein, nein, nein", rief Lucuwat und sprang jauchzend an Tunulig hoch, „nein, nein, ich habe keine Angst, ich bin eine Jägerin, ich bin eine Jägerin!"

„Deine Mutter Fagayuk und dein Vater Eschona und dein älterer Freund Aiyuk haben mir versichert, daß du schon sehr gut triffst. Ist das wahr?"

„Ja, ja, ja, es ist wahr, ich bin jetzt eine Renjägerin!" Lucuwat sprang vor Freude im Kreis umher. Der Hunger war vergessen. Der stolze Augenblick im Leben der Lucuwat war gekommen: Nun ging sie nicht mehr nur zur Beobachtung beim Jagen mit; nun nahm sie nicht nur an den Pferdetreibjagden als Treiberin teil. Jetzt wurde sie mitverantwortlich für das Fleisch. Sie hatte die erste Stufe der Jagd erreicht. Zuerst wurden die Menschen Ren-, Hirsch- oder Antilopenjäger, da dies die ungefährlichsten Großwildtiere waren; dann Wisent- oder Wildschweinjäger; erst zum Schluß, lange nach dem Erwachsenwerden, wenn man allein in die Höhle eindrang – Bärenjäger.

Eschona und Aiyuk streichelten Lucuwat, die nun ihren Arm um Aiyuks Hüfte gelegt hatte und deren Gesicht vor Freude glühte. Aiyuk war stolz auf seine Schülerin, die so gut ihr Ziel traf. Als ob sie seine Gedanken gelesen hätte, sagte sie: „Ich zeige es euch." Obwohl das Zelt noch nicht aufgebaut worden war, versammelten sich alle und schauten Lucuwat zu. Sie ließ einen Speer nach dem anderen vom Speerwerfer schnellen. Die große Wucht, mit der Kukikatugak warf, fehlte; aber jeder Wurf traf den anvisierten, niederen Busch. Nach jedem Wurf suchte Lucuwat Tunuligs Augen als Bestätigung. Dies war ein schöner Augenblick für alle Menschen, und trotz des Hungers kam wieder das alte und gute Gefühl auf, das die Menschen zusammenschweißte.

Doch am nächsten Tag wurde das gute Gefühl vertrieben. Das geschah so: Noch bevor die Sonne aufgestanden war und die Sterne in ihren Wisentsack eingesammelt hatte, waren die Mammut-Menschen zusammengekommen. Die Jagd wurde geplant. Gukall, noch sehr schwach, blieb ebenfalls; und wo Gukall war, war nun auch Oschet. Tunulig, Oschet und Gukall würden nach Wurzeln und Knollen suchen, während die anderen jagten.

Fagayuk packte das Kleinkind, das vergnügt im Kreise umherkroch – als einziges hatte es gegessen –, und legte es in Tunuligs Schoß. Fagayuk stand auf, um sich zu bewaffnen, da zischte Eschona: „Du bleibst!" Fagayuks Gesicht wurde weiß, alle hielten den Atem an. Fagayuk machte einen Schritt auf Eschona zu, streichelte seinen Oberarm und rieb ihre Nase an seiner Schulter. Doch Eschona wandte sich ab. Zitternd setzte sich Fagayuk.

Nun war es bei den Menschen nicht der Brauch, daß der

Mann der Frau oder die Frau dem Mann etwas befahl. Jeder tat, was nötig war. Wenn jemand den anderen um etwas bat, dann tat das der andere, weil es sinnvoll war. Nie wurde etwas Sinnloses verlangt. Und so war Eschonas Ausruf ein Zeichen des Mißfallens mit Fagayuk, die bei ihm lag, und kein Befehl. Noch immer zürnte er ihr, weil sie aus Angst um das Kind Gukall in den Tod geschickt hätte.

„Wir haben ihr verziehen", lenkte Oschet ein. „Man soll nicht mehr darüber reden."

„Ich rede nicht darüber", erwiderte Eschona, der sich nun gefaßt hatte. Und ruhiger, beinahe so ruhig wie sonst immer, fuhr er fort: „Aber heute gehen wir ohne Fagayuk."

Das bedeutete: Mein Ärger ist noch groß, aber nicht furchtbar groß.

Für heute war entschieden, daß Fagayuk am Feuer blieb.

Eschona und Doregak entschieden sich, miteinander einen Trupp zu bilden. Sofort sagte Tore: „Ich gehe mit den beiden Frauen." Aiyuk blickte erstaunt auf. Schon wieder wich ihm Tore aus.

Es blieben nur noch Aiyuk, der wie immer mit seiner Schülerin Lucuwat ging; und wie immer ging Kukikatugak mit seinem Freund Aiyuk. Auf diese Weise wurden drei kleine Trupps von ungefähr gleicher Geschicklichkeit gebildet.

„Wer soll die Kuh fangen?" fragte Tunulig.

„Wir wollen es versuchen", sagte Hikiijaut und legte ihren Arm um ihre Freundin Teschadjuk. Zu diesem Zweck hatten sie bereits ihre Basalt-Bolas eingepackt, die um die Sprungbeine der Renkühe geworfen wurden. Renkühe im Frühjahr: das bedeutete Milch, eine große Kostbarkeit für Menschen, die immer nur Wasser tranken.

„Dann werden Doregak und ich treiben", antwortete Eschona.

Der Jagdplan war gefaßt. Zusammen brachen die drei Jagdtrupps auf, mit Tragestangen und Tragefellen schwer bepackt. Trotz des Hungers war die Aufregung gering. Schweigend gingen die Menschen über die erwachende

Tundra, nicht jeder dachte an die Jagd. Zu bedeutsam, zu störend für den Gleichmut der Jäger war der Vorfall im Zelt gewesen. Wenn es Streit gab, und das war selten, hatte Tunulig immer gesagt: Die Menschen brauchen den Streit nicht. Einigt euch.

Dieses Mal war es aber kein Streit gewesen. Es war lediglich ein Gefühl zwischen Eschona und Fagayuk gekommen: das Gefühl des Vertrauensverlusts. Nichts war wichtiger für die kleine Gemeinschaft als Vertrauen, denn ohne Vertrauen gab es keinen Zusammenhalt, und ohne Zusammenhalt gab es nur den Tod. Vielleicht nicht heute, vielleicht nicht morgen. Doch irgendwann kam die Gelegenheit, wenn jemand die Gemeinschaft hinter sich selbst zurückstellte, und alle mußten sterben. So weit dachte Aiyuk nicht. Eine solche Vorstellung war ihm noch fremd, wenn auch Tunulig die Gefahr witterte. Nein, in Aiyuk kam nur das Gefühl der Trauer auf.

Was ist das nur? dachte er. Eschona, der doch sonst so wenig Aufsehen um seine Person machte, ist auf einmal mit Fagayuk böse. Gukall und Oschet haben doch verziehen.

Er schaute Eschona von der Seite an. Eschona zeigte keine Regung. Da kam Aiyuk ein Gedanke, der ihm zum ersten Mal einen Einblick in Eschonas Seele schenkte – in die Seele eines Menschen, den er bisher so hoch geachtet hatte wie nur noch Tunulig: Ich verstehe dich, Eschona, ich sehe deine Schwäche. Du hast von Fagayuk so viel erwartet wie von dir selbst, der du dich immer für die Gemeinschaft zu opfern bereit bist. Ein einziges Mal, nur ein einziges Mal hat sie, die sonst so ruhig ist wie du, dich enttäuscht. Daher fällt es dir schwer, ihr zu verzeihen. Wer einmal einen Fehltritt begeht, dem wird nur schwerlich verziehen. Wer aber oft einen Fehltritt begeht, von dem erwartet man weniger. Arme Fagayuk: Obwohl dich alle anderen noch immer achten und lieben, hast du doch nur den enttäuscht, der zu viel von dir erwartet hat.

Ja, vielleicht habe ich auch zu viel von Eschona erwartet.

Er ist nicht nur der ruhige Jäger, der Besonnene, sondern vor allem ein Mensch.

Und da dachte er an Tore: Ja, Tore. Vielleicht habe ich auch von dir zu viel erwartet, du mein älterer Freund. Wenn du mir ausweichst, hast du wohl einen Grund dazu, der mich vielleicht schützen soll. Vielleicht soll ich dich nicht mehr mit meinen Fragen plagen. Welches Recht habe ich, einen alten Mann, den Arthritis und Rheuma quälen, auch noch mit Fragen zu belästigen?

Und er nahm sich vor, wieder liebevoller zu Tore zu sein, und ihn, wenn er es nur aushalten konnte, nicht länger mit dem fragenden Blick zu prüfen.

Der Trauer folgten die Gedanken über Eschona und Fagayuk, die plötzlich Menschen geworden waren, und über Tore den Geplagten. In den frühen Morgenstunden, in denen die Menschen über die Tundra gingen, betrat Aiyuk unbemerkt von den anderen die Erwachsenenwelt. Das Tor zur Erwachsenenwelt bildete nicht die erste Bärenjagd, sondern das Verständnis und die Menschenliebe. Aiyuk lächelte über seine Wut auf die Wölfe und verstand sich selbst nicht mehr. Wie kann man sich über Tiere ärgern, die doch nichts anderes tun als das, was ihnen der Hunger vorgibt? Da hatte Eschona Recht gehabt. In diesem hatte Eschona einen tieferen Einblick in die Tiere gehabt als er. Aber nun hatte er, Aiyuk, Eschonas Fehler durchschaut und ihn als Menschen schätzen gelernt.

„Eschona", sagte er leise. „Ich möchte nach der Jagd mit dir sprechen – wenn du willst", fügte er bescheiden hinzu, denn in seiner Erkenntnis lag kein Triumph, sondern der Wunsch, den Menschenfrieden wiederherzustellen.

Eschona, aus den eigenen Gedanken aufgeschreckt, schaute ihn zuerst fragend an. Noch nie hatte Aiyuk so sicher und so ernst mit ihm gesprochen. Die Rollen waren vertauscht.

„Ja, es ist gut. Wenn es wichtig ist."

„Es ist wichtig."

Kukikatugak löste die Spannung: „Das Füchslein hat nachgedacht, jetzt will es ausspucken."

Aiyuk lächelte nur. Die Zeit, wo Kukikatugak gutmütige Puffe in die Seite oder Farn ins Gesicht bekam, war mit einem Mal vorüber. Alle fühlten, daß sich etwas geändert hatte, sogar Lucuwat.

„Bist du böse auf Eschona?" fragte sie Aiyuk.

„Nein, Kind, nein. Ich bin auf niemanden böse", und er warf einen wohlmeinenden Blick auf Tore, der zuerst fragend, dann unsicher und doch erleichtert Aiyuks Gesicht musterte. Aber Aiyuk ließ sich nichts anmerken, und schweigend gingen die Jäger weiter.

Kukikatugak warf einen trockenen Grasbüschel in die Höhe, um den Wind zu prüfen. Die Grashalme kamen wieder zu den Menschen zurück, und das war gut so.

Hinter der nächsten kleinen Anhöhe erblickten die Menschen die erste große Renherde. Alle legten sich flach auf den Boden, um die Tiere zu beobachten. Sie waren noch zwei Stunden Wegs entfernt und ästen ruhig. Ja, das war gut: Einige Kühe hatten schon gekalbt. Die Leittiere merkten nichts von den Menschen. Aiyuks Gedanken wandten sich den Tieren zu; der Hunger nagte so stark wie noch nie in ihm, und in Kukikatugaks Mund hörte er das verhaltene Schmatzen des Hungerspeichels. Auch Eschonas besorgte Miene war verwandelt in die angespannte Miene des Jägers, bei dem die Jagd um Leben oder Tod ging. Wenn er unvorsichtig war, würden die Tiere etwas riechen und in Panik fliehen, ehe auch nur ein einziger Jäger zum Wurf gelangte.

„Wartet, bis die Sonne an dem Weißbaum da angekommen sein wird", flüsterte er und zeigte auf eine alleinstehende Birke. „Wir warten noch die Zeit, die eine Mahlzeit dauert. Dann seid ihr fast an der Herde, und wir beginnen, ja?"

Alle nickten, auch Lucuwat, die aufgeregt ihren Speerwerfer umklammerte. Aiyuk streichelte ihre Haare. „Gute Jagd, Renjägerin", sagte Eschona zu ihr und lächelte. Dann setzte er die Renkappe auf, und er und Doregak banden sich zwei Renfelle auf den Rücken. Gebückt, manchmal kniend, wenn es keine Büsche zur Deckung gab, schlichen sie sich davon, um hinter der Herde einen weiten Bogen zu schlagen und sie den beiden anderen Trupps zuzutreiben. Wer weiß – vielleicht hatten sie sogar besonderes Glück und begannen die Treibjagd mit einem Speerwurf, der ihnen schon ein saftiges Ren sicherte.

Eine Stunde verging. Die Sonne erreichte die Birke. Nun schlichen sich die beiden Trupps an die Herde heran – zuerst gebückt und vereint, nach einer halben Stunde auf den Knien und getrennt.

Aiyuk beobachtete jede Bewegung der Tiere. Jetzt waren die einzelnen Tiere, die Kühe und die kleinen Kälber zu sehen. Immer wieder hoben die Tiere den Kopf, immer wieder hielten die Jäger an. Jede Nuance, jedes Sich-Lecken, Kauen oder Schwanzwedeln, um die immer lästigeren Stechmücken abzuwehren, war den Menschen vertraut; die Art, wie das Bein gehoben wurde, wie das Ren den Kopf plötzlich in die Höhe warf, um zu schnuppern – all das war wohl vertraut.

Allmählich spürten auch die Menschen die Stechmükken. Nur liegend konnten sie sich ihrer erwehren. Eine klatschende Bewegung im Knien – und schon war die Jagd vorbei, wegen einer einzigen Stechmücke. So lernte Lucuwat die Sommerqual des Jägers beim Anschleichen kennen: Wer Ren essen wollte, mußte den Stechmücken, die trotz der Bärensalbe zustachen, ein wenig Blut schenken.

Nur ruhig, dachte Aiyuk. Rene: Gebt uns euer Leben und ich will euer Bild malen. Wir haben so Hunger. Ich verspreche es euch: Wir werden malen.

Die beiden Trupps waren nur noch wenige hundert Schritt von der Herde entfernt. Ihre Körper klebten an der Erde. Jede Deckung eines jeden Strauchs wurde ausgenutzt. Jeder trockene Grasbüschel, der ein Geräusch verursacht hätte, wurde vermieden. Schritt um Schritt, immer langsamer, kam die Herde näher.

Nicht mehr lang, nicht mehr lang, ruhig, ruhig. Wenn sie jetzt etwas merken, ist es vorbei. Ruhig, ganz ruhig, ganz ruhig.

Vorsichtig, ganz vorsichtig kroch Lucuwat hinter Kukikatugak und Aiyuk drein. Sie hatte viel bei Aiyuk gelernt. Nicht ein Laut war zu hören.

Plötzlich hob eines der Leittiere den Kopf und schnupperte. Noch zweimal fünfundzwanzig Schritt – das war noch zu weit. Aiyuk hielt an und schloß die Augen. Manchmal ist ein leuchtendes Auge sichtbarer als ein Haarbüschel, auch bei Tag.

Die Rene ästen ruhig weiter. Noch lange schnupperten die Leittiere, ästen ganz kurz und schnupperten nochmals, die Nase nach oben gereckt.

Wie eine Schlange schob sich Aiyuk vor. Nur noch dreißig Schritte. Aiyuk schwitzte vor Aufregung. Der Hunger war wie weggeblasen. Deutlich sah Aiyuk, wie ein Kalb bei seiner Mutter trank, indem es bei der Renkuh heftig nach oben stieß. Zwei noch trächtige Kühe rannten auf und ab. Das taten sie immer vor der Geburt, weil die Kälber in ihnen treten und ausschlagen. Das war gut: Wenn einige Kühe noch trächtig waren, konnten die Kälber, die jetzt gesäugt wurden, erst wenige Tage alt sein, denn die Kühe warfen immer zur gleichen Zeit. Renkühe und Kälber: Das bedeutet – vielleicht – Milch.

Oben kreiste ein Adlerpaar. Drei Kühe begannen zu brüllen. Außer dem Bär, dem Wolf und dem Fuchs war der Adler der Feind des neugeborenen Kalbes.

Noch zwanzig Schritt.

Unruhe durchlief die Herde, angefangen bei den brüllenden Kühen. Die Leittiere reckten die Hälse nach oben, brüllten laut, als ob sie die Adler warnen wollten.

Jetzt, jetzt muß es geschehen, Eschona.

Noch fünfzehn Schritt bis zum ersten Ren, ein junger Bulle.

Jetzt!

Von Eschona und Doregak war nichts zu sehen. Aber auf

einmal, ohne daß die Adler ihre Kreise enger gezogen hatten, pflanzte sich von der anderen Seite der Herde eine panikartige Bewegung fort. In Bruchteilen von Sekunden hatte sie die Tiere erfaßt, die wenige Schritt von den beiden Trupps ästen. Die Rene begannen mit einem wilden ersten Satz auf Aiyuk zuzurennen.

Noch zehn Schritt.

Den Speer schon im Speerwerfer, stemmte sich Aiyuk von der Erde ab, um nicht überrannt zu werden. Noch im Aufstehen warf er und traf den jungen Bullen mitten in die Brust. Lautlos brach er zusammen. Die anderen Rene sahen die Gefahr und drehten mitten im Sprung ab, fünf Schritt an Aiyuks Trupp vorbei. Da Aiyuk im Weg stand, war Kukikatugak an Lucuwat und dann an Aiyuk seitlich vorbeigesprungen. Kukikatugak stolperte über einen Grasbüschel, und noch im Stolpern schnellte sein Speer vom Speerwerfer. Nein – diesen riesigen Bullen wollte er nicht vorbeilassen, das erlaubte sein Magen nicht!

Aber der Wurf war fehlgeleitet und traf den großen Bullen seitlich an der Schulter. Erstaunt bockte der Bulle, schlug aus, sah Kukikatugak und rannte mit gesenkten Hörnern auf ihn zu. Aiyuks zweiter Speer flog auf den Leib des Rens zu – doch in diesem Augenblick schlug das Ren aus, mitten im Lauf, so daß sein Körper in einem Bogen vorflitzte. Aiyuks Speer sauste unter das Ren hindurch, riß die Magenwand auf und ließ einen Teil der Innereien blaugräulich hervorquellen. Es war, als ob der Wurf nicht getroffen hätte – ohne anzuhalten, ohne zu zucken, rannte der Bulle weiter. Kukikatugak, der wie gebannt einige Schritte rückwärts ging, stolperte nochmals über denselben Grasbüschel. Aber dieses Mal fiel er hin und schlug hart mit dem Hinterkopf auf. Das Ren war keine zwei Schritt von ihm entfernt, Aiyuk war vor Entsetzen gelähmt, ohne Waffe, ohne Gedanken, ohne Hoffung. Das Ren senkte sein mächtiges Geweih noch tiefer, um Kukikatugak zu durchbohren.

Kukikatugak!

Ohne daß Aiyuk es überhaupt wahrnahm, flitzte hinter ihm ein Speer vorbei und drang in die Seite des Rens ein, direkt zwischen zwei Rippen. Der Bulle wirbelte seitlich durch die Luft und blieb zitternd vor Kukikatugaks linkem Bein liegen. Noch einmal, dann noch einmal zitterte das Tier, wie im Schüttelfrost, hob noch einmal den Kopf und verdrehte dann die Augen. Ein Seufzer ging durch den Körper. Die Magenwand platzte ganz auf und entließ die Gedärme. Das Ren war tot.

Aiyuk wandte den Kopf ungläubig, wie in Trance. Schräg hinter ihm stand Lucuwat. Den rechten Arm mit dem Speerwerfer hielt sie noch in die Höhe.

Während viele hundert Schritt entfernt die Renherde vorbeidonnerte, fiel Aiyuk vor Lucuwat auf die Knie und umarmte sie.

„Du – Kind – du, liebes Kind – du hast unseren Freund gerettet!" rief er lachend unter Freundentränen. „Du, Kind, du liebes Jägerkind!"

Halb vor Schreck schluchzte auch Lucuwat und umschlang Aiyuks Kopf.

So blieben sie noch lange.

Allmählich faßte sich Aiyuk und stand auf, die Augen noch immer auf Lucuwat geheftet.

„Ich bin stolz auf dich", sagte er liebevoll und streichelte ihre langen Kinderhaare. „Verstehst du, was du da getan hast?"

Und wie benommen antwortete Lucuwat: „Was?"

„Heute bist du wirklich Jägerin geworden, eine große Jägerin. Du hast den höchsten Dienst am Menschen geleistet: Du hast auf deiner ersten Jagd einem Menschen das Leben gerettet. Heute ist der Tag der Lucuwat."

Vor Scham und vor Stolz glühte Lucuwats rundes Kindergesicht. Damit sie aber nicht zu stolz wurde, sagte Aiyuk: „Halte nach den anderen Ausschau", denn es war ihm erst da eingefallen, nach Kukikatugak zu sehen. Der lag noch, alle viere von sich gestreckt, auf der Erde. Schnell kniete Aiyuk neben seinen Freund und nahm seinen Kopf in die Hände. Da sah er Blut an seinen Fingern und im selben Augenblick den Stein, auf dem Kukikatugaks Hinterkopf beim Fall aufgeschlagen war. Voller Angst legte Aiyuk sein Ohr an Kukikatugaks Brust. Das Herz schlug langsam aber regelmäßig. Kukikatugak war nur bewußtlos.

Beruhigt stand Aiyuk auf, kniete wieder hin. Mit den Fingern klatschte er leicht auf Kukikatugaks Wangen. Der Kopf rollte etwas zur Seite, doch Kukikatugak erwachte nicht. Noch einmal horchte Aiyuk an Kukikatugaks Brust. Das Herz klopfte etwas schneller als vorhin. Aiyuk legte sein Wisentfell unter und auf Kukikatugak.

Gut, so ist es gut, dachte er. Bald wirst du erwachen und das liebe Kind sehen.

Lucuwat ging zu dem jungen Renbullen und schaute, wie Tore, Hikiijaut und Teschadjuk, alle drei an einer Renkuh zerrend, näherkamen.

Aiyuk stand bei dem jungen Renbullen und untersuchte die Wunden, indem er Lucuwats kleinen Speer aus dem Körper zog. Die Wunde war nicht tief. Die geplatzte Magenwand hatte das Tier getötet – aber nicht schnell genug. Doch das sagte er Lucuwat nicht. Ihr Speer war gerade tief genug eingedrungen, um den Bullen umzuwerfen, und das hatte genügt, um Kukikatugak zu retten. Alles andere zählte nicht. Dankbar legte er den Arm um die kleine Lucuwat, die freudig zu ihm heraufschaute. Sie lachte: aber nicht wegen ihres Speerwurfs, sondern weil hinter der Kuh, die Hikiijaut und Teschadjak mit allen Kräften hielten, ein Renkalb hintendrein trottete, in vorsichtiger Entfernung. Dann sah sie Kukikatugak, und bevor sie fragen konnte, sagte Aiyuk: „Er schläft nur, keine Angst. Geh zu dem Kalb, aber langsam."

Lucuwat rannte los. Im selben Augenblick rief Hikiijaut: „Aiyuk hilf uns, die Kuh bricht aus! "

Sofort sprang Aiyuk hinzu, denn nun waren die Jägerinnen keine hundert Schritt mehr entfernt. Mit starken Händen packte er das Geweih von vorne, und zu viert zwangen sie die Kuh auf den Boden. Schnell umwickelten Hikiijaut und Teschadjuk die Beine der zappelnden Kuh mit den Lederriemen, an denen die Basalt-Bolas festgebunden waren. Wahrscheinlich hatte Hikiijaut geworfen, den Riemen in der Mitte haltend, indem sie die beiden kleine Basaltkugeln über dem Kopf zwirbelte. Das konnte sie besonders gut. Dann wirbelten die Kugeln durch die Luft und umwanden die Sprungbeine der Kuh, die sofort zu Boden fiel.

Nun kam auch Lucuwat mit dem Kalb herbei. Ohne zu zögern legte es sich neben die Kuh und versuchte zu trinken.

„Ist Kukikatugak gesund?" fragte Tore besorgt.

„Ja, nur bewußtlos, er hat den Kopf angeschlagen. Es ist nicht schlimm."

Trotzdem untersuchte ihn Tore und nickte dann zustimmend.

Schon lange waren Aiyuk und Hikiijaut damit beschäftigt, den großen Bullen vollends auszuweiden, als Eschona und Doregak am Horizont sichtbar wurden. Langsam, außerordentlich langsam, kamen sie näher. Nach einer langen Zeit wurde der Grund klar: jeweils auf der rechten Schulter trugen Doregak und Eschona eine Stange, an der ein großes Ren an den Hufen hing. Auf der linken Schulter trugen sie, fast ebenso mühsam, ein Renkalb, dessen Hufe auf der Stange zusammengebunden waren. Hikiijaut und Teschadjuk sprangen vor Freude in die Höhe und eilten, den beiden zu helfen. Tore blieb bei der Kuh und hielt sie mit seinem Gewicht am Boden, während Lucuwat entzückt das Renkalb streichelte. Tore nickte Aiyuk freudig zu, und auch Aiyuk freute sich sehr. Ja, das war eine gute Jagd, sogar eine sehr gute. Insgesamt drei Renbullen und ein Renkalb, dazu eine lebende Renkuh mit ihrem Kalb. Für die Mammut-Menschen bedeutete das Fleisch für viele, viele Tage. Endlich sich wieder satt essen können. Nur Kukikatugak, ausgerechnet Kukikatugak, wußte nichts von ihrem Jagdglück.

Eschona und Doregak waren angekommen. Keuchend vor Erschöpfung warfen sie die Stange mit dem großen

Renbullen auf die Erde und setzten sich. Ohne zu grüßen fragte Eschona, noch bevor er einen Schluck aus dem Trinkschlauch genommen hatte: „Ist Kukikatugak verletzt?"

„Nein", erwiderte Aiyuk, „nur bewußtlos. Es ist nicht schlimm."

Und um Eschonas besorgte Miene zu glätten, erzählte er die Geschichte von Kukikatugaks Rettung durch Eschonas Tochter.

„Komm, Lucuwat", sagte Eschona sanft. Er nahm ihre Händchen in seine großen Hände und schaute ihr lang in die Augen. „Du wirst eine große Jägerin", meinte er schließlich. „Wir sind alle sehr stolz auf dich."

Vor Scham begrub sie ihren Kopf in seinem Wisentfell.

„Was sollen wir jetzt machen?" fragte Hikiijaut. „Wir können doch nicht all die Rene und auch noch die aufgeregte Kuh ins Lager zurückbringen."

Eschona schaute zum Himmel. Es war erst Mittag. Kukikatugak schlief noch immer.

„Wegen Kukikatugak müssen wir heute nacht hierbleiben", warf Aiyuk ein.

„Ja, ja, sicher." Dann hatte Eschona eine Idee. „Wir könnten es so machen, aber sagt, was ihr denkt: Wenn Hikiijaut, Teschadjuk und Tore jetzt sofort zurückkehren, kommt ihr noch vor Abend ins Lager. Dann müssen die anderen nicht hungern. Wir bleiben hier bei Kukikatugak, bis er wieder gut gehen kann, und inzwischen kommt ihr drei mit Gukall, Oschet, Tunulig und Fagayuk zu uns."

„Das ist ein guter Plan", stimmte Tore zu. „Als ich jung war, haben wir es auch einmal so gemacht, als es so viele Tiere bei der Jagd gab. Warum soll das Zeltlager nicht auch zu uns kommen?"

Alle stimmten zu. Es war wirklich ein hervorragender Plan. Sofort machten sich Hikiijaut und Teschadjuk daran, dem großen Renbullen die beiden Sprungbeine abzutrennen. Mit seinem Messer öffnete Doregak die Schädeldecke und schälte das Gehirn heraus.

„Nehmt das mit, für den Weg", meinte er.

Tore, Hikiijaut und Teschadjuk brachen auf, nur mit zwei Tragesäcken bepackt, aus denen je das untere Ende eines Rensprungbeins hervorschaute.

„Da drüben, wo die Stangen noch liegen, an dem Hügelchen, da können wir übernachten. Da ist es windstill", schlug Aiyuk vor.

Die zitternde Renkuh wurde zum Hügel getragen und mit dem Geweih an eine im Boden verankerte Stange gebunden. So konnte sie wieder stehen, und sofort begann ihr Kalb, noch immer von Lucuwat gestreichelt, zu säugen.

Die Tragefelle auf den Stangen gaben immerhin ein Dach über dem Kopf ab. Zu dritt hievten die Jäger den schweren Kukikatugak unter das Dach. Bald loderte ein hohes Feuer aus Büschen.

Mit dem ersten Renbissen, den ihm Aiyuk unter die Nase hielt, wachte Kukikatugak auf. Wenige Minuten später saß er schon aufrecht und aß gierig. Zuerst kam das Gehirn daran, Arznei für den Magen, dann Leber und Rücken. Morgen als zweite Mahlzeit das Beinfleisch, den Kopf und das leckere Knochenmark.

Nach dem Ausnehmen der drei Bullen und des von Doregak erlegten Kalbs aßen die Mammut-Menschen weiter. Es wurde Nacht. Kukikatugak war jetzt, noch zitternd, aufgestanden und hatte Lucuwat auf den Schoß genommen.

Lange blickte Aiyuk in die hohen Flammen. Es war ein guter Tag gewesen, so gut wie selten ein Tag. Mit einem Wohlgefühl am Körper aß er weiter.

Draußen aber, weit, weit weg, brüllte der hungrige Löwe.

Der Löwe

„Jetzt können wir reden", sagte Aiyuk.

Er setzte sich zu Eschona, nachdem Doregak, Lucuwat und Kukikatugak eingeschlafen waren.

„Du hast da etwas Wichtiges", meinte Eschona und sah ihn erwartungsvoll an.

„Wenn es um den Frieden der Gemeinschaft geht, ist es immer wichtig. Deshalb bitte ich dich, mir zuzuhören und nicht böse zu sein über das, was ich sage."

„Nein, bestimmt nicht. Wenn ein Mensch ernsthaft mit einem anderen Menschen redet, meint er es nur gut und will Streit schlichten. Das habe ich auch schon getan."

„Ja. Es geht um Fagayuk."

„Das dachte ich mir."

„Ich rede um der Gemeinschaft Willen. Wir wollen nicht, daß da Streit ist zwischen zweien, die für die Gemeinschaft so wichtig sind.

Es ist so. Ich habe lange über euch nachgedacht – nicht so sehr über Fagayuk, denn ihre Angst kennt jeder, und jeder kann sie verstehen. Nein: Du hast mich viel mehr interessiert, nachdem du Fagayuk so angefahren hast. Ich fragte mich, wieso du das tust. Das ist nicht deine Art. Du bist immer besonnen, immer denkst du an die Gemeinschaft. Nie regst du dich auf, wenigstens habe ich nie dergleichen gesehen. Und da ich weiß, daß du für Fagayuk das Gefühl hast, fragte ich mich, wie das Gefühl einen ruhigen Menschen verleiten kann, den anderen zu zerstören und den

Menschenfrieden zu brechen. Da kam mir ein Gedanke. Ich verglich dich mit Fagayuk und stellte fest, daß ihr ganz ähnlich seid – nicht so unsicher wie Tore oder so verspielt wie Hikiijaut oder so unernst wie Kukikatugak. Wenn zwei Menschen ähnlich sind, denken sie ähnlich und erwarten vom anderen, daß er so handelt wie er selbst. Aber Fagayuk hat nicht so gehandelt wie du. Sie hat in deinen Augen etwas Verwerfliches getan: Um euer Kind zu retten, hätte sie einen anderen geopfert. Ich sage nicht, daß das richtig ist. Nein, es ist falsch und nicht menschengemäß. Du hast aber ebenso gefehlt, denn weil du von Fagayuk zu viel erwartet hast, bist du enttäuscht worden. Und weil du enttäuscht worden bist, hast du dich gegen sie gewandt."

Eschona schwieg. Auch einem besonnenen Mann wie ihm waren Gedanken dieser Art fremd.

„Weißt du", fuhr Aiyuk fort, „es liegt an dir und nicht an Fagayuk, denn alles ist ja gut gegangen, und alle haben ihr verziehen. Deine Erwartungen waren zu hoch. Sie ist ein Mensch, ein Mensch, der Fehler macht. Leben wir nicht alle in großer Angst?"

Eschona nickte.

„Ja, kann die Angst dann nicht verleiten? Und können zu hohe Erwartungen nicht enttäuscht werden und in Wut umschlagen? Es war nicht richtig von dir zu erwarten, daß Fagayuk sich so verhält, wie du es erwartet hast. Sie hat sich eben anders verhalten. Lerne ihr wieder zu vertrauen, aber verlange nichts Unmögliches von ihr. Erwarte nicht von ihr, was für dich selbstverständlich und gut und richtig ist. Das erwarte nur von dir selbst. Fagayuk ist so wie du, und sie ist auch anders. Was du von dir erwartest, mag für dich richtig sein, nicht jedoch für Fagayuk. Verstehst du?"

Eschona nickte und schwieg lange. Dann legte er seine große Hand auf Aiyuks kleine aber sehnige Hand und sagte, die Augen auf den Boden geheftet: „Ich danke dir. Ich werde nachdenken. Du hast Gedanken, die nur Alt-Menschen kennen."

Aiyuk ärgerte sich ein wenig und verzog den Mund.

Darum ging es gar nicht. Aber Eschona hatte ihn verstanden. Nie waren die Menschen nachdenklicher, als wenn es sich um ihre eigenen Verfehlungen gegen die Gemeinschaft handelte. Denn die Gemeinschaft war alles, die Gemeinschaft war das Leben. Wer gegen sie verstieß, verstieß gegen das Leben.

Aiyuk legte sich zurück. Eschona, der die ganze Nacht Augen-Mensch sein wollte, starrte in die Flammen und sann nach. Auch Aiyuk dachte nach, denn jetzt drehten sich seine Gedanken, und er fand keine Ruhe.

Ja Eschona, dachte er. Eschona hat mich verstanden. Die Mammut-Menschen sind alles. Wer dagegen verstößt, lädt eine Schuld auf sich, die er nicht allein tragen kann.

Da fiel ihm Tore ein und die Art, wie ihn Tore von der Seite anblickte und versuchte, ihm, nervös geworden, auszuweichen.

Ja Tore. Wenn du mir ausweichst, fühlst du dich schuldig, ob du nun etwas getan hast oder nicht. Du fühlst, du hast Unrecht getan. Weil du dich schuldig fühlst, willst du nicht darüber reden. Wenn du mich von der Seite her ansiehst, glaubst du, daß dich mein Blick anklagt ob einer Verfehlung, von der ich nichts weiß. Aber warum nur? Was hat das mit mir und Igiluk zu tun? Wie könnte ich dich anklagen? Ich klage nie Menschen an. Irgendwie muß dein Schuldgefühl mit Igiluk und mir zu tun haben. Aber wie nur?

So sehr er nachsann, eine Lösung des Geheimnisses wollte sich nicht einstellen. Und da war noch Tunulig, die offenbar auch etwas wußte, aber nichts sagte. Was waren das für alte Geschichten? Hatte seine Mutter gefehlt? Was hatte Tunulig damit zu tun? Hatte sie gefehlt und wollte Tore vielleicht ihren Fehler decken, um ihre wichtige Rolle als Alt-Mensch nicht zu gefährden?

Dieser Gedanke war ihm neu. Oder waren Igiluk, Tore und Tunulig Komplizen in einer Verfehlung, die sie verschwiegen, um der Verbannung zu entgehen?

So quälte sich Aiyuk lange mit Fragen, die immer weiter

ausuferten und sein neu gewonnenes Verständnis verunsicherten. Dann wieder dachte er über Tore nach und stellte sich vor, wie ein Mensch reagieren würde, der einen anderen Menschen vor der Aufdeckung einer Schmach schützen will. Nein, ein solcher Mensch hat nicht den Schuld-Blick. Ja, er weicht aus. Nein, nervös wird er nicht. Ja, er gibt nur halbe Antworten. Immer wieder kam Aiyuk auf Tore zurück. Wenn es wahr ist, daß er jemanden deckt, dann kann es ja auch eine Tote sein – Igiluk. Und eine Lebende: Tunulig. Aber darüber weiß ich nichts. Ich weiß nur: Er fühlt sich schuldig und ist zumindest mitschuldig. Aber warum? Und was habe ich damit zu tun?

Noch bis zu den ersten Sonnenstrahlen dachte er nach. Dann verfiel er in einen unruhigen Schlaf ohne Träume. Es war ihm, als ob er soeben die Augen geschlossen hatte, als ihn Kukikatugak heftig wachrüttelte.

„He, Füchslein, schnell, schnell!"

Trotz seiner Schwere war Aiyuk, der Jäger, sofort hellwach. Ohne nachzudenken, verstand er die Dringlichkeit in Kukikatugaks Stimme, die Gefahr signalisierte. Von gar nicht so weit weg hörte er das Brüllen zweier Löwen.

„Wir müssen weg", sagte Eschona hastig. „Sie riechen die Kadaver. Wenn sie die Kuh sehen, ist es zu spät. Ich habe schon Ausschau gehalten. Da – ein paar hundert Schritt entfernt wird der Boden ganz feucht. Da sackt man ein, weil der Schnee in dem besonders weichen Boden alles in Morast verwandelt hat."

„Und?" fragte Aiyuk. „Was sollen wir dort?"

„Nein, nein, du verstehst nicht. Mitten im Morast gibt es ein Hügelchen, da ist es trocken. Dahin können wir uns retten und warten, bis die anderen kommen. Wenn viele Menschen beisammen sind, fliehen die Löwen – aber vier Männer und ein Kind" – und er schaute alle an und schüttelte den Kopf, „da haben wir keine Chance. Schnell – die Rene auf die Stangen und dann zum Hügelchen im Morast."

Schnell wurden die Renkadaver an den Hufen festgebunden. Kukikatugak und Eschona trugen je zwei auf den

Schultern, die weniger starken Doregak und Aiyuk den Jungbullen und das tote Kalb.

„Komm mit", rief Aiyuk zu Lucuwat, die ängstlich das Treiben beobachtete.

Die fünf Mammut-Menschen rannten durch die Tundra. Zuerst war der Boden noch hart, dann aber begann der Morast. Bei jedem Schritt sackten sie ein, zogen mühsam die Füße aus dem Schlick. Immer wieder verhakte sich das Geweih der Rene in den scharfkantigen Gräsern. Der Schlamm zog an den Beinen, an den Füßen der Menschen, am Oberkörper und am Kopf der Rene, die mit dem Kopf nach unten an den Stangen baumelten.

„Schnell, schnell!"

Auch Kukikatugak stöhnte vor Aufregung. Da endlich – die zwei Schritt hohe Felserhebung war erreicht. Die Renkadaver wurden hingeworfen. Eschona rief im Gehen: „Du bleibst, Lucuwat, wir kommen sofort mit der Renkuh zurück!"

„Dann bleibe ich auch", sagte Aiyuk, der Speere und Speerwerfer aus dem Gürtel zog.

„Keine Angst, Kind, keine Angst." Aber Aiyuks Versicherung schenkte dem verschreckten Kind keine Ruhe. Lucuwat klammerte sich an Aiyuk. Im selben Atemzug rief er Kukikatugak nach: „Laßt die Felle, bringt nur die Langspeere!"

Etwas näher als vorhin, nur etwas näher, klang das erneute Brüllen der Löwen. Aiyuk hörte sofort: Jetzt waren es drei Löwen. Wie sollen vier Männer gegen drei Löwen siegen?

Wo waren die Löwen nur? Es war nichts zu sehen – als ob die Löwen sie zuerst durch ihre Unsichtbarkeit in Schrekken versetzen wollten, um durch ihren Auftritt schließlich die Beute zu lähmen. Dabei waren die Löwen meist nicht gefährlich. Wenn alle dreizehn Mammut-Menschen wanderten, machten die Löwen einen großen Bogen um sie. Gegen dreizehn, ja gegen sechs oder sieben gut bewaffnete Menschen wußten sich die Löwen unterlegen. Längst hatten sie erkannt, daß sich die Menschen wehrten. Und warum einen wehrhaften Mann angreifen statt eine wehrlose Renkuh? Aber manchmal verweigerten sich die Renkühe. „Geht zu den Antilopen!" riefen sie und galoppierten davon. Da mußte der Löwe zusehen, wie er sich ernährte. Daher hatte er oft Hunger, genau wie jetzt.

Aiyuk stieg auf einen kniehohen, mit zartem grünem Moos bedeckten Felsbrocken. Es waren drei Löwen. Sie verschwanden gerade hinter einer kleinen Anhöhe und tauchten bald wieder auf. Lucuwat umklammerte Aiyuks rechtes Bein.

„Kommen die bösen Löwen?"

„Ja, sie kommen, aber nicht gleich. Sie sind nicht böse, weißt du. Sie haben nur furchtbar Hunger, so wie du gestern. Vielleicht gehen sie auch wieder und lassen uns in Ruhe. Löwen lassen die Menschen meistens in Ruhe, weil sie unsere Speere fürchten. Wir Menschen haben die längsten Arme aller Wesen, und das wissen die Löwen."

„Ja?"

Unbeirrt von den Speeren kamen die Löwen näher, hielten an, sogen die Luft ein, trabten weiter. Nun konnte es Aiyuk deutlich sehen: zwei Löwinnen und ein Löwe. Die Löwinnen, das waren die Gefährlichen. Der männliche „Reiß-auf-das-Maul" hingegen jagte nur selten mit, vertrieb die Löwinnen aber von der Beute. Daher machten sich die Menschen oft lustig über die Löwen, und wenn ein kleines Kind, das die menschlichen Gewohnheiten noch nicht gelernt hatte, für sich zu viel in Anspruch nahm, schalt man es „Reiß-auf-das-Maul".

Ängstlich schaute Aiyuk immer wieder in Richtung der anderen. Da tauchten sie endlich auf. Die Renkuh hatte offenbar Schwierigkeiten gemacht, denn anstatt sie am Geweih zu halten, wurde sie, die Hufe nach oben, auf einer Stange getragen. Die Menschen sackten bei jedem Schritt ein, während sich die Renkuh vor Angst wand. Sie hatte die Löwen gerochen.

„Sie sind noch nicht da", rief Aiyuk, sobald die Jäger in

Hörweite kamen. Und tatsächlich waren die Löwen trotz ihres Hungers dreihundert Schritt entfernt stehengeblieben. Das war wirklich eine eigentümliche Versammlung.

Die Jägerlöwen schauen den Jägern zu, wie sie das gejagte Ren tragen, dachte Aiyuk und hätte gelacht, wenn die Lage nicht so ernst gewesen wäre. Der Löwe legte sich hin. Als ob sie auf dieses Zeichen gewartet hätten, begannen die Löwinnen mit einem Mal loszurennen, direkt auf den kleinen Hügel zu. Noch zehn Schritte, dann fünf, und endlich setzten Doregak, Eschona und Kukikatugak ihre schlammbedeckten Wisentfellschuhe auf festen Boden. Fünfzig Schritt entfernt hielten die Löwinnen plötzlich an, sackten in den morastigen Grund ein, dann noch zwei Schritte vor. Schließlich drehten sie um und wichen zehn Schritte zurück, bis sie ebenfalls festen Boden unter den Pranken spürten. Eine der Löwinnen wandte den Kopf, schaute kurz den bequem sich ausruhenden Löwen an, blickte dann wieder die dicht zusammengedrängten Menschen auf der Anhöhe an.

Als ob sie Menschen wären, dachte Aiyuk. Oder waren die Löwen auch einmal Menschen? Aber vielleicht nur dumme Menschen. Der faule Löwe sagte ja gar nichts.

Aiyuks Gedanken wurden von Eschonas hastigem Flüstern unterbrochen. „Schnell, das Renkalb anbinden! Die Kuh soll liegenbleiben. Du gehst dahinten hin, Lucuwat!"

„Ich will bei Aiyuk bleiben!"

„Nein, das ist zu gefährlich, falls die Löwinnen angreifen. Komm, leg dich hin."

Lucuwat umarmte das Renkalb und versuchte es zu beruhigen, so wie Aiyuk sie kurz zuvor selbst beruhigt hatte. „Es ist gut, es ist gut, mein Kleines", flüsterte sie. „Eschona beschützt dich."

Weder das Renkalb noch seine Mutter waren zu beruhigen. Der Löwengeruch war stark in ihren Nasen; beide zappelten und rissen instinktiv die kräftigen Sprungbeine zurück, um zu entfliehen. Doch auch für die Menschen gab es keine Flucht. Die Löwinnen brüllten, als die Renkuh in panischer Angst das Geweih hob und aufzustehen versuchte. Immer wieder ging das Geweih ruckartig auf und ab.

„Sie sehen die Renkuh und riechen die toten Renbullen", sagte Eschona. „Vielleicht kommen sie doch. Dann müssen wir die beiden Reihen machen."

Die Löwinnen setzten sich, unschlüssig, was sie tun sollten. Sechzig Schritt – zu weit, um zu werfen.

Wenn die Menschen sich wehren mußten und Zeit genug hatten, die Tiere abzuwehren, setzten sie einen oftmals geübten Plan in die Tat um: Doregak und Kukikatugak knieten mit Langspeeren, deren hinteres Ende sie in die Erde stemmten. Falls die Löwen angreifen würden, spießten sie sich auf. Drei Schritte hinter ihnen bildeten Eschona und Aiyuk die zweite Reihe mit ihren Kurzspeeren und Speerwerfern.

So warteten sie auf den Angriff.

Lange Zeit geschah nichts. Die Anspannung ließ nach, stieg dann wieder, als der Löwe vor Hunger brüllte, ließ dann nach, als sich die Löwinnen umsahen und sich wieder hinsetzten.

Stunden vergingen. Weder Falke noch Adler kreiste. Allein in der Tundra, umgeben von Morast und drei hungrigen Löwen, warteten die Menschen auf ihren Tod und erhofften das Leben.

Weit und breit waren keine Herden zu sehen. Das war der Grund, weshalb die Löwen ausharrten. So waren eben die Löwen. Deswegen waren sie nicht gefährlich wie der Bär: Der Mensch-im-Pelz hätte sofort angegriffen oder wäre davongetrabt; die Löwen taten weder das eine noch das andere.

Mit einer letzten Anstrengung versuchte die Renkuh aufzustehen. Während der Löwe im Hintergrund gähnte, kam Bewegung in die Löwinnen. Die größere Löwin fauchte und ging rastlos auf und ab. Ihre Augen blitzten. Die Menschen fühlten, was da kommen würde. Der Hunger hatte über die Furcht gesiegt.

Obwohl sie tief, aber nicht allzu tief einsackte, sprang die größte Löwin erstaunlich schnell durch den Morast. Noch vierzig, noch dreißig Schritt – Aiyuk und Eschona ließen die ersten Speere los, die beide in die Brust der Löwin eindrangen. Aber Löwinnen sterben nicht leicht. Noch zwanzig Schritt, noch zehn Schritt – die nächsten zwei Speere zischten durch die Luft. Während Aiyuks Speer am Schulterblatt entlang glitt und wieder durch das Fell nach außen trat, war Eschonas Speer in den Rachen eingedrungen, genau zwischen die Zähne. Die Löwin stolperte, sprang wankend vor und kam Blut spuckend keine fünf Schritt vor Kukikatugaks Speerspitze zum Stehen. Langsam sackte sie einen halben Schritt ein und starb zuckend.

Doch die zweite Löwin war schon losgesprungen. Behender als die schwere Löwin schien sie die Morastoberfläche nur zu berühren. Sie war keine zwanzig Schritt entfernt, als Aiyuks Speer vom Speerwerfer flitzte. Als ob sie den Wurf vorausgeahnt hätte, war die Löwin kurz zur Seite gesprungen und aus dem Sprung nach vorne geschnellt. Daneben. Eschonas Speer flog schon heran, drang nur mit der Spitze in die Brust ein und brach an der vorderen Kante des Schulterblatts ab. Durch die Wucht des Aufpralls wurde die Löwin aus der Bahn geworfen. Sie machte einen großen Satz durch die Luft, streckte die vorderen Pranken aus und landete für den Bruchteil eines Augenblicks auf dem Boden. Schon stieß sie sich mit den Hinterbeinen ab und flog durch die Luft, direkt in Doregaks Speer. Noch im Sprung rammte ihr Kukikatugak seinen Langspeer in die Seite. So schnell war die Löwin gesprungen, daß Doregak sich nicht mehr beiseite werfen konnte. Von zwei Speeren tödlich durchbohrt, landete die Löwin mit ihrem ganzen Gewicht auf Doregaks Oberkörper. Die Löwin begrub ihn unter sich. Dann war alles still.

Niemand sprach. Der große Löwe war an den Rand des Morasts gerannt, traute sich aber nicht weiter. Eschona faßte sich zuerst, als er die tote Löwin direkt vor sich liegen sah: „Doregak?"

Nichts regte sich.

Zu dritt wälzten die Jäger die Löwin von Doregak. Sein Kopf war auf eigentümliche Weise zur Seite geneigt, die Augen starrten in den Himmel. Eschona berührte Doregaks Kopf und schob ihn leicht zur Seite.

Doregaks Hals war gebrochen.

Eschona drückte Doregaks Augen zu. Benommen standen die Männer da. Lucuwat begann zu weinen. Zu bekannt war ihr der Tod, als daß sie nicht gewußt hätte, was vorgefallen war. Außer Lucuwat mit ihrem Schluchzen waren die Jäger so verdutzt und so geschockt, daß keiner einen Ton hervorbrachte. Langsam setzte sich Eschona und legte das Gesicht in die Hände. Er weinte. Aiyuk nahm Lucuwat in den Arm und drückte sie fest. Einzig Kukikatugak fiel neben dem regungslosen Doregak auf die Knie und streichelte seine Haare: Gestern selbst knapp dem Tod entronnen, mußte er schon heute einen anderen betrauern. Das bewerkstelligte der Tod, der hinter jedem Strauch, in jedem Höhlenspalt lauerte. Das war das Leben der Mammut-Menschen.

Lange regten sich die Menschen nicht. An den Tod gewöhnt, war sein Kommen noch jedes Mal schrecklich und unangekündigt. Vor dem Tod verstummten alle Menschen. Da gab es keinen Trost und keine Hoffnung. Die kleinen Fragen des Lebens und das eitle Geschwätz des Tages erstarben vor der Todesnacht. Nun begannen auch Aiyuk und Kukikatugak zu weinen: Auf diese Weise ließen die Menschen den Schock und den Schmerz aus sich herausfließen, auf diese Weise erleichterten sie sich.

Auf den Löwen, der sich am Morastrand wieder gesetzt hatte, achtete niemand. Es war klar, daß er allein keinen Angriff wagen würde.

Nach langer Zeit dachte Aiyuk: Das ist deine Strafe, Löwe, daß du die Frauen für dich jagen läßt. Nun bist du allein. Auch für dich bedeutet das Alleinsein den Tod.

Als Aiyuk an den Tod dachte, sah er wieder Doregak vor sich liegen, und die Trauer ergriff ihn wieder. Dann blickte er nach oben zu den fetten, weißen Wölkchen, die schnell über das Blau zogen, und er fühlte Doregaks Geist hoch oben in der Luft, voller Angst, auf einmal allein zu sein.

„Wir müssen bald seinen Geist malen", sagte er mit gebrochener Stimme.

Niemand antwortete. Was gab es noch zu sagen?

Die Mittagszeit kam und ging. Beklommen saßen die Jäger um Doregaks Leichnam herum. Der Löwe, der sich hingelegt hatte, war vergessen. Auf einmal sprang er hoch, trottete unentschlossen hin und her und begann, sich immer wieder umsehend, davon zu rennen. Da hob Eschona den Kopf und sagte: „Die anderen kommen." Und dann fiel ihm ein: „Wenn der Löwe weg ist, werde ich zuerst mit Teschadjuk sprechen."

Vor langer Zeit lagen Teschadjuk und Doregak zusammen, und daher kamen auch Teschadjuks zwei Totgeburten. Doregak und Teschadjuk hatten nicht das Gefühl füreinander gehabt, daher war Doregaks Tod für Teschadjuk keine Katastrophe; aber der Tod eines Menschen, dem man einmal ganz nahe gewesen war, war trotzdem voller Trauer.

Der Löwe war verschwunden. Langsam kamen die Mammut-Menschen näher. Eschona und Kukikatugak nahmen ihre Speere in die Hand und wateten mit der Trauerbotschaft durch den Morast.

Als der Frühling mit der Gewalt des gestauten Lebens aufbrach, wurde Doregak beerdigt. Schweigend standen die Mammut-Menschen an der Vertiefung, in die Doregak nun gelegt wurde. Hikiijaut, Teschadjuk und Lucuwat schluchzten unkontrolliert. Langsam, wie in einem Traum, hatte Tunulig zarte Schneeglöckchen und frisches Heidekraut gesammelt. Beides streute sie sorgfältig über den Toten. Eschona legte Doregaks Speer, Speerwerfer, Messer und Feuerhölzer neben den Leichnam. Aiyuk und Kukikatugak hatten die Ockerfarbe mit Bärenfett vermischt. Sie gossen die Flüssigkeit über den Toten; Ocker war die Todesfarbe, mit der die Tier- und Menschengeister gemalt wurden. Ocker sollte den Geist beruhigen. Die Blumen jedoch bedeuteten Leben – das ruhige Leben, das der Geist nun haben würde. Blumen bedeuteten auch: hier ist das Leben, das dich grüßt. Wir vergessen dich nicht.

Wer nicht weinte, bedeckte den Toten mit flachen Steinen und dann mit Erde. Als von ihm nichts mehr zu sehen war, stimmten die Mammut-Menschen das Abschiedslied an:

Geh jetzt, unruhiger Geist,
Und finde bald den Frieden.
Du warst ein Mensch,
Ein guter Mensch.
Aia, aia, aia.

Geh jetzt, unruhiger Geist,
Und finde bald den Frieden.
Du fehlst uns sehr,
Du guter Mensch.
Aia, aia, aia.

Geh jetzt, unruhiger Geist,
Und finde bald den Frieden.
Wir vergessen dich nicht,
Du lieber Mensch.
Aia, aia, aia.

Der Pfeil

An Doregaks Beisetzung spürten alle Mammut-Menschen die Kraft des Frühlings. Urplötzlich waren Moos und Gräser hellgrün. Farne und ganze Heidefelder leuchteten grün und rot. Zugleich mit den letzten Schneeglöckchen waren die ersten Ginsterbüsche und Forsythiensträucher aufgegangen: Der Frühling kam nicht, er brach herein, und die Menschen sagten: Das Grün liebt das Blau. Das glänzende Grün der Tundra wetteiferte mit dem Blau des Himmels. Tagelang regnete es nicht. Im frischen Wind der strahlenden Tundra schwankten die Büsche hin und her. Weit in der Ferne glänzte ein hellgrüner Birkenwald.

Auf diese schöne Zeit hatten sich die Mammut-Menschen gefreut. Aber der Tod hatte ihnen das Vergnügen gestohlen. Im Frühling saßen sie bei Tag oft lange zusammen, schauten in die Ferne und erzählten einander von den Farben der Tundra. Oft spielten sie das Spiel: Wer sieht die schönste Farbe? Oder das Spiel: Wo glänzt es am meisten? Damit meinten sie: Wo war der Frühling am stärksten hervorgebrochen? Und an den Tagen der runden, vollen Kumuluswolken legten sie sich auf den Rücken und spielten das Spiel: Welche Tiere siehst du dort oben?

Doch dieses Jahr gab es keine Spiele. Die kleine Gemeinschaft war noch kleiner geworden; Trauer und Sorge vermischten sich. Keinesfalls versäumten die Menschen ihre Pflicht gegenüber dem Toten: Teschadjuk malte nicht nur Doregaks männliches Zeichen, das aus zwei langen

Punktreihen bestand, auf einen großen Felsbrocken, und das gleich mehrmals, um sicher zu gehen. Nein: die Mammut-Menschen blieben mehrere Tage im halbüberdachten Lagerplatz auf dieser Seite vom Morast, um Doregaks Grab vor Wölfen und Hyänen zu schützen. Nachts hörten die Menschen das Wolfsheulen. Doch das Rudel machte einen Umweg um die Menschen. Beute gab es etwas weiter nördlich genug. Die einzige Freude der Menschen war die Renkuhmilch, deren kostbare Tropfen genau gleich verteilt wurden, mit Ausnahme der Kinder und des Kalbs. Die beiden Kinder bekamen die größten Portionen, denn das erklärten die Menschen so: Die Kinder wachsen, also bekommen sie das meiste; das Kalb hingegen muß seine Mutter anregen, noch mehr Milch zu geben. Daher muß es am Leben bleiben. Doch darf es nie ganz satt werden – nicht nur, weil es sonst den Menschen alles wegtrinkt, sondern weil es nicht mehr vor Hunger blökt. Blöken muß es aber viel, damit die Renkuhmutter bestrebt ist, viel Milch zu geben. Deshalb waren Lucuwats Tröstungsversuche umsonst. Immerzu streichelte sie das Kalb. Das schrie aber weiter, so daß Lucuwat oft genug Tränen in den Augen hatte. Voller Mitleid wurde sie von Fagayuk in die Arme genommen. Noch ein paar Tage, dann würden die Menschen zuerst das Kalb, und dann, wenn sie keine Milch mehr gab, die Kuh schlachten. Wie sollte man auf der Wanderung zwei lebende Rene mitnehmen?

In der Nacht von Doregaks Beerdigung saßen die Menschen am Feuer zusammen und sprachen von den vielen Toten. Ja, so war Doregak gewesen: still bis zur Unauffälligkeit, ein bißchen wie Gukall; zurückhaltend, ruhig, ohne zu zögern bereit, immer zuzupacken. Das schätzten die Mammut-Menschen vor allen Dingen. Ohne Opferbereitschaft des einzelnen wäre ihr Leben nicht möglich gewesen. Ohne daß der einzelne die Gemeinschaft immer im Auge behielt, wäre diese Gemeinschaft auseinandergebrochen.

Indem die Menschen die Verdienste der Toten hervorhoben, belehrten sie sich und die anderen. Obwohl es nur Tunulig bewußt war, dienten diese „Toten-Gespräche" auch dazu, die Gemeinschaft enger zusammenzukneten, indem positive Werte vermittelt wurden. Daher hörte auch Lucuwat aufmerksam zu, wie über die Toten, die sie gar nicht gekannt hatte, gesprochen wurde. Da lobte Eschona Fagayuks Vater Edu, der immer fröhlich gewesen war und auch in den Hungertagen die Gemeinschaft erheitert hatte. Oder Tunulig sprach von ihrem Großvater Anduluk, der über siebzig Sommer alt geworden war, eine Unerhörtheit; und dieser alte Anduluk hatte noch im hohen Alter, als er nicht mehr jagen konnte, damit begonnen, mit Knöpfen zu experimentieren. Ganz allein hatte er den Knopf mit zwei Löchern erfunden und so die Menschengemeinschaft unendlich bereichert. Inwischen besaßen alle Menschen Knöpfe. Und Kukikatugak sprach von seiner Mutter Simijakjak, die in ihrem Leben siebzehn Kinder geboren hatte. Kukikatugak war der einzige, der ins Mannesalter überlebt hatte; seine Schwester war eine der sieben Mammut-Menschen, die vor drei Wintern an der geheimnisvollen Brustkrankheit gestorben waren.

Alle Menschen begannen lebhaft von Freunden, Großeltern, Geschwistern und Eltern zu erzählen. Nur einer hatte nichts zu erzählen, und das war Aiyuk. Noch nie war es ihm so deutlich gewesen wie an diesem Abend, daß er ein Jäger ohne Herkunft war. Nein, das stimmte nicht: Er war ein Mann mit verborgener Herkunft, und das Verborgene mußte der Mensch aufdecken, um zu überleben. Verborgen waren auch die Verhaltensweisen des Menschen, das war Aiyuk zuerst an Eschona aufgefallen. Warum würde sich ansonsten ein so besonnener Mensch so dumm benehmen?

Und während beim hellen Feuerschein die Stimmen rings um ihn herum plätscherten wie der Gebirgsbach, zogen Aiyuks Gedanken in die weite Ferne. Immer wieder kreisten seine Gedanken um das Wort „verborgen": seine Herkunft war verborgen, die Geister waren verborgen, das

Große Gefühl war verborgen, die Handlungsweisen der Menschen waren verborgen. Doch diese konnte man leicht aufdecken, wenn man sie verstand. Aiyuk begann, über Kukikatugak nachzudenken. Warum verspottete er ihn so oft, warum nannte er Aiyuk „Füchslein"? Vielleicht mußte auch der starke Kukikatugak etwas verstecken. Vielleicht – sich selbst. Vielleicht war Kukikatugak nicht nur stark, sondern zugleich schwach. Vielleicht machte er Späße, weil er insgeheim vor den Menschen und Aiyuks scharfer Zunge Angst hatte. Vielleicht versteckte Kukikatugak seine eigene Verletzlichkeit, indem er Aiyuk verspottete, gutmütig zwar, aber trotzdem. Aiyuk dachte an den Hasenlauf, den alle vor der großen Bärenjagd gespielt hatten: Ja, so war es, er hatte recht. Der starke Kukikatugak war als letzter ans Ziel gelangt. Der starke Kukikatugak war weder schnell noch sehr geschickt mit den Fingern. Er malte nie, und wenn er seinen Speerwerfer zu gravieren begann, warf er meist ärgerlich den kleinen Knochenmeißel hin.

Täuschte er sich, oder war das die Verborgenheit des Kukikatugak? Das war es wohl: die Angst, nicht mit den anderen und vor allem nicht mit dem geschickteren Aiyuk mithalten zu können. Denn die Menschen legten großen Wert auf Entwicklung aller menschlichen Fähigkeiten. Ansonsten gab es kein Überleben. Und Kukikatugak konnte weder malen noch gut nähen noch feinste Speerspitzen aus dem Stein meißeln. Auch hatte er weder eine Halskette noch je einen Armreif gefertigt. Kukikatugak konnte nur gut jagen. Nicht, daß ihm jemals einer einen Vorwurf gemacht hätte. Nein: In Kukikatugak herrschte offenbar ein Gefühl von Unsicherheit, von unbegründetem Unvermögen. Armer, guter Kukikatugak. Wie dumm war das von ihm, sich so geringzuschätzen. Bestimmt war er der stärkste von allen und konnte so am meisten tragen. Und ein treuer Freund war er; hatte er nicht jüngst in den Bergen mit seinen blutenden Knien allen den Weg gebahnt? Und hatte er in den Hungertagen in den Bergen mit dem Lied auf seinen Bauch nicht zur Erheiterung beigetragen?

Aiyuk verstand Kukikatugak und hatte ihn in seiner Schwäche nur noch lieber. So war der verborgene Kukikatugak. Und er selbst? Der verborgene Aiyuk?

Ja, was soll ich mich schon über meine Herkunft wundern. Es spielt keine Rolle, da hat Tunulig recht. Nur die Gemeinschaft der Lebenden zählt. Ich verstehe jetzt vieles an den Menschen, und das genügt.

Aber es genügte nicht. Denn der eine Gedanke kam ihm, der ihn nicht los ließ. Die Beweggründe der anderen kann ich vielleicht verstehen, nur meine eigenen nicht.

Und ein weiterer Gedanke beschäftigte ihn, der ihn noch mehr beunruhigte: Wenn nicht über Igiluk gesprochen wurde, war das etwas Böses. Tore und Tunulig wußten davon. Sie bestimmten über ihn, erkühnten sich trotz seines Alters, ihm Dinge vorzuenthalten, die nur ihn angingen. Oder – waren auch sie in etwas Bösem verstrickt?

Die große Unruhe stieg wieder in ihm auf. Da dachte Aiyuk: Nein, so geht es nicht weiter. Wenn ich mich selbst kennen soll, darf ich nicht immer in Unklarheit schweben wie der kreisende Adler, der keine Beute findet. Ich muß Klarheit gewinnen.

Er nahm sich vor, noch am selben Abend mit Tunulig zu sprechen.

Die Stimmen am Feuer drangen wieder in sein Bewußtsein. Längst sprachen die Menschen nicht mehr von den toten Menschen. Der silberne Vollmond schien hell. Tunulig erzählte die Geschichte einer längst gestorbenen Sonne, die nur noch nachts, als Geist, scheinen durfte. Daher blickte ihr Gesicht so traurig auf die Erde hinab. Sie wollte auch wieder lebendig sein wie die Menschen, die am Feuer saßen. So war es eben mit allen lebenden Wesen: Alles mußte sterben wie die alte Sonne und wie der stille Doregak. Das verstanden die Menschen gut. Ihr Verständnis um die Dinge, die allesamt zugrunde gehen würden, milderte die schwerste Trauer um Doregak. Das Leben verwandelte sich immer in den Tod. So war es eben. Auf diese Weise akzeptierten die Menschen den plötzlichen und gnadenlosen Tod: als einen Teil des Lebens, als Übergang des einen ins andere. Schrecklich war nur der unerwartete Auftritt des Todes, nicht der Tod an sich. Schließlich wiesen Blumen und die rote Ockerfarbe des Todes im Grab darauf hin, daß Leben und Tod untrennbar waren.

Allmählich legten sich die Menschen schlafen. Kukikatugak schnarchte längst. Nur noch Aiyuk und Tunulig saßen am Feuer, jeder mit seinen Gedanken beschäftigt.

Plötzlich kniete Fagayuk neben Aiyuk, der erstaunt aufblickte, herausgerissen aus seiner Welt der Gedanken. Mit ihren Fingerspitzen fuhr sie ihm über den Oberarm und rieb ihre Nasenspitze an seiner Nase. Aiyuk verstand sie sofort: Eschona und Fagayuk hatten, dank seiner Vermittlung, wieder Frieden geschlossen.

Aiyuk nickte nur und lächelte, während Fagayuk leichtfüßig davonging und unter Eschonas Wisentfell schlüpfte. Aiyuk hörte ihre Umarmung und die Küsse und sah dann Tunuligs scharfen Blick, der ihn zu durchdringen schien.

Aiyuk ging um das Feuer herum und setzte sich zu Tunulig.

„Ich will mit dir reden", begann er.

„Ja", antwortete Tunulig. „Wegen Eschona und Fagayuk, ja?" flüsterte sie. „Fagayuk hat mir schon davon erzählt. Das hast du gut gemacht. Du verstehst viel", lächelte sie und legte ihre Knochenhand auf sein Knie.

„Nein, darüber will ich überhaupt nicht sprechen. Du bist Alt-Mensch und weißt manche Dinge. Tore gibt mir keine Antwort. Daher frage ich dich, die du zu mir warst wie eine Mutter. Ich will wissen, woher ich komme und warum niemand über meine Mutter Igiluk spricht."

Tunulig senkte den Kopf und schwieg. Dann sagte sie ganz leise: „Siehst du, ich bin Alt-Mensch und tue alles für den Frieden der Gemeinschaft und für ihr Überleben. Igiluk war zu jung, um zu wissen, was sie getan hat, und ich will nicht, daß wegen einer Toten Unruhe unter den Lebenden ausbricht. Vergiß Igiluk. Denke an die Lebenden und an die Jagd. Man spricht nicht darüber, wenn das Gesetz verletzt wird." Das sagte sie beinahe unfreundlich, ja barsch. Schneller als sonst war sie aufgestanden. Das Gespräch, von dem sich Aiyuk Ruhe erhofft hatte, war abrupt beendet.

Wie betäubt saß Aiyuk am Feuer. Das Gesetz verletzt. Welches Gesetz? Aber so schlimm konnte es doch nicht gewesen sein, denn niemand war verbannt worden, und andere Strafen gab es nicht außer dem Spott. Aber was hat Igiluk getan?

Aiyuks Unruhe und Neugier wechselten ab mit der Einsicht in Tunuligs Worte: Was soll man sich schon um die Toten kümmern. Nur die lebendige Gemeinschaft und ihr Überleben zählten. Es zählte nur die Sommerjagd. Nur das Renfleisch im Magen war wichtig. Indirekt hatte ihm Tunulig einen Vorwurf gemacht: Du hast dich der Gedanken befleißigt, die dem Menschen unangemessen sind. Sorge dich mehr um die Gemeinschaft, wie du dich um Eschona und Fagayuk gekümmert hast. Sorge dich nicht um die Vergangenheit. Für die Menschen ist nur die Gegenwart bedeutsam.

Aiyuk errötete und sah ein, daß ihn die Gedanken an die Vergangenheit gefangen gehalten hatten.

Vielleicht kann ich Kukikatugak helfen, dachte er. Ja, so ist es besser: Ich werde der Gemeinschaft nützen und nicht an meine eigenen überflüssigen Gedanken denken. Wer nur an sich denkt, hat keinen Platz in der Gemeinschaft.

Und so wurde er immer ruhiger. Als ihn Hikiijaut vor Morgengrauen als Augen-Mensch ablöste, schlief er sofort ein.

Als die Sonne längst über das ferne Birkenwäldchen schien, wurde Aiyuk von Lucuwat wachgerüttelt.

„He, Aiyuk, he. Wach auf! Fast alle sind schon drüben bei den Birken und schlagen Holz. Warum tun wir eigentlich rote Farbe ins Grab? Los, sag warum." Und sie zupfte an seinem Ohr und zog an seinem Wisentfell.

Aiyuk lachte und setzte sich auf. Ja, das waren eben die Kinderfragen: immer warum, warum. Als ob das Warum eine Rolle spielte. Das hatte er gestern gelernt. Wichtig ist doch nur, ob die Frage dem Weiterleben dient oder ob etwas Spaß macht oder für alle wichtig ist oder auch für einen anderen – nicht *wieso* etwas gemacht wird.

Aiyuk erklärte Lucuwat den Grund der Ockerfarbe im Grab. Das machte man, damit der Geist beruhigt wird und sich an das neue Leben als Geist gewöhnt. So machen es die Menschen nun einmal. Wieso man aber Ockerfarbe nimmt und nicht etwa Asche: dafür gibt es keine Erklärung. Es ist eben so. Es spielt keine Rolle. Und wenn das Tier gerade *so* und nicht anders gemalt wird – das spielt auch keine Rolle, das ist eben so. Hauptsache, es macht Spaß, wie man es macht, und es entspricht der Tradition. Warum sollte man da noch „warum" fragen?

Lucuwat hörte aufmerksam zu. Auch Kukikatugak, der vor der Überdachung die Sprungbeine der Renkadaver abgebrochen hatte, um daraus Phiolen zu machen, hatte sich zu ihnen gesetzt. Er nickte immerzu und sagte schließlich, während seine Augen blitzten: „Ganz recht, Füchslein. Wenn man zu viel nachdenkt, vergißt man das Leben. So soll es manchem ergangen sein."

Er stand auf und machte sich wieder am Ren zu schaffen. Aiyuk verstand ihn wohl. Kukikatugak hatte recht: Heute gab es viel zu tun – die Renhäute bespannen, Fleisch räuchern, Nähnadeln machen, Feuerholz herbeischaffen, die Löwenfelle ablösen, Wasser aus dem fernen Gebirgsbach holen.

„Hast du schon Flechten für die Renkuh gesammelt?" fragte Aiyuk Lucuwat.

„Ah – das mache ich jetzt!" rief sie und sprang davon.

Aiyuk trat ins Freie und vergewisserte sich, daß keine Tiere in der Gegend waren. Nein, nichts zu sehen. Weit, weit weg eine Herde wolliger Nashörner. Aber sie machten immer einen weiten Bogen um die Menschen und waren nur gefährlich, wenn sie angegriffen wurden. Ansonsten nur die lebende Stille des Frühlings. Weit oben zogen zwei Adler ihre Kreise und riefen einander mit ihrem „Ka – haa, ka – haa!" Die Adler, das waren die schönsten Vögel, mit ihren braunen Flügeln und den gespreizten weißen Flügelspitzen. Wenn ich ein Adler wäre, dachte Aiyuk, würde ich zur Sonne hinauf fliegen und in ihren Wisentsack schauen und weit wegfliegen über die Berge.

Er kam sich klein und erbärmlich vor gegenüber den Vögeln, die nicht an der Erde klebten wie das Harz an den Baumrinden. Wie elegant sie im Kreise segelten. Das kann kein Mensch, der mühselig seine Säcke und Stangen über die Ebene schleift.

Da nahm sich Aiuyk vor, nie wieder zu versuchen, einen Adler – mit seinen begehrten Federn – zu fangen. Den letzten Adler hatten die Mammut-Menschen vor fünf Sommern mit ihren Bolas gefangen und gegessen. Ein Adler war unvorsichtig gewesen und zu tief geflogen; schon hatte Eschona seine Bolas geschwungen, die sich um die riesigen Flügel gelegt hatten.

Da die Ebene übersichtlich war und keine Tiere in der Nähe waren, ging Aiyuk allein zum Gebirgsbach, um Wasser zu holen. Als er zurückkam, hatte Kukikatugak schon mit dem Häuten der Löwen begonnen. Aiyuk setzte sich dazu und half ihm. Während Kukikatugak die Felle reinigte, einrieb und spannte, nahm Aiyuk die Innereien aus. Den dehnbaren Darm reinigte er und schnitt ihn dann in Streifen. Aus dem begehrten Löwendarm ließ sich vieles herstellen, insbesondere wasserdichte Kleidung. Ja, und was noch? Aiyuk überlegte. Mit der flachen Hand strich er über den Darm. Dann zupfte er daran. Der Darm dehnte sich und sprang sofort zurück. Die Schwingungen des Darms trafen auf einige Grashalme und ließen sie erzittern. Ja, vielleicht läßt sich da ein Speerwerfer machen! Nein, das geht nicht, denn wie soll man den Darm in der Hand halten?

Aiyuk schnitt zwei unterarmlange Darmstreifen herunter und ließ sie gegen den Grasbüschel vibrieren. Dann nahm er ein Steinchen, hielt den Darmstreifen am einen Ende mit dem Fuß fest, am anderen Ende mit der linken Hand, legte das Kieselsteinchen in den Darmstreifen und zog nach hinten. Dann ließ er los. Das Steinchen flog dreißig Schritt über dem Erdboden und blieb mit einem lauten „Klack" liegen. Aiyuk wiederholte das Experiment, nochmals und immer wieder. Trotz des frischen Windes lief ihm der Schweiß den Rücken hinab. Er wurde immer erregter. Denn er *fühlte* etwas, fühlte, fühlte, fühlte, daß er auf etwas gestoßen war, das für die Gemeinschaft wichtig sein konnte. Er fühlte, daß da etwas Neues war, etwas Prickelndes, das noch kein Mensch entdeckt hatte. Oder war das alles schon bekannt und längst als unbrauchbar verworfen worden?

Aiyuk zögerte. Vielleicht aber auch anders. Vielleicht mußte er den Löwendarm nur verstehen, um in seine Geheimnisse einzudringen, genau wie bei den Menschen. Die Löwin, die den Menschen dienen wollte, weil sie ihr Leben gegeben hatte, dieselbe Löwin, die Doregak erdrückt hatte, wollte ihm etwas sagen. Aiyuk horchte. In der fieberhaften Erwartung, die ihn erfüllte, hörte er ihre Stimme: „Mache aus mir etwas Neues, etwas, was fliegt! Ich bin zu euch durch die Luft geflogen, das ist das Zeichen. Mache eine fliegende Löwin, eine fliegende Löwin!"

Die anderen waren lautstark mit dem Birkenholz angekommen, aber Aiyuk hörte sie nicht. Er starrte vor sich hin und horchte auf die Löwin, deren unruhiger Geist durch die Luft flog und zu ihm sprach. Ihre Worte hallten in ihm nach: „– eine fliegende Löwin, eine fliegende Löwin!" Also – kein runder Stein. Nein. Etwas Langes, ja, ein Kurzspeer!

Wie von einer Wespe gestochen sprang Aiyuk auf und holte seinen Speer. Die Stimmen um ihn herum gab es nicht. Ohne jemand zu grüßen, rannte er zu den Löwenkadavern zurück. Auch das Blöken des Renkalbs hörte er nicht und Tunuligs befremdete Blicke sah er nicht.

Aber der Speer war zu schwer. Der Darm riß, als er gespannt wurde und der Speer plumste nur fünf Schritte von Aiyuk auf den Boden. Nein, so ging es nicht. Wie war die Löwin geflogen? Ganz gerade, und leichter als ein Speer. Leichter, ja!

Von den herangeschleppten Birkenstämmen schnitt Aiyuk einen unterarmlangen Zweig ab. Seitdem die Löwin zu ihm gesprochen hatte, fieberte er noch mehr. Da war eine Botschaft zu ihm gekommen, nun mußte er die Löwin nur noch verstehen, um ihr zu gehorchen. Das war es wohl: Weil sie Doregak getötet hatte, wollte sie es wiedergutmachen, indem sie den Menschen half. Vielleicht glaubte die Löwin, daß ihr Geist auf diese Weise Ruhe finden würde; und wahrscheinlich hatte sie recht. Deswegen hatte sie zu ihm gesprochen. Oder nicht nur zu ihm?

„Hast du die Löwin gehört?" fragte Aiyuk erregt und kniete neben Kukikatugak.

„Welche Löwin?"

Also nur er, nur Aiyuk. Alles hing von ihm ab, nur von ihm. Aber Kukikatugak durfte ihm helfen, warum nicht.

„Hilf mit bitte, es ist wichtig."

Kukikatugak schaute ihn an und verstand ihn nicht. Trotzdem legte er seine Werkzeuge beiseite und ging mit Aiyuk zu den Löwenkadavern.

„Halte das, schnell", stieß Aiyuk hervor und gab Kukikatugak die beiden Darmenden in die linke und in die rechte Hand.

„Jetzt anspannen."

„Was?"

„Auseinander ziehen, ja, so, fest, so ist gut. Einfach festhalten."

Tunulig war als erste hinzugetreten und beobachtete Aiyuk scharf. Sie sagte nichts.

Aiyuk bemerkte sie nicht. Er legte das flache Ende des Zweigs in den Darmstreifen, umklammerte den Zweig mit Daumen und Zeigefinger und zog nach hinten. Dann ließ er den Zweig los – und das spitze Ende bohrte sich in einen Grasbüschel, zwanzig Schritt entfernt!

Aiyuk zitterte. Kukikatugak ließ die Arme sinken und schaute ihn an: Sein Freund war ihm fremd. Darmstreifen wurden doch vernäht und zu Anoraks gemacht.

Noch wie betäubt stand Aiyuk da. Er bemerkte nicht, daß

alle Stimmen um ihn herum verstummt waren. Einer nach dem anderen waren die Mammut-Menschen zu Tunulig getreten. Auch sie fühlten etwas. Das Renkalb hatte aufgehört zu schreien. Tore legte seine Hand zaghaft auf Aiyuks Schulter, und Aiyuk erwachte wie aus einem Traum. Er drehte sich um und sah die ernsten Gesichter. Warum schauten ihn alle nur so an? Tunulig und Tore, die mehr ahnten als die anderen, sahen ihn aufmunternd an. Tunulig nickte immerzu, schloß die Augen und versuchte zu spüren, was Aiyuk fühlte. Aber es gelang ihr nicht.

Aiyuk lächelte verlegen, und während er lächelte, kam ihm ein Gedanke. Sofort entfernte sich sein Geist wieder. Man müßte die Darmenden befestigen, vielleicht an einem Schaftbieger, der, statt eines einzigen Loches, nun an jedem Ende ein Loch besaß. Denn einen Kukikatugak gab es nicht immer, der die Darmenden halten konnte.

Aiyuk eilte zu den Birkenstämmen und schnitt einen leicht gebogenen, hüfthohen Ast ab. Dem noch immer verdutzten Kukikatugak nahm er den Darmstreifen aus den Händen und band ihn an beiden Enden fest. Doch der Darm rutschte nach unten. Keine Frage, was zu machen war. Aiyuk schnitt eine Kerbe in beide Enden und machte die Darmenden fest. Ja – aber dann würde der kleine Speer auch ausrutschen. Flink suchte Aiyuk einen etwas größeren Zweig und schnitt eine Kerbe ins flache hintere Ende. Noch ganz ungeschickt legte er den Pfeil in die Sehne. Beim ersten Schuß flog der Pfeil dreißig Schritt, beim nächsten Schuß vierzig – weiter als ein Speer. Aiyuk zitterte wieder am ganzen Leib vor Erregung. Sein Gesicht war hochrot vor Anspannung, als er den Pfeil das zweite Mal zurückbrachte. Nun war ihm klar, was er da erfunden hatte. Eschona und Tore waren die ersten, die die Tragweite der Erfindung verstanden.

„Das ist gut", meinte Eschona langsam. „Damit muß man nicht so nah an die Herden heran. Das ist gut. Ich verstehe, was du da gemacht hast. Versuche es noch einmal."

Voller Stolz zog Aiyuk die Sehne beinahe mit aller Kraft

zurück, und mit einem Mal war der ganze Rausch verflogen. Die Darmsehne war gerissen.

Erschrocken und ernüchtert blickte Aiyuk im Kreis umher.

„Es geht wohl doch nicht", sagte er leise und errötete.

Niemand sagte etwas.

Nach einer langen Pause platzte Tore hervor: „Doch, doch, es geht! Ich weiß wie es geht, ich verstehe ihn. Aiyuk: Wenn die Darmstreifen erst getrocknet und eingeölt sind, kann man einen langen Streifen mit einem anderen Streifen umwickeln. Dann wird die Sehne ganz hart, ist aber zugleich beweglich."

Aiyuk staunte. Tores Zaghaftigkeit, ja Ängstlichkeit waren verschwunden. Vollkommen klar und vollkommen durchdacht hatte er seinen Plan dargelegt. Es war allen klar, daß dies der beste Weg war, um eine starke Sehne zu machen.

„Gut, gut", sagte Aiyuk und legte den Arm um Tore. „Ja, aber wird dann das Holz halten? Jetzt ist es voll im Saft, aber wenn es brüchig wird ..."

„Wenn es brüchig wird, kann man es ölen, oder ..."

Und da hatten beide dieselbe Idee „... oder man kann die Zwergweide nehmen anstatt Birke!"

„Ja, ja!"

Die Freude pflanzte sich fort und ergriff alle. So mußte man nicht so nahe an die Herde und konnte mehr Tiere erlegen als bisher, das war eindeutig. Auch mußten sich die Jäger nicht so nahe an die gefährlichen Tiere heranwagen – das war noch mehr wert.

„Es ist etwas Neues. Man muß es erst ausprobieren", meinte Tunulig kühl und mißtrauisch.

„Aber es geht, es geht", rief Tore begeistert, „ich fühle es. Fühlst du es nicht?"

„Doch, aber wir werden sehen", antwortete Tunulig, drehte sich um und ging, um das Feuer zu schüren.

Aiyuk ließ sich die Freude nicht verderben: so klar war ihm der Wert der Erfindung.

Der Ernüchterung des Nachmittags folgte ein Hochgefühl am nächtlichen Feuer. Aiyuk konnte nicht mehr mit seinem Bogen herumprobieren – die Zwergweide, ja das war die einzige Möglichkeit. Aber die gab es erst am großen Fluß, erst einige Tagesreisen entfernt. In seinem Hochgefühl und seinem Drang trat der Fluß wie eine Vision vor sein geistiges Auge. Der Fluß mit den Zwergweiden und Forellen und dann die Pferde-Menschen. Diesen Weg hatte ihm die Löwin gezeigt, das war der Glücksweg für die Mammut-Menschen. Beim flackernden Lichtschein fühlte er, wie der Fluß zu ihm kam, und er fühlte die Zwergweiden und den Bogen und den Pfeil, den er machen würde, und schließlich fühlte er, wie er den Pferde-Menschen begegnen würde. Aber nicht gleich am Fluß, nein, erst drei Tage später flußabwärts.

Plötzlich sagte er, und er wunderte sich über die Tonlosigkeit seiner Stimme: „Wenn wir an den Fluß kommen, werde ich Zwergweiden schneiden und danach werden wir am dritten Tag mit den Pferde-Menschen zusammentreffen und alles wird gut."

Daß alle schwiegen, nahm er nicht wahr. Alles war verschwommen. Er hörte die Weiden und die Adler und die Löwinnen und Doregaks Geist rufen. Das Feuer verschwand. Immer zudringlicher fühlte er Tunuligs Fingerspitzen, die ihm leicht ins Gesicht schlugen.

„Wach auf, wach auf, komm zurück!" rief sie ängstlich. „Komm zurück!"

Aiyuk blinzelte und murmelte etwas. Undeutlich sah er Tunuligs lachendes und tränenüberströmtes Gesicht vor sich. Dann umarmte ihn seine Ziehmutter und drückte ihn so fest, wie sie ihn noch nie gedrückt hatte.

„Mein Junge", flüsterte sie. „Mein Junge, du bekommst das Große Gefühl. Du bekommst das Große Gefühl des Alt-Menschen."

Der Pferde-Mensch

Es kam wie vorhergesagt: Aiyuk fällte eine Zwergweide und baute seinen ersten Bogen; die Forellen im Fluß schmeckten so gut wie noch nie; und nach einer dreitägigen Wanderung rochen die Mammut-Menschen das große Feuer der Pferde-Menschen.

Noch bevor sie in Sichtweite waren, legte Tunulig ihre Hand auf Aiyuks Schulter und sagte freundlich: „Mein Lieber, wenn wir Mammut-Menschen wieder allein sind, muß ich mit dir über die Welt des Alt-Menschen reden. Nicht jetzt. Du bist noch ganz im Fieber deiner Erfindung, und bei den Pferde-Menschen gibt es andere Dinge, auf die du dein Augenmerk richten solltest."

„Ja, gut. Später. Da haben wir Ruhe", lächelte Aiyuk und verstand Tunulig wohl: die anderen Dinge – das war eine Frau.

Als die Mammut-Menschen den Hügel erklommen und auf das bunte Treiben der Pferde-Menschen blickten, dachte Aiyuk nicht an eine Frau. Unwillkürlich drängte sich ihm die Frage nach seiner Herkunft auf, obwohl er sich vorgenommen hatte, überflüssige Gedanken beiseite zu lassen.

Wenn sie aber überflüssig sind, dachte er, warum drängen sich die Gedanken dann auf?

Er nahm sich vor, den Alt-Menschen Seloka zu befragen.

Das Freudengeschrei bei der Begrüßung war groß. Menschen, die sich gut kannten, umarmten einander, zeigten die nach innen gerollten Zungen und rieben die Nasen aneinander. Wer den anderen nicht so gut kannte, zeigte nur lachend die Zunge und strich kurz über den Oberarm. Aber jeder begrüßte jeden anderen, und so dauerte die Begrüßung viele Stunden. Und dabei waren das nicht einmal alle Pferde-Menschen, wie Tunulig gleich bemerkte. Gewiß, im letzten Winter waren Borseetsiak und Axankaku gestorben. Doch ansonsten ging es den Pferde-Menschen gut; acht von ihnen waren jetzt gerade bei der Renjagd und drei andere mit ihren Harpunen beim Forellenfischen. Obwohl also elf Pferde-Menschen gerade nicht da waren, staunte Aiyuk immer wieder, wieviele Pferde-Menschen es gab; ohne die anderen, die gerade jagten, über zwanzig und fünf. Lucuwat drückte sich an Aiyuk, und er mußte sie auf den Arm nehmen. Sie konnte sich kaum an das Treffen im letzten Sommer erinnern – und jetzt auf einmal so viele Menschen. Das war doch schön, redete ihr Aiyuk ein. „So viele, so viele", flüsterte sie nur und verbarg ihr Gesicht an seiner Brust. Da lachte Aiyuk, nicht nur über Lucuwat: nein, wie alle anderen Mammut-Menschen freute er sich, die Pferde-Menschen zu sehen. Es war einfach schön – die Menschen sagten dazu: Es ist gut, so viele andere Menschen um sich zu haben. Ein warmes Gefühl durchströmte Aiyuk, während er Lucuwat so im Kreise herumtrug und Pferde-Menschen begrüßte, und er fühlte, daß dieses Sommertreffen besonders viel Gutes bringen würde.

„Jetzt mußt du aber selber gehen", sagte er zu Lucuwat, die ihm allmählich zu schwer wurde. „Schau, Kind: da sind andere Kinder, die du doch kennst, ja? Willst du nicht mit ihnen spielen?" Und nach langem Zögern war Lucuwat endlich bereit, sich von Aiyuk zu trennen.

Kukikatugak hatte gerade angefangen, sich mit Pontunnituktuk zu unterhalten, als Aiyuk hinzutrat und Pontunnituktuk umarmte. Kukikatugak, Pontunnituktuk und Aiyuk hatten als Kinder jeden Sommer zusammmen gespielt und viel zusammen gejagt. So wie Hikiijaut und Teschadjuk unzertrennlich waren, so auch die drei Freunde. Pontunnituktuk hatte wie Aiyuk rote Haare und einen roten Bart, war aber so unernst und spaßig wie Kukikatugak. Wenn die drei zusammen waren, gab es viel zu lachen. Freudig setzten sie sich im Kreis zusammen, erzählten einander die Begebenheiten des letzten Winters und sprachen über die Bären- und Renjagd und Doregaks Tod und wie Pontunnituktuk einen Falken gefangen hatte.

„Und Aiyuk hat da einen neuen Speerwerfer erfunden ...", begann Kukikatugak.

„*Wir* Mammut-Menschen", korrigierte ihn Aiyuk schnell, „haben uns da etwas Neues ausgedacht, das wir euch später zeigen werden."

„Wir können unsere Speere weiter werfen als alle anderen Menschen", prahlte Kukikatugak.

Als ihn die beiden auslachten, fügte er hinzu: „Morgen jage ich einen oder zwei Adler!" Und es gab noch mehr Gelächter. Denn jeder wußte, daß die Menschen nur ausnahmsweise einen Adler treffen konnten, und auch nur, wenn der Adler ziemlich jung war und den Fehler machte, zu tief zu fliegen.

Kukikatugak machte nur Spaß, das war klar; doch ernsthaftes Prahlen war bei den Menschen streng verpönt. Wer prahlte und log, hieß „Doppel-Maul" oder „Zwei-Löwen-Maul". Die Menschen wollten nicht wissen, was einer zu sein vorgab; nur was er wirklich tun würde, interessierte sie. Die wirkliche Jagd und der schnelle Tod, das war das Menschenleben, nicht der Schein der Jagd.

Endlich kamen die Renjäger mit zwei Renbullen an, und nochmals erhob sich lautes Begrüßungsgeschrei. Erst beim Renessen ebbte es wieder ab. Selten hatten sich die Menschen so wohl gefühlt.

„Und heute nacht gibt's den Freudentanz!" rief der Alt-Mensch Seloka in die Runde, und seine Ankündigung wurde mit lautem „Hu-hu, hu-hu!" beantwortet. „Hu-hu" war das festliche Freudengeschrei, und das gab es nur im Sommer.

Seloka war ein alter, sehr kleiner Mann, über sechzig

Sommer alt. Er hatte keine Zähne mehr, keine Haare, konnte nicht mehr jagen und galt als einfältig. Er besaß nicht im entferntesten den Tiefblick der Tunulig und kümmerte sich längst nicht mehr um die Jagd. Doch eines hatte er allen voraus, und darum war er Alt-Mensch: Wenn er, wie alle paar Tage (öfter als Tunulig), das Große Gefühl bekam, irrte er nie. Seinem Gefühl trauten alle. Sogar wenn er sich scheute, eine Höhle zu betreten, sogar dann taten es ihm die Pferde-Menschen gleich und fuhren immer gut dabei. War das der Grund, weshalb es so viele Pferde-Menschen und so wenige Mammut-Menschen gab?

Nach dem Essen verteilten sich die Menschen, um Erfahrungen auszutauschen. Seloka und Tunulig unterhielten sich, Eschona und Fagayuk setzten sich zu Freunden, die Kinder spielten, und Kukikatugak, Aiyuk und Pontunnituktuk hockten sich zusammen in eines der Langzelte. Kurz darauf erhob sich nochmals ein Geschrei; die drei Freunde blickten zum Zelteingang und hörten, daß die drei Pferde-Menschen vom Fischen zurückgekommen waren.

„Die kennt ihr noch nicht", meinte Pontunnituktuk. „Sie kamen kurz vor dem Winter von den Fuchs-Menschen zu uns, weil Kattees Mutter, Somoga, bei Ullugeak liegen wollte."

Die Begrüßung vor dem Zelt dauerte lange. Längst hatten die drei Freunde die Neuankömmlinge vergessen, als sie zur Begrüßung ins Zelt traten: Somoga und ihre Schwester Tulakawatuk, und Somogas Tochter Kattee, die sechzehn Sommer zählte.

Aiyuk blickte auf, herausgerissen aus seiner Erzählung über den neuen Speerwerfer mit Löwendarm – und da spürte er ein zuerst unbestimmtes Gefühl, anders als das Große Gefühl. Somoga und Tulakawatuk sah er gar nicht. Denn als er aufblickte, fing sich sein Blick in Kattees grüngräulichen, enggestellten Augen. Die Augen glänzten und strahlten und sahen ihn lachend an, so daß er den Blick beinahe gesenkt hätte. Da erst bemerkte er ihren schönen, breiten Mund, ihre großen, weißen Zähne, ihr perfektovales Gesicht, das von sehr hellbrünett-gelockten Haaren umgeben wurde. Sie war groß und schlank; das sah Aiyuk sofort, und auch die langen Arme und die zarten langen Finger fielen ihm sofort auf – denn das Schönheitsideal der Menschen waren dicke, fruchtbare Frauen. Nochmals kehrte sein Blick zu den strahlenden, tiefen Augen zurück. Aiyuk fühlte eine Hitze aufsteigen, die ihm unerklärlich war; im Zelt war es ziemlich kühl, der Himmel war bewölkt.

Leichtfüßig kniete Kattee vor Aiyuk, zeigte die Zunge und strich ihm mit den Fingerspitzen sachte über den Oberarm. Mit Mühe vermochte er den Gruß zu erwidern.

„Aiyuk, ja. Von dem Speerwerfer habe ich schon gehört", sagte sie mit leiser und sanfter Stimme, und ihr schöner Mund lachte, und ihre Augen lachten.

„Kukikatugak und ich zusammen haben ...", begann Aiyuk und merkte dann, wie unwichtig seine Worte waren. „Du kommst von den Fuchs-Menschen?"

„Ja, meine Mutter wollte bei Ullugeak liegen, und so bin ich gleich mitgegangen, weißt du."

„Und – gibt es jetzt viele Fuchs-Menschen?" fragte Aiyuk schnell, um nur irgend etwas zu sagen.

„Ich habe nie gezählt. Vielleicht noch mehr als die Pferde-Menschen."

„Aha. Ja dann, ja dann helfe ich dir nachher beim Ausnehmen der Forellen", sagte er, und so laut und hastig, daß Kukikatugak vor sich hin schmunzelte und Kattee lachend den Kopf zurückwarf und ihre schönen langen Fingerspitzen an den Mund führte. Als ob sie sich ihres Mundes schämte, dachte Aiyuk schnell, und: Wie kann man nur einen so schönen Mund bedecken wollen?

Er lachte notgedrungen mit und errötete. Kattee stand lachend auf, ging zum Zelteingang und drehte sich noch einmal kurz nach ihm um. Zum zweiten Mal spürte er das Gefühl aufsteigen – Angst, Hoffnung, Zuneigung in einem. Er hörte das Angstpochen seines Herzens, wie in der Bärenhöhle. Was war das nur? Noch ein letztes Mal strahlten die

Augen; fast lautlos entfernte sich Kattee. Aiyuk starrte in die Tageshelle, und sofort sagte Kukikatugak grinsend: „Das Füchslein hat die Füchsin gerochen." Dabei schlug er sich vor Vergnügen auf das Knie, während Aiyuk noch mehr errötete.

Auch Pontunnituktuk lachte kurz mit. Aber er sah, wie die Sache stand und meinte: „Kukikatugak. Es ist ernst. Sei ein guter Freund. Hör, Aiyuk: sie ist frei, niemand liegt bei ihr. Rimurayuk hat sich für sie interessiert, aber sie hat ihn abgewiesen. Wenn sie bei dir liegen will, mußt du ihm etwas schenken, damit er nicht böse ist."

'Bei dir liegen will', 'bei dir liegen will' hörte Aiyuk immer wieder, und ein Glücksgefühl, das er noch nie gekannt hatte, ergriff ihn.

„Was, was?" fragte er.

„Du sollst dem Rimurayuk etwas schenken – obwohl – obwohl, sie hat ihn schon abgewiesen, da darf er gar nicht böse sein. Aber auf alle Fälle."

„Nein, ich meine", antwortete Aiyuk, legte seine Stirn vor Scham auf Pontunnituktuks Schulter und fuhr leise fort: „Nein, ich meine: ob sie bei mir liegen will?"

Nun lachte auch Pontunnituktuk. Er gab keine Antwort.

Aiyuk war wie benommen. Was Kukikatugak und Pontunnituktuk des Weiteren sprachen, hörte er gar nicht. Er wartete eine Anstandsfrist ab, stand abrupt auf und trat aus dem Zelt. Zuerst sah er sie nicht. Das komische Gefühl durchzuckte ihn wieder; es war mehr Angst als alles andere. Dann hörte er Gelächter hinter den Zelten. Ohne zu zögern machte er sich auf. Kattee kniete neben ihrer Mutter und nahm Forellen aus.

Aiyuk grüßte verlegen und sagte: „Ich habe Kattee versprochen, ihr zu helfen."

„Gut", meinte Somoga im Aufstehen, „ich muß jetzt gehen und den Knollenbrei für das Freudenessen heute nacht rühren."

Ungeschickt nahm Aiyuk sein Messer heraus und begann, langsam eine Forelle auszunehmen und den Kopf abzutrennen. Mit ihren behenden Fingern schaffte Kattee drei Fische in der Zeit, in der Aiyuk einen Fisch ausnahm.

Immer wieder wagte er eine Blick von der Seite. Erst jetzt sah er die lange, gerade, schöne Nase und die langen Augenwimpern. Leuchteten die Augen deshalb so? fragte er sich. Er wagte kaum, die breiten, zartrosafarbenen Lippen anzuschauen. Und diese langen, schlanken Arme und das schmale Becken: nie zuvor hatten ihn schlanke Frauen gereizt; Hikiijaut und Teschadjuk waren vollkommen uninteressant. Aber jetzt, warum auf einmal jetzt? Und ihre Finger – leicht gerötet, lang, die Fingernägel stark gerundet, was ihm schon immer unschön erschienen war. Und jetzt. Jetzt sehnte er sich auf einmal danach, diese schönen Hände und Finger und Fingernägel und diese schönen Augen und diese Lippen des viel zu breiten Mundes zu küssen.

Wie kann Häßliches schön werden? dachte er verstört. Was ist das nur?

Der schöne Mund verzog sich, und lächelnd blickten ihn Kattees Augen für den Bruchteil einer Sekunde an. Da zuckte es in ihm, und endlich wurde ihm klar, was in ihm vorging: Ich bekomme das Gefühl für diese Frau.,

Da erst fiel ihm ein, daß er noch kein Wort mit Kattee gewechselt hatte. Hatte sie deshalb gelächelt?

Ich bin doch heute ein Dickkopf, dachte er, los, mach den Mund auf!

„Ich bin diesen Sommer Bärenjäger geworden", sagte er leise, und als er merkte, daß sie das als Prahlerei mißverstehen könnte, fügte er schnell hinzu: „Aber in der Höhle hatte ich große Angst."

„Bist du allein hineingegangen?" fragte sie teilnahmsvoll.

Und als er antwortete, da sprudelten die Worte nur noch so aus ihm heraus. Mit der Erzählung der Bärenjagd und der Bergüberquerung und von seiner Schülerin Lucuwat bei der Renjagd legte er die Scheu ab. Während er sprach, hörte er wie in weiter Ferne seine Worte, und da dachte er: So gut habe ich noch nie gesprochen, in mir sitzt eine Pferdeherde.

Sie erzählte ihm ihr Leben, und er erzählte ihr alles, was ihm je eingefallen war. Und während er sich reden hörte, wurde ihm klar, daß er mit seinen Worten um diese schöne Frau warb. Daß sie ihm alles von sich erzählte, erfüllte ihn mit einer so aufgeputschten Hoffnung, daß er ganz benommen wurde. Während sie sprach, glitt sein Blick über ihr Gesicht, fing sich an den leuchtenden Augen und wanderte kurz zu ihren vollen Lippen. Er nahm ihr Gesicht in sich auf.

Als es Nacht wurde, zündeten die Menschen riesige Feuer an. Zuerst aßen sie Ren und Knollenbrei. Die entgräteten Forellen wurden auf Zweigen aufgespießt und als Leckerbissen verspeist. Dann zogen sich die Menschen aus, um sich gegenseitig mit Hämatitfarbe und Asche anzumalen.

Zum ersten Mal in seinem Leben schämte sich Aiyuk seines Körpers. Er war nicht besonders groß, er war nicht besonders stark. Als Kattees Fingerspitzen über seinen Körper fuhren, bekam er eine Gänsehaut, so sehr genierte er sich. Aber dann dachte er daran, wie schön es sein würde, ihren Körper zu bemalen.

Trotz ihrer Schlankheit besaß sie große Brüste. Als ihr Aiyuk über die Brustwarzen fuhr, bekam auch sie eine Gänsehaut. Sein Herz hüpfte dabei vor Freude, denn erst da wurde ihm klar, daß auch sie das Gefühl bekam. Als er ihren Rücken bemalt hatte, drehte sie sich um und legte ihre Finger an seine Oberarme. Ihre Augen blitzten im Feuerschein. Leise und doch erregt sagte sie: „Komm tanzen, Lieber!"

Zum Klacken der Renknochen sprangen sie in den Kreis der Tanzenden. Der rituelle Freudentanz war schon in vollem Gange: am Anfang tanzten nur die jungen Männer und Frauen und die Kinder, später kamen die Älteren hinzu. Wer tanzen wollte, der tanzte; wer zu alt oder krank oder schwanger war, der sang nur mit und klackte mit den Knochen. Es war aber schwer, sich der steigenden Erregung zu entziehen. Immer schneller stampften die nackten Menschen im Kreis, immer lauter wurde das Gedröhne der Tänzer, der Kreis wurde enger, dann wieder weiter. Bei jedem Engerwerden streichelten sich die Menschen, umarmten sich, fuhren mit den Fingerspitzen über den Körper des Partners und ließen sich noch mehr erregen. Im weiten Kreis hielten sie einander die Hände, und Aiyuk fühlte, wie sein Händedruck von Kattee erwidert wurde.

Der Tanz steigerte sich. Aus dem Stampfen und Dröhnen, aus dem anregenden und erregenden Hautkontakt kristallisierte sich der erste Höhepunkt. Der Freudentanz begann, Gestalt anzunehmen und die Freuden des Lebens auszudrücken. Der enge Hautkontakt verwandelte sich in den symbolischen Zeugungsakt, bei dem Männer und Frauen, Jungen und Mädchen rhythmisch die Unterleiber zusammenstießen. Trotz der Nachtkühle schwitzten Aiyuk und Kattee. Unverwandt blickten sie einander in die Augen. Als sie ihre Körper gegeneinander drückten, rieben sie ihre Nasen kurz aneinander. Das war der erste Kuß. Aiyuk zitterte vor Erregung. Als er Kattee über die Brüste fuhr, nahm sie sein Glied in die Hand und ließ es steif werden. Als ihre Körper das nächste Mal zusammentrafen, fühlte er mit dem Mittelfinger die Feuchtigkeit ihrer Scheide, und da wußte er, daß sie für ihn bereit war.

Im Rausch der Körper verwandelte sich der Tanz in den Freudentanz der Geburt. Die Frauen und Mädchen legten sich mit dem Rücken auf den Boden, spreizten die Beine, hoben das Gesäß an und stöhnten rhythmisch zur Entbindung. Aiyuk und die anderen Männer strichen den Frauen, um den Nabel kreisend, den Bauch. Jede Frau gebar ein Kind, und die Frauen, die auf allen Vieren Pferde oder Renkühe nachahmten, gebaren Fohlen und Renkälber. Als Kattee stöhnend das Kind gebar, legte Aiyuk zum ersten Mal seinen Mund auf ihren Mund und suchte ihr Zunge. Das Herz pochte in ihm, Kattee und Aiyuk zitterten und schwitzten. Aiyuk war wie benommen. Er sah niemand, sah nicht einmal Kattee – er *fühlte* Kattee und nur Kattee.

Vor Glück wußte er nicht, was um ihn herum vorging. Als er rituell an ihren Brüsten saugte und die großen festen Brustwarzen liebkoste, streichelte sie ihm über die Haare und stöhnte nur, „Mein Lieber, mein Lieber!"

Der Tanz ging über in das lustige Leben der Menschenkinder und der hüpfenden Renkälber und der springenden Fohlen, und die Freude war die Freude des jungen Lebens. Allmählich ging der Tanz zu Ende, immer mehr Tänzer ließen sich erschöpft und schweißgebadet zu Boden fallen. Einige schliefen auf der Stelle ein. Das Klacken der Renknochen wurde schwächer, kaum noch jemand sang.

Engumschlungen, völlig erschöpft und verliebt legten sich Aiyuk und Kattee unter freiem Himmel in Aiyuks Wisentfell. Ohne die Nasen aneinander zu reiben, suchte Aiyuk Kattees Zunge. Sofort führte sie ihn ein in ihren nassen Körper. „Ich liebe dich, ich liebe dich!" stieß er hervor, und sie flüsterte, „Bleibe immer in mir, immer in mir!" und dann kamen beide zum Höhepunkt und liebten den anderen mehr als sich selbst.

Als er seinen Samen in sie schleuderte, leckten sie einander den Schweiß vom Gesicht. Doch da entzog sie sich ihm, drückte die Beine zusammen und hob das Gesäß in die Höhe. Schnell schob Aiyuk den Oberschenkel unter ihren Körper. Kattee ließ Aiyuks Samen durch ihren Leib fließen. Das bedeutete: Ich will immer bei dir liegen. Und wenn ein Mann antwortet, indem er seinen Oberschenkel unter das Gesäß der Frau schiebt und so den Samenfluß unterstützte, bedeutete das: Auch ich will immer bei dir liegen. Dabei sahen sie einander in die Augen und liebten einander durch die Augen. Dann küßten sie einander das Gesicht und die Haare und den Hals. Kattee schob sein Knie unter ihrem Gesäß weg; sie begannen, mit den Händen und den Lippen den Körper des anderen zu streicheln. Aiyuk streichelte Kattees Bauch und Scheide und Beine und lutschte an ihren Brüsten und an ihren Fingern. Dann leckten sie einander und nahmen den Geruch und Schweiß des anderen in sich auf.

Noch einmal nahm Kattee Aiyuks Glied zu sich, noch einmal durchströmten sie einander. Langsam leckten sie einander Gesicht, Hals und Hände, und Aiyuk blieb viele Stunden in Kattee. Trotz seiner Erschöpfung war er hellwach und doch im Rausch. Zweimal, dreimal gab er ihr den Samen. Als er danach eindöste, weckte sie ihn wieder durch rhythmische Bewegungen. Sie nahm ihn fest und ließ ihn wieder hart werden, und wieder war er hellwach und angespannt. Wieder ließ er seine Zunge in ihrem Gesicht kreisen und trank ihren Schweiß und ihren Mund aus.

Als es am Horizont hell wurde, schliefen Kattee und Aiyuk ein. Noch im Einschlafen dachte er, ganz klar und deutlich, daß er endlich zu leben begonnen hatte, daß alles bisher nur ein schwacher Abglanz von Leben gewesen sei. Ohne Kattee gab es kein Leben mehr. Aiyuk hatte sich in Kattee verwandelt und Kattee hatte sich in Aiyuk verwandelt. Schon dreimal hatte Aiyuk sein Leben begonnen: als er von Igiluk entbunden wurde, als er wenige Tage zuvor zum ersten Mal das Große Gefühl bekommen hatte, und heute nacht, als er und Kattee eins wurden.

Am nächsten Morgen fühlte er, schwer wie ein Mammut, wie etwas an seinem Ohr leckte. Die Sonne schien ihm ins Gesicht, er vermochte die basaltschweren Augen nicht zu öffnen. Leicht, ganz leicht spürte er Kattees Zunge. Er griff nach ihrer feinen Hand und rieb wie in Trance die Nase an ihren Fingern. Dann küßte er ihre Fingernägel und ihre Handfläche und entließ sein schweres Liebesgefühl in Kattees Hand. Sie küßte seine Augen. Zwischen den Küssen flüsterte sie, „Ich liebe dich", und Aiyuk leckte ihr zur Antwort die Handfläche.

Als sie ruhig lagen, kamen Somoga, Tore und Tunulig zu ihnen und brachten ihnen warme Renstückchen zu essen und Wasser zu trinken. Tore, Somoga und Tunulig waren glücklich für Aiyuk und Kattee. Kurz fuhren sie ihnen, ganz sachte, mit der Hand über die Haare, und da war große Freude bei allen.

„Hikiijaut und Teschadjuk haben auch Männer gefunden", flüsterte Tunulig beschwingt und entfernte sich schnell. Zum ersten Mal kam Lucuwat nicht zu Aiyuk, um ihm schon morgens unbeantwortbare Fragen zu stellen. Eschona hielt sie beschäftigt. Einmal, als Kattee und Aiyuk einander fütterten, ging Fagayuk vorbei und nickte ihnen zu. So war das bei den Menschen: Wer einmal das Gefühl gekannt hatte, respektierte es bei anderen und freute sich, wenn das Gefühl bei anderen Menschen Einzug hielt.

Eigentlich wollte Aiyuk an diesem Morgen seinen Bogen vorführen. Doch daran dachte er nicht, und niemand wollte ihn drängen, obwohl alle auf seinen neuen Speerwerfer gespannt waren. Kukikatugak hatte sich geweigert, den Bogen in die Hand zu nehmen, und so hatte sich herumgesprochen, daß Aiyuk allein den Bogen erfunden hatte. Längst wurde auch davon gesprochen, daß er Alt-Mensch werden würde. Nur Kattee wußte nichts darüber.

„Bleib liegen, Liebes", sagte Aiyuk sanft und suchte Eschona auf. Der gab ihm bereitwillig das Gesuchte: sein Quarzkratzer mit Holzgriff, ein großer gefäßförmiger Bekkenknochen, ein Stückchen Mammutelfenbein.

Als Aiyuk zurückkam, wußte Kattee, was er vorhatte. Er legte den Beckenknochen neben Kattee und ließ sein Wasser darin ab. Auch Kattee urinierte darin und rührte den Urin mit dem Finger. Dann legte Aiyuk das Elfenbeinstückchen in den Urin und weichte es ein. Nach einer Weile begann er, das Elfenbein, das nun leichter zu bearbeiten war, zu schnitzen. Immer deutlicher wurde sein Liebesgeschenk – eine Frau mit runden Hüften, schweren, runden Brüsten und einem spitzen Kopf mit spitz auslaufenden Beinen. Am Schluß schmirgelte Aiyuk die Statuette mit feinkörnigem Sand ab, nahm den Trinkschlauch zur Hand, wusch das Figürchen ab, leckte es und reichte es errötend der Kattee. Sie nahm es in die Hand und streichelte es. Wir sind jetzt für immer zusammen. Ich werde für uns schwanger werden und unsere Kinder gebären und so fruchtbar sein wie dieses Figürchen.

Aiyuk legte ihr das Figürchen auf den Bauch; bald danach döste Kattee ein, während Aiyuk die Glücksgedanken durch den Kopf schossen. Sanft legte er ihre Fingerspitzen an seine Lippen. In ihm jauchzte es vor Glück. Er hatte urplötzlich die richtige Frau gefunden. Wie oberflächlich, ja wie erbärmlich war es doch, als er mit Oschet gelegen war. Aber jetzt. Diese liebe, schöne, sanfte Frau. Ihre Art zu zögern war nicht unterdrückte Angst, Angst vor dem anderen wie bei Tore, sondern ein Ausdruck von zurückhaltendem Respekt vor dem anderen. Das hatte Aiyuk sofort gespürt und an ihr geliebt. Sie liebte die Menschen wie er und bemühte sich, sie zu verstehen und ihnen zu helfen. Sie war wie er, sie war Aiyuk und Aiyuk war Kattee.

Er küßte ihre Handflächen. Ein berauschendes Gefühl stieg in ihm auf: das Gefühl der totalen Glückseligkeit. Kein Mensch konnte dieses Gefühl je begreifen, der es nicht erlebt hatte: im warmen Sonnenschein mit einem anderen Ich zu liegen, umgeben von Menschen, die ihn mochten, umgeben von vielen Menschen, die sie beide beschützten; und dazu noch im Frühsommer, gesättigt mit Forellen und Ren. Er fühlte sich vollkommen sicher, vollkommen geborgen. Das Wohlgefühl entspannte ihn. Für diesen Augenblick hatte er gelebt. Alles war Ruhe und Geborgenheit und Liebe.

Pontunnituktuk und Kukikatugak ließen sich nicht blikken. Aiyuk fühlte, was für einen guten Freund er in Kukikatugak besaß, der ihn gerade jetzt in Ruhe ließ.

Als Kattee aufwachte, liebkoste Aiyuk ihr Gesicht mit der Zungenspitze und erzählte ihr von den Gedanken, die ihn manchmal quälten. Nur jetzt – nur jetzt störten sie ihn nicht; er erzählte ihr nur alles, damit sie alles wußte.

„Ich werde Seloka fragen, Lieber", sagte sie sanft und streichelte sein Gesicht.

„Nein, nein, ich werde es selbst tun. Und überhaupt. Das ist nicht mehr wichtig. Heute bist du wichtig", lachte er.

Doch Kattee fühlte, daß die Frage für ihn wichtig war, schon allein, damit er beim Lagerfeuer von seinen Vorfahren erzählten konnte. Schon allein deshalb. Sie fühlte mit ihm, sie fühlte seine Zweifel. Zum ersten Mal sah Aiyuk Tränen in ihren Augen. Er erriet den Grund sofort und leckte ihre Tränen auf. So war das beim Gefühl der Menschen zu der Zeit der Mammuts: von diesem Augenblick an mußten sie einander nichts mehr erzählen; jeder fühlte mit dem anderen.

Am Spätnachmittag standen sie auf und fingen zusammen Forellen. Immer wieder staunte Aiyuk über die Geschicklichkeit, die in diesen schlanken Armen und langen Fingern steckte.

Ich kenne sie doch noch nicht, dachte er. Denn wie man so schnell und geschickt mit der Harpune hantieren konnte, das war ihm unbegreiflich. Er selbst hatte Hikiijauts eleganten Speerwurf neidlos bewundert. Und er selbst galt als flink und geschickt. Aber Kattees mühelose Geschicklichkeit übertraf alles bisher Gesehene.

So gab es für jeden noch Überraschungen. Als Kattee ihrer Mutter den Sack Forellen brachte, blieb sie nur wenige Augenblicke von Aiyuk getrennt. Als sie jedoch zurückkam, schaute sie ihn beinahe ehrfürchtig an und meinte: „Somoga hat mir gesagt, daß du das Große Gefühl hast."

Aiyuk lachte. „Vielleicht, vielleicht", grinste er, „vielleicht kommt es nur einmal und nie wieder."

Sie warf ihre Arme um seinen Hals und sagte: „Es kommt immer wieder, das weißt du, du Dickkopf. Ich hätte nie gedacht, daß ich für einen Alt-Menschen das Gefühl bekommen würde. Es ist eine Ehre."

Als sie aber sah, daß Aiyuk ärgerlich wurde und eine Zornesader an seiner Stirn anschwoll, legte sie vor Scham den hochroten Kopf an seine Schulter und bat ihn um Verzeihung.

Sofort verzieh er ihr. Der Zorn verflog. Nur für einen Augenblick ließ sich sein Glücksrausch verdrängen. Als er ihren Duft einsog und ihre Finger an seine Lippen führte, raste das Glücksgefühl wieder in ihm. Wer einen Menschen liebt, vergißt dessen dumme Worte.

Nachts wurden wieder riesige Feuer angezündet. Die Menschen fanden es gut, so schnell wie möglich einen Dankestanz an die Tiere zu richten, die ihr Leben für den menschlichen Magen geopfert hatten. Denn seit vielen Wochen hatten weder Pferde- noch Mammut-Menschen eine stille Höhle betreten, um Tiergeister zu malen. Und außerdem verbanden sie den Dankestanz mit dem „Kommt-Tanz", wie sie es nannten. Der „Kommt-Tanz" rief die sensiblen Geister der lebenden Alt-Tiere herbei (wenn es Alt-Menschen gab, mußte es ja auch Alt-Rene und Alt-Pferde geben, das konnten die Jäger sogar beobachten), wenn die Herden sich nicht einstellen wollten. Denn unbemerkt einzig von Kattee und Aiyuk drehte sich die Unterhaltung des Tages immer mehr um die ausgebliebenen riesigen Pferdeherden. Das Pferd war für die Menschen beinahe so wichtig wie das Ren. Doch dieses Jahr gab es keine Pferde. Wo waren sie nur? Der Winter war wärmer gewesen als sonst. Waren sie schon vor langer Zeit deshalb gen Nacht gezogen – oder in Richtung der Sonne? Auch die Alt-Menschen, die schon den ganzen Nachmittag das Phänomen besprochen hatten, wußten keinen Rat. Besser, man wartete ab, folgte wie üblich auf getrennten Wegen den Renherden gen Nacht, um sich im nächsten oder übernächsten Sommer endgültig zu beraten. Notfalls konnten die Menschen später ihre traditionellen Wanderwege ändern. Das mußte aber gut durchdacht werden. Denn alle Menschen diesseits der Berge und diesseits des Riesenflusses mußten ihre Zustimmung geben, und für trockene Höhlen oder Felsvorsprünge mußte auch im Sommerlager gesorgt werden. Die beiden Alt-Menschen spürten, daß das Wetter immer wärmer wurde. Nur sie besaßen den Überblick über die vielen Sommer- und Winterzeiten; nur sie sahen deutlich, daß das Wetter seit ihrer Kindheit wärmer geworden war. Das war zu begrüßen. Daß aber die Pferde ihre Gewohnheiten deshalb änderten, war ihnen noch nicht in den Sinn gekommen – bis zum jetzigen Nachmittag, an dem sie Rückblick hielten über alle Sommer, die sie kannten. Schon letztes Jahr waren die Pferdeherden mager ausgefallen. Doch wer konnte ahnen, daß sie ganz ausfallen würden? Zu diesen Geheimnissen besaß auch das Große Gefühl von Tunulig und Seloka keinen Zutritt. Wenn die Pferde-Menschen im Spätsommer an das große Salzmeer kamen, wo sie sich immer mit den Fuchs-Menschen trafen, wollte Seloka (das war Tunuligs Vorschlag) sich mit ihnen beraten. Das Ausbleiben der riesigen Pferdeherden signalisierte große Gefahr.

Daher kamen die Mammut- und Pferde-Menschen überein, mehr Gewicht auf den „Kommt-Tanz" zu legen und nur die Pferde herbeizurufen. Während die Menschen zu tanzen begannen und den Galopp und das Weiden, ja alles Pferdeähnliche nachmachten, setzten sich Aiyuk und Kattee eng umschlungen zu den Alt-Menschen. Tanzen wollten sie nicht. Trotzdem fühlte Aiyuk sofort, worum es ging. An die Pferde hatte er bisher noch gar nicht gedacht. Tunulig unterdrückte ihre Sorge und lächelte dem Paar zu. Und da tat sie etwas, was sie seit vielen, vielen Sommern nicht getan hatte: sie rieb ihre Nase an Aiyuks Schulter, und dann an Kattees Ohr. So sehr freute sie sich für ihren Ziehsohn.

Auch Kukikatugak kam herbei und legte, leicht verlegen, den Arm um Aiyuks Schulter. Aiyuk verstand ihn. Kukikatugak freute sich für ihn; und doch, und doch hatte er ein wenig Angst um ihre Freundschaft. Deshalb witzelte er auch nicht. Aiyuk umarmte ihn kurz und sagte leise: „Du bist immer mein bester Freund." Erleichtert lachte Kukikatugak, streichelte kurz Kattees Oberarm und sprang beschwingt in den Kreis der Tänzer.

Dieser Tanz war nicht so wild wie der gestrige Tanz. Der Sorgentanz ist immer ruhiger, ja zaghaft, und schnell vorüber. Noch schneller war der Dankestanz vorbei. Es war, als ob die Menschen am ersten Abend einen großen Teil ihrer Geisteskraft verausgabt hatten. Schon bald brieten sie die Forellen in den Flammen. Und Tunulig sagte zu Seloka, aber Aiyuk überhörte es: „Ich hoffe, wir sind erhört worden. Aber ich glaube es nicht." Seloka schüttelte nur geistesabwesend den Kopf.

Als Aiyuk Kattees ängstlich-fragende Augen erblickte, die auf ihn gerichtet waren, lachte er und verdrängte die Sorge um die Pferde. Heute nacht gab es Kattee und nur Kattee.

„Komm schlafen", sagte er.

Auf dem Rückweg ins Zelt sah Aiyuk Hikiijaut und Teschadjuk mit ihren Jägern. Sie winkten einander zu. Kattee wollte wissen, wer das war, und so erzählte er ihr von den Mammut-Menschen und der Eintracht, die zwischen ihnen herrschte. Daß er Eschona und Fagayuk geholfen hatte, das erzählte er nicht. Er sprach auch von Oschet, die nun zu Gukall gefunden hatte, und wie gut sich alles gefügt hatte.

Nach einer Weile meinte Kattee: „Bei euch könnte es mir gefallen. Ich denke, ich komme zu euch, wenn ihr wollt."

Aiyuk freute sich sehr. Er hatte es nicht anders gewollt – und außerdem war es klar, daß von der Gemeinschaft der Vielen die Menschen zur Gemeinschaft der Wenigen stießen, falls niemand dagegen war, was so gut wie nie vorkam. Also würden auch Hikiijauts und Teschadjuks Jäger zu den Mammut-Menschen kommen. Das hatte sich Tunulig längst ausgerechnet: drei neue Mammut-Menschen, und bald viele Kinder. So wie Aiyuk sie kannte, freute sie sich innerlich. Wie immer würde sie keinen Ton dazu sagen. Was sie aber dachte, das erriet Aiyuk leicht. Oft genug hatte sie sich am Nachtfeuer Sorgen um den Nachwuchs der Mammut-Menschen gemacht, freilich ohne jemand direkt deswegen anzusprechen, ja sogar ohne Seitenblicke in Kukikatugaks oder Hikiijauts Richtung. Denn bei den Menschen war es streng verpönt, den anderen zum Beischlaf zu bewegen. Da mußte jeder selber zusehen, wer bei ihm liegen sollte. Und die Menschen waren sehr wählerisch. Viele Jäger gingen ihr Leben lang unbeweibt, nicht weil sie keine Lust auf Frauen hatten, sondern weil ihnen keine gut genug gefiel, um ihr das Figürchen zu schnitzen.

Man mußte einer Frau nicht das Figürchen schnitzen, und die meisten taten es nicht, wenn sie zusammen lagen. Am Anfang der Pubertät, und nur dann, drängten die Erwachsenen freilich ein wenig. „Nur um es auszuprobieren", sagten sie, in der Hoffnung, das Mädchen würde einen dicken Bauch bekommen. Auf diese Weise waren Gukall und Aiyuk zu Oschet gekommen, und Doregak zu Teschadjuk. Kukikatugak lag einst bei Quarquarluk von den Fuchs-Menschen, die sie nur alle paar Sommer trafen. Quarquarluk wollte jedoch nicht zu den Mammut-Menschen kommen, und Kukikatugak weigerte sich, zu den Fuchs-Menschen zu gehen. „Da ist wohl nicht viel Gefühl dabei", stellte Tunulig enttäuscht fest und beließ es dabei.

Am nächsten Morgen tagte der Rat aller Pferde- und Mammut-Menschen. In wichtigen Dingen besaßen alle Menschen eine gleichwertige Stimme. Zum ersten Mal saß Lucuwat im großen Kreis, da sie Jägerin geworden war. Auch wenn sie meist kaum verstand, was da besprochen wurde, lernte sie die Besonnenheit. Denn bei Abstimmungen mußte auch sie mit dem Kopf nicken und zustimmend das rituelle „Ha-jaja" murmeln. War einer aber nicht einverstanden, mußte er aufstehen – und nur dann stand jemand auf – und sein Dagegenhalten gut begründen. Nur gab es selten Widerrede, denn die Dinge waren klar, und meist fühlten die Menschen dasselbe.

So war es auch dieses Mal. Das Ausbleiben der Pferde-Herden wurde nochmals erörtert. Da es jedoch genug Ren und Wisent gab, beschloß man, vorerst bei den alten Wanderwegen zu bleiben. Die Pferde-Menschen würden die Fuchs-Menschen um ihre Meinung befragen, die wiederum die Ren-Menschen befragen würden, und so wurde die Angelegenheit auf nächsten oder übernächsten Sommer vertagt.

Dann sprachen die Menschen darüber, wer zu welcher Gemeinschaft überwechseln wollte. Da aber die Vielen meist zu den Wenigen kamen, lag die Sache klar. Niemand widersprach, als Kattee, Kokopaluk und Natulak (so hießen die Männer von Hikiijaut und Teschadjuk, beide etwas jünger als Aiyuk) zu den Mammut-Menschen gehen wollten. Sie mußten nur aufstehen und erklären, daß sie aus freien Stücken und gerne zu den Mammut-Menschen gingen, und damit war die Angelegenheit erledigt. Zwar murmelte Rimurayuk vor sich hin; doch er wagte es nicht, dagegen zu stimmen, da er von Kattee abgewiesen worden war und keinen Grund hatte, sie für sich zu beanspruchen. Selbst dann hätte er sie nicht halten können – es sei denn, sie hätte sich ihm versprochen und Aiyuk hätte sie gegen dessen Willen an sich gerissen, was als eine schwere Gesetzesverletzung galt.

Dann kam man zu den Tauschgeschäften. Der Sommertausch wurde immer nur unter aller Augen vorgenommen, damit alle jedem Tausch zustimmen konnten und allen Recht geschah. Auf diese Weise vermochte am nächsten Tag niemand zu kommen und zu sagen: „Ich finde aber, daß wir Pferde-Menschen für diese schönen Speerspitzen noch mehr Ockerfarbe bekommen sollten", oder: „Die Kette von gestern ist doch nicht so schön. Gebt uns noch eine dazu, als Trost." Um dem vorzubeugen, sollten alle Jäger und Jägerinnen zu jedem Tausch zustimmend nicken und „Ha-jaja" sagen, ganz gleich, wer das Stück im Endeffekt bekam. So hieß die Gemeinschaft den Tausch gut. Was die Gemeinschaft gut hieß, darüber verlor man später kein Wort mehr.

Außerdem war es so, daß wenige persönliche Gegenstände eingetauscht wurden. Wer gab schon einen Speer her – wer würde schon einen Speer wollen, wo jeder doch selbst einen Speer machen konnte? Daher wurden von den Pferde-Menschen Walroßzähne vom Salzmeer, wohin die Pferde-Menschen jedes Jahr kamen, gegen Muschelketten vom Sonnenmeer eingetauscht. In jedem Herbst überquerten die Mammut-Menschen die großen Berge, und obwohl sie etwas entfernt von den Südhängen ihr Winterquartier bezogen, gingen Eschona, Fagayuk, Hikiijaut und Teschadjuk oft ans Meer. In der Nähe des Sonnenmeers fanden sie Ockererde, Hämatit, und am Meeresstrand allerlei schöne Muscheln.

Auch Ockerfarbe wurde gegen Hartholz für Speere getauscht, was die Pferde-Menschen wiederum von den Fuchs-Menschen bekommen hatten. Das Beste hoben sich die Pferde-Menschen bis zum Schluß auf: vom großen Salzmeer im Norden brachten sie noch zwei komplett vernähte, vollkommen wasserdichte Robbendarmanoraks mit. Diese wasserundurchlässigen Darmanoraks waren sehr begehrt, teils weil selbst die geschickten Pferde-Menschen nur selten Robben fangen konnten, teils weil Robbendärme, gut eingefettet versteht sich, am flexibelsten waren von allen Tierdärmen, mit Ausnahme des Löwendarms. Diese Anoraks hielten oft zwei Menschenleben lang. Sie hatten nie einen festen Besitzer. Meist bekamen sie die Schwangeren oder die Kranken oder die Kinder, wenn die Menschen alle wanderten. Bei Jagdzügen bekamen sie die Jäger, die die gefährlichsten Aufgaben besaßen.

„Wir haben da etwas, was zwanzig mal zwanzig Robbendarmanoraks aufwiegt", meinte Tunulig ruhig. „Aiyuk wird euch unseren neuen Speerwerfer mit Löwendarm zeigen." All das sagte sie, obwohl sie von der Erfindung selbst nicht überzeugt war.

Wenn Aiyuk nun erwartet hätte, daß Bogen und Pfeil die Pferde-Menschen zu Entzückungsrufen bewegt hätten, wäre er enttäuscht worden. Er schoß auf ein aufgezogenes Renfell, zuerst auf zwanzig, dann dreißig, dann vierzig, dann fünfzig Schritt – weiter als ein Kurzspeer fliegen konnte. Er traf nur selten. Ab vierzig Schritt besaß der Pfeil keine Kraft mehr, das Fell zu durchdringen. Niemand sprach. Ein paar Jägerinnen und Jäger wollten es auch probieren, trafen aber nicht. Am Schluß riß die Sehne. Das hatte Aiyuk vorhergesehen, und so spannte er innerhalb kurzer Zeit eine neue Sehne ein.

„Wenn eines reißt, tut man ein neues drauf", sagte er.

„In der Zeit, in der du den Löwendarm einspannst, kann ich zehn Speere vom Speerwerfer lassen", rief einer.

Und ein anderer: „Wenn dich ein Wisent frontal angreift und du mußt einen neuen Darm einspannen, dann brauchst du ihn auch nicht mehr!"

Viele Pferde-Menschen fingen an zu kichern. Es wurde unruhig im Ratskreis, bei dem ansonsten immer nur einer redete.

„Und überhaupt, und überhaupt ..." Und dann kamen alle Einwände, auf die Aiyuk nur unzureichend vorbereitet war: Wenn die Sehne reißt, wenn der Bogen bricht, wenn man doch nur die Zwergweide als Bogen nehmen kann; der Pfeil fliegt nicht gerade, auch wenn er weiter fliegt als der Speer; der Pfeil ist zu klein gegen Wisent, wolliges Nashorn, Mammut, Bär; die Spitze könnte leicht abbrechen; damit kann doch sowieso keiner treffen.

Andere, einige wenige andere sprachen dafür: Wer weiß, man muß sehen, ob man besseren Darm findet; vielleicht Ren- oder Hirschsehnen? Vielleicht kann man den neuen Speerwerfer nur zur Hirsch-, Ren- und Pferdejagd nehmen und ohnehin immer Speerwerfer und Kurzspeere mitnehmen für alle Fälle. Auf der anderen Seite könnte der Pfeil ja auch jemand verletzen, denn wer kann schon ein Ding unter Kontrolle halten, das von einer Sehne flitzt?

So ging es weiter. Selten waren sich die Menschen so uneinig, und das gefiel ihnen nicht, denn auf Einigkeit legten sie größten Wert. Die Tendenz ging eher gegen den Wert des neuen Speerwerfers. Einige nannten ihn schon verächtlich „Kleinkindspeer", denn hatte ein Mensch je einen so winzigen Speer gesehen?

Die Schreckensvision, daß man beim Wisentangriff ohne Waffen dastehen könnte – das Wisent mit Langspeer zu stoppen war schwer genug – beherrschte die Runde. Und außerdem: das war doch etwas Neues. Alles, was neu war und das prekäre Menschenleben ändern könnte, war schon gleich suspekt. Es ging ja alles auch so. Daher war auch Tunulig gegen den neuen Speerwerfer.

Wortlos hörte Aiyuk die lange Diskussion an. Wie ihm zumute war, sah ihm niemand an, aber Kattee streichelte ihn unablässig, so leid tat er ihr. Sogar Tunulig warf ihm mitleidige Blicke zu.

„Was sagst du dazu, Aiyuk?" sagte schließlich eine erfahrene Jägerin namens Zilukpuk.

„Ich sage", meinte er zögernd und stand auf, „ich sage, daß wir euch den Bogen geben und ihn nicht tauschen wollen. Überlegt euch dann in Ruhe, wieviel er wert ist."

Dann ging er zu Rimurayuk hinüber und legte ihm Bogen und Pfeil zu Füßen. Wortlos sah ihn Rimurayuk an. Dann mußte er doch mit einstimmen, denn immer mehr Pferde-Menschen nickten und murmelten leise, „Ha – jaja."

Überraschend ergriff der Alt-Mensch Seloka das Wort. „Ich habe das Gefühl", meinte er, „daß dieser neue Speerwerfer einmal nützlich sein wird. Wer kann es wissen? Wer etwas geschenkt bekommt, das im nächsten Sommer nützlich sein wird, muß sich trotzdem schämen, wenn er dem anderen kein Gegengeschenk macht. Ich denke, wir könnten den Mammut-Menschen ein Geschenk machen, wenn sie uns eines machen."

Da mußten alle Pferde-Menschen zustimmen. So bekamen die Mammut-Menschen die Robbendarmjacken als Freunde *geschenkt* und nicht im Tausch. Trotz seiner Enttäuschung mußte Aiyuk in sich hinein lachen. Dieser alte Fuchs Seloka, dachte er, der als einfältig gilt. Er hat die Worte nur geändert und aus „Tausch" das Wort „Geschenk" gemacht, und schon haben alle zugestimmt. Dann fiel ihm aber ein, daß Seloka, genau genommen, gegen die Interessen der Pferde-Menschen gehandelt hatte; also war er doch kein Fuchs. Und innerlich schämte er sich, Seloka so mißverstanden zu haben: Seloka hatte sich wohl über die Unhöflichkeit der Pferde-Menschen gegenüber Aiyuk geärgert. Denn wenn jemand etwas Neues mit den anderen teilen will und sie ihn abweisen, ist das nicht menschengemäß. Also wollte er wiedergutmachen. Wie beschämend, ihn deswegen für einen alten Fuchs zu halten. Bestimmt hielt auch er nichts von dem neuen Speerwerfer.

Aiyuk beruhigte sich wieder und nahm Kattees Hand in die seinige. Der Tausch war abgeschlossen.

Nach den vielen Stunden des ruhigen Dasitzens wurden die Menschen allmählich unruhig und wollten sich bewegen. Daher wurde der letzte Punkt schnell abgehandelt: die Streitschlichtung. Das war eine ohnehin seltene Angelegenheit. Doch diesen Sommer hatte es schon wieder Streit zwischen zwei Pferde-Mensch-Jägern gegeben, warum, das spielte am Schluß keine Rolle. Die beiden mochten einander einfach nicht. Trotzdem konnten sie nicht von einander lassen, weshalb die Pferde-Menschen sie „die beiden Streithirsche" nannten. Eine junge Jägerin schlug vor, wie schon im letzten Winter, zur Gaudi aller, einen Singwettkampf zwischen den beiden zu veranstalten. Der Vorschlag fand sofortige Zustimmung. Unter großem Gelächter wurde der heutige Abend dafür anberaumt.

Beim Essen trennte sich Aiyuk kurz von Kattee. Sie wußte, wohin er ging und drückte seine Hand. Aiyuk setzte sich mit einem Stück Ren zu Seloka und sagte leise: „Ich wollte dir danken."

Der alte Mann fuhr auf, aufgeschreckt von seinen Gedanken, die nicht bei den Pferde-Menschen waren.

„Aiyuk, ja. Du sollst mir nicht danken. Danke deinem Kopf, der dir den neuen Speerwerfer eingab."

„Ich wollte mit dir über etwas anderes sprechen."

„Etwas anderes?" fragte Seloka erstaunt, und fuhr dann fort: „Kattee? Ja, eine gute Frau, wir werden sie vermissen."

„Nein, nicht Kattee. Über mich, über meine Herkunft. Es ist nämlich so. Ich habe herausgefunden, daß meine Mutter ein Pferde-Mensch war und Igiluk hieß. Aber niemand kann oder will mir sagen, wer sie war und wer da irgendwo das Gesetz verletzt hat und was da passiert ist. Auch Tunulig nicht. Um mein Glück vollkommen zu machen, bitte ich dich um eine Antwort."

Seloka lächelte über so viel Schläue.

Aiyuk dachte: Es ist nicht wahr, daß dieser Seloka einfältig ist. Er durchschaut mich vollkommen.

Da schämte er sich nochmals vor diesem guten Menschen. Und da er sich schämte, fügte er hinzu: „Wenn du es aber besser findest, nicht zu antworten, will ich deinem Urteil trauen."

Seloka schwieg lange. Schließlich sagte er: „Weißt du, Aiyuk. Diese alten Geschichten sind längst vergessen. Es gibt nur böses Blut, wenn man sie ausgräbt. Es ist nur wichtig, wieviel Renfleisch als Wintervorrat da ist, es ist nur wichtig, ob du morgen ein Wisent erjagst oder gar nichts.

Tunulig will mit dir aus mir unbekannten Gründen nicht oder noch nicht darüber sprechen. Das respektiere ich. Sie ist der klügste Mensch, den ich kenne, und hat da ihre guten Gründe. Es wäre falsch, mich darüber hinwegzusetzen. Verstehst du das?"

Aiyuk nickte. Das hatte er erwartet.

„Lieber Aiyuk: genieße deine Tage mit der guten, sanften Kattee. Kattee lebt jetzt. Kattee ist das Leben. Nicht Igiluk."

Aiyuk nickte. Er legte zum Dank seine Hand auf Selokas Schulter und setzte sich wieder zu Kattee.

„Er will nicht sagen, was Tunulig nicht sagen will", meinte er zu Kattee. Sie verstand alles und streichelte ihn. Trotz seiner Enttäuschung störte er sich weit weniger an der Unruhe, als er es bei sich gewohnt war. Kattee war da. Ja: Kattee war alles. Igiluk war tot.

Obwohl Aiyuk nichts neues erfahren hatte, war es ihm doch, als ob ein Großteil seiner Gedankenbürde von ihm genommen worden wäre. Ja, Kattee: es war ihm, als ob sie durch ihr Verständnis die Last teilte und ihm die Leichtigkeit des Lebens wieder schenkte. Aiyuk war Kattee und Kattee war Aiyuk.

Am Nachtfeuer vergaßen beide die Frage, die einst nur Aiyuk gequält hatte. Der Singwettkampf der beiden Streithirsche war das lustigste Ereignis, dem Aiyuk je beigewohnt hatte. Beinahe bedauerte er es, daß die Mammut-Menschen so harmonisch lebten und nie Anlaß gaben, Streit auf diese schöne Weise zu schlichten.

Lange Bärenjagdlieder wurden gesungen, dann Wisentjagdlieder, dann viele Erzählungen: vom Treffen aller Geister, das die Erde erdunkeln ließ; vom Riesenfisch, der aufs Land stieg, um ein Mammut zu verspeisen und der nachher noch immer Hunger hatte; von der Frau, die einen Hirsch gebar und vor Schreck den Verstand verlor; vom Murmeltier, das einstmals ein Wildschwein gewesen war, welches beim Suhlen versunken war; vom alten Mann mit einem weißen Bart, der sich in einen Steinbock verwandelt hatte.

Wechselweise wurden hohe Töne und niedrige Töne angesungen. Kurz vor der Erschöpfung der beiden Streiter wurde das Singen abgebrochen. Einem der beiden wurde der Sieg zugesprochen, unter großem Gelächter und Beifall aller Menschen.

Noch viele Tage blieben die Mammut- und Pferde-Menschen beisammen. Gemeinsam jagten sie Ren, Wisent und Hirsch, aßen gut und genossen das Wohlgefühl, in Sicherheit zusammen zu sein. Aiyuk hatte wieder Zeit für seine Freunde Kukikatugak und Pontunnituktuk, während sich Kattee auf den Aufbruch vorbereitete. Der Abschied von ihrer Mutter fiel ihr schwer, denn ihr „älterer Freund" war vor zwei Sommern gestorben, und sie hatte wieder von ihrer Mutter gelernt, und das wiederum bedeutete, daß ihr die Mutter wieder nahe geworden war.

Ansonsten waren es die schönsten Tage in Aiyuks Leben. Ab und zu sah er Rimurayuk mit dem Bogen herumschießen, aber das kümmerte ihn nicht mehr. An Igiluk dachte er nicht. Die drei Freunde jagten ein Wisent, Aiyuk und Kattee zusammen erjagten eine Hirschkuh und stellten fest, daß sie zu zweit eine hervorragende Jägergruppe abgaben. Zaghaft stieß Lucuwat wieder hinzu. Sie begann, auch von Kattee zu lernen: Kattee hatte sie als „jüngere Freundin" akzeptiert, denn Kattee war Aiyuk und Aiyuk war Kattee.

So vergingen die Tage des Glücks. Dann trennten sich die Pferde- und Mammut-Menschen widerwillig. Der Sommer war nun ganz da, und da mußten die Pferde-Menschen ans Meer und die Mammut-Menschen in ihr Sommerlager im Norden, im lieblichen Tal der Vézère, das sie „Grüntal" nannten. Beim Abschied brach Aiyuks Hochgefühl jäh ab. Er ahnte, daß er diese fröhliche Gesellschaft nicht mehr fröhlich wiedersehen würde. Kattee fühlte sein Unbehagen und begann zu weinen.

Der Alt-Mensch

Endlich gelangten die Mammut-Menschen ins Sommerlager. Sie nannten es auch „das Pferde-Lager", und das verhielt sich so: Vor langer Zeit hatten Menschen ein riesiges Pferd in den Felsen gemeiselt. Unter diesem Felsabri, direkt unter dem Pferd, machten die Menschen ihr Lager. Auf diese Weise waren sie vor Regen geschützt, aber dennoch im Freien. Im Sommer liebten die Menschen das Freie und wollten nicht an die Höhle des Winterlagers erinnert werden.

Im Pferde-Lager ließen sich die Mammut-Menschen also nieder, nachdem sie alle Mäuse und Ratten vertrieben hatten, denn da waren die Menschen sehr eigen.

Zum ersten Mal gingen Aiyuk und Kattee, um den Geist zu malen: Ren und Hirsch, Kukikatugaks Steinbock und auch den Löwengeist. Ein andermal machten sie sich auf, um nach den Pferden zu sehen. Weit entfernt vom Lager fanden sie die Hufspuren einer kleinen Herde, die längst nach Norden gezogen war. Warum nur? Das hatten sie noch nie getan. Immer wieder erörterten die Menschen die Pferdefrage. Sie kamen zu keinem Ergebnis.

Wieviele Pferde durchgezogen waren, wußten sie nicht, und hätten sie auch nicht zu zählen gewußt. Die Menschen zählten nämlich selten, da die genaue Zahl keine Rolle spielte. Schon seit Menschengedenken hatten die Menschen feinste Abstufungen gefunden, um die Größe der Herden zu charakterisieren, und das ging so: eine Handvoll Pferde, eine sehr kleine Herde, eine kleine Herde, eine ganz schön große Herde, eine große Herde, eine sehr große Herde, ein Herdenwald. Das genügte, um den anderen mitzuteilen, was es zu erjagen gab.

In der unmittelbaren Nähe des Grüntals mit seinem fischreichen Flüßchen lag eine tiefe Höhle, an deren Wände Menschen vergangener Zeiten viele wollige Nashörner und Mammuts gemalt hatten. Insbesondere den Mammuts hatten sie die Höhle gewidmet. Daher hieß die Höhle „Höhle der vielen Mammuts". Nie wäre es einem Menschen in den Sinn gekommen, die Mammuts zu zählen. Das spielte schon deshalb keine Rolle, da aus der Anzahl der Tierbilder nicht die Anzahl der Tiergeister hervorging, die in den Bildern ruhten.

Diese Höhle gingen Aiyuk, Kattee, Kukikatugak und Lucuwat besuchen. Lucuwat staunte und fürchtete sich zugleich. Die vielen schweren, schwarzen Umrisse, die beim flackernden Talglicht an den Wänden tanzten, tief im Inneren dieser kalten Höhle – das war schon beängstigend. Kukikatugak lachte über Lucuwats große Angst. Sie klammerte sich an Aiyuk fest, ließ sich auch von Kattee streicheln, und sagte immer wieder: „Raus ins Warme, raus ins Warme!" Aiyuk wies Kukikatugak zurecht, aber nur, um Lucuwat noch einmal die Bedeutung der Bilder klar zu machen: Wer die Tierbilder nicht versteht, fürchtet sie. Wer die dankbar ruhenden Geister spürt, lernt die Ruhestätten lieben. Und schließlich: Die Bilder verhindern, daß die unruhigen Geister Unfug anrichten, Krankheit bringen und Geburten unmöglich machen.

Wenn sie nicht jagten, besuchten die vier die umliegenden Höhlen, die weder Lucuwat noch Kattee kannten. So glücklich war Aiyuk noch nie gewesen. Zusammen mit Kattee Höhlen aufzusuchen, die die Mammut-Menschen schon immer geliebt hatten, im schönen Grüntal – das war für Aiyuk ein doppeltes Leben. Immer wieder liebkosten sich Aiyuk und Kattee. Jede Nacht legte Aiyuk sein Glied in Kattee, jede Nacht leckten sie einander das Gesicht. Aiyuk war Kattee und Kattee war Aiyuk.

Es gab nur eine Nacht, in der sie nicht zusammen lagen. Das war die sogenannte Blutnacht. Die Blutnacht war Vollmondnacht, und alle Frauen menstruierten bei Vollmond. Dazu entfernten sie sich ein Stück vom Lager, hockten sich im Kreis zusammen, ließen den Vollmond in sich eindringen und hoben das Hemd. Sie brachten der alten, traurigen Nachtsonne eine kleine Freude dar, indem sie ihr Blut in die Erde sickern ließen. Das dauerte manchmal die halbe Nacht. Bisweilen schmerzten die Frauenteile dabei, bisweilen nicht. Wenn sie aber schmerzten, ging das Bluten schneller vorüber, und die vom Blut befreite Frau konnte umso schneller zum Feuer zurückkehren und sich, getrennt von den Männern, erschöpft schlafen legen.

In dieser Nacht nahm Tunulig Aiyuk zum ersten Mal beiseite und begann, ihn in den Dingen hinter den Dingen zu unterweisen. Natürlich gab es bei den Menschen wenige Geheimnisse; daher belehrte ihn Tunulig nicht, sie erzählte. Alles was sie erzählte, mußte er sich genau merken.

Tunulig fing mit den Namen an. Wußte er, was die Namen bedeuteten? „Nein", sagte Aiyuk, „darüber habe ich mir nie Gedanken gemacht."

„Und das ist recht so", antwortete Tunulig. „Die Namen sind nur Namen. Das Tierfleisch und die Liebe: das ist das Leben. Das weißt du nun besser als jeder andere, mein Lieber. Da du aber nun das Leben kennst, sollst du auch Dinge kennen, die einst voller Leben waren und heute keine Bedeutung mehr besitzen. So ist das mit den Namen. Die Menschen geben ihren Kindern Namen, nur weil ihnen der Klang gefällt. Einst bedeuteten die Namen etwas Wunderbares; die Menschen wollten, daß die Kinder so werden würden wie der Name. Wenn sie dem Kind einen guten Namen gaben, glaubten sie, der Name würde das Kind leiten und schützen. Ich weiß nur noch ein paar Namen, alle anderen sind verlorengegangen. Kattee heißt „Mensch-der-den-anderen-hilft", und der Name trifft zu. Kukikatugak heißt „Greis-im-braunen-Pelz", und das ist bei deinem Freund ebenfalls nicht schlecht gewählt. Ich habe seinerzeit Kukikatugaks Mutter beraten, denn nur der Alt-Mensch kennt die Bedeutung von wenigstens einigen Namen. Pontunnituktuk bedeutet „Beim-Vollmond-geborener-Erstgeborener". Eschona heißt „Kleiner Schreihals", und das ist nicht so gut gewählt. Tunulig heißt „Findet-immer-den-richtigen-Weg". Tore, ja Tore bedeutet: „Schütze".

„Und Aiyuk, was bedeutet Aiyuk?"

„Mein Lieber", und da legte sie ihre Hand auf sein Knie, „was Aiyuk bedeutet, weiß ich leider nicht. Es tut mir leid."

Während Tunulig die Bedeutung der anderen Namen, die sie kannte, erzählte, rasten die Gedanken durch Aiyuks Kopf: Ich bin ein Mensch ohne Herkunft und nun auch ohne Namensbedeutung. Nicht einmal der Sinn meines Namens ist mir bekannt. Das ist nicht gut.

Trotz seines Glücks mit Kattee wurde Aiyuk ein wenig traurig, als er Tunuligs Worte hörte. Die Frage, die er gern gestellt hätte, wagte er jedoch nicht auszusprechen.

Woher komme ich?

Tunulig mußte seine Gedanken erraten haben, denn beim Wort „Kukikatugak" hörte er wieder zu:

„Ja, und die Namen sind für alle da. Hast du dir jemals Gedanken darüber gemacht, ob es Männernamen und Frauennamen gibt?"

„Nein – nein, das habe ich wohl nicht."

„Ja, siehst du, mein Lieber, das gibt es auch gar nicht, außer bei Namen wie Zilukpuk, also „Die-dicke-Fruchtbare". Bei den Steinbock-Menschen habe ich von einer winzig kleinen Frau gehört, die Kukikatugak heißt. Kannst du dir Kukikatugak als kleine Frau vorstellen?"

Beide mußten schmunzeln. Die Anspannung war aufgelöst.

„Nein, mein Lieber", fuhr Tunulig nach einer Weile fort. „Nein, Namen für Männer und Namen für Frauen gibt es nicht. Es ist nur wichtig, ein guter Mensch zu sein."

Danach schwieg Tunulig.

Das ist also der Anfang der Dinge hinter den Dingen,

dachte Aiyuk, während er in der Blutnacht auf Kattees Rückkehr wartete. Die Namen bilden den Anfang. Sie sind das Unwichtigste der unbekannten Dinge. Tunulig ist sehr klug. Sie fängt mit dem Unwichtigsten an, mit den kleinen Dingen hinter den Dingen.

Er bewunderte Tunulig immer mehr. Jetzt verstand er sie besser, die vor ihm sein eigenes Geheimnis geheim hielt.

Sie hat einen guten Grund. Es ist geheimer als die Bedeutung der Namen. Also hatte ich doch recht. Irgendwie wurde das Gesetz verletzt. Erst muß ich wohl alle Gesetzesgeheimnisse kennen. Wenn ich alles gut kenne und verstehe, soll ich auch mein eigenes Geheimnis kennenlernen. So kann ich es überhaupt erst verstehen.

Er erinnerte sich, wie Tunulig einmal gesagt hatte: Es kommt eine Zeit zu leben und eine Zeit zu sterben. Es kommt eine Zeit zu essen und eine Zeit zu schlafen. Es kommt eine Zeit der Liebe und eine Zeit des Abschieds. Und es kommt eine Zeit für Fragen und eine Zeit des Schweigens.

Aiyuk verstand nun ihre Beweggründe: Dies war für ihn die Zeit des Lernens und die Zeit der Liebe. Die Zeit der Fragen, der einen Frage, war noch nicht da. Wenn diese Zeit kommen würde, würden er und Tunulig fühlen, daß die Frage auf die Antwort wartete.

Aiyuk wurde ruhiger.

Ja, ich habe noch nicht gelernt, die Zeit der richtigen Dinge zu erkennen.

Daß er Tunulig zum ersten Mal verstand und Einsicht gewann in ihr Gefühl für die Dinge hinter den Dingen, beruhigte ihn ungemein. Wieder mußte er sich vor ihr schämen: Wie konnte ich nur so dumm sein, ihr nicht zu trauen?

Seine Zuneigung zu Tunulig wuchs, und auch zu Tore, den er mehr denn alles andere bemitleidete: Tunulig will nicht, daß ich meine Freundschaft zu Tore verliere, wenn ich vor der Zeit etwas erfahre, das ich jetzt noch nicht begreife. Nun gut: Ich werde warten und die Geduld des

Jägers und des Alt-Menschen vereinen. Ihr werdet sehen. Ich werde die Geduld lernen.

Auch das hatte Aiyuk begriffen: Er sollte nicht nur Geheimnisse kennenlernen, nicht nur lernen, die Menschen zu verstehen, sondern sich auch die Geduld des Alt-Menschen zu eigen machen. Sein Geheimnis, das war die Geduldlektion. Sein Geheimnis, das war seine Prüfung.

In vollkommener Ruhe schlief Aiyuk ein.

In diesem Sommer geschahen zwei merkwürdige Dinge.

Die erste Begebenheit geschah gleich am nächsten Morgen. Es regnete fürchterlich. Aiyuk und Kattee rannten über die Hochebene über dem Grüntal, um die Kleintierfallen zu kontrollieren. Sie wollten so schnell wie möglich zurück ins Pferde-Lager, da sie trotz der Robbendarmanoraks naß wurden. Als sich Kattee gerade zu einer Falle hinabbeugte, um das ängstlich flatternde Schneehuhn anzuschauen, fiel Aiyuks Blick auf ein Renkadaver unten im Tal. Zwei Hyänen machten sich gerade daran zu schaffen. In diesem Augenblick stieß ein Adlerpaar in wildem Sturzflug auf die Hyänen herab. Schreiend, mit wütendem Gekrächze riß das Adlermännchen einer Hyäne einen blutigen Haarklumpen vom Rücken, drehte schnell und stieß mit dem Schnabel nach der Hyäne. Das Adlerweibchen hatte mittlerweile der anderen Hyäne ein blutiges Loch in den Kopf gepickt. Jaulend verkrochen sich die beiden Hyänen.

Hatte ein Mensch schon so etwas gesehen? Auch Kattee war starr vor Erstaunen. Sie griff nach Aiyuks Hand. Seit wann wurden Hyänen aus der Luft angegriffen, und dazu noch im strömenden Regen? Das hatte es noch nie gegeben.

„Es sind die Pferde", sagte Aiyuk. „Die Pferdeherden bleiben aus, und die Pferdefresser müssen hungern. Sogar bei Regen fliegen die Adler."

„Aber wir Menschen müssen keine Sorge haben", sagte Kattee.

„Nein. Noch nicht. Es ist wohl besser, wir erzählen niemand, was wir gesehen haben."

„Ja, es ist besser." Sie schaute Aiyuk an und verstand seine Gedanken sofort: Es ist ein schlechtes Zeichen.

Die andere merkwürdige Begebenheit passierte, als Aiyuk, Kattee, Lucuwat und Kukikatugak durch die „Höhle-der-rennenden-Wisents" krochen.

Aiyuk und Kukikatugak gingen voran, meist auf Händen und Knien. Es war schwer, die Talglichter ruhig zu halten. Lucuwat bekam Angst. Endlich erreichten sie die Stelle der „rennenden Wisents", wo sie auch stehen konnten. Aiyuk bewegte die Flamme hin und her. Die rotbraunen und schwarzen Wisents, eines hinter dem anderen, auf wellenartigem Sandstein gemalt, schienen zu rennen. Lucuwat konnte es nicht glauben und bekam Angst, obwohl sie vom Steinschauspiel fasziniert war. Kattee nahm sie in den Arm und beruhigte sie: „Es sind nur die Geister, hab keine Angst. So kann man die Geister laufen lassen, das macht ihnen ab und zu Spaß."

„Ja", sagte Aiyuk. „Das erinnert die Geister an die Zeit, in der sie noch zur lebenden Wisentherde gehörten, weißt du. Da freuen sich die Geister."

Als er das letzte Wort ausgesprochen hatte, trug ein feiner Luftzug den stechenden Hyänengeruch in die Menschennasen. Kukikatugak und Aiyuk wirbelten herum. Kattee drückte Lucuwat fest an sich.

Hyänen, *hier*?

Das Licht in der Linken, den Speerarm zurückgenommen, Speer im Speerwerfer eingehakt, warteten die Jäger. Nichts regte sich. Dann hörten sie kaum vernehmbare Pfotengeräusche. Langsam, gravitätisch, die Hinterbeine hinter sich herschleppend, gequält: so trat eine Hyäne in den Lichtschein.

„Halt!" rief Aiyuk. „Nicht werfen!"

Die Hyäne blieb keine zehn Schritte vor ihnen stehen. Mit müden Augen schaute sie die Menschen an. Sachte senkte sich der Hinterkörper zur Erde, dann der Vorderkörper. Die Hyäne blickte die Menschen noch einmal traurig an, schnaufte heftig und schloß die Augen für immer.

Noch einmal waren Aiyuk und Kattee starr vor Erstaunen.

„Das gibt es doch nicht", sagte Kukikatugak. „Hyänen ziehen sich doch nicht in Höhlen zurück zum Sterben. Das gibt es doch nicht."

Aber in diesem Sommer gab es das. Aiyuk kniete neben dem toten Tier und untersuchte es.

„Es ist verhungert", sagte er leise.

Kattee legte ihre Hand auf Aiyuks Schulter, und beide dachten dasselbe: Es ist ein schlechtes Zeichen.

An diesem Abend waren Kattee und Aiyuk nicht so glücklich wie an den Vortagen. Tunulig bemerkte es sofort. Vielleicht um Aiyuk von der Nachdenklichkeit abzulenken, sagte sie: „Können wir beide ein bißchen sprechen?"

„Ja, ja sicher."

Aiyuk küßte Kattee und stand auf.

„Ich verstehe", sagte Kattee und lächelte. „Geh. Es ist wichtig."

Tunulig und Aiyuk traten ins Freie und setzten sich als Augen-Menschen ans Feuer. Umständlich nahm Tunulig ihren Wisentsack in den Schoß und holte frische Kräuterbüschel hervor.

An diesem Abend lernte Aiyuk die Bedeutung der Heilkräuter kennen, von denen es aber nicht viele gab.

Am nächsten Abend setzten sie sich wieder abseits.

„Kennst du diese Wurzel?"

„Nein, die kenne ich nicht."

„Es ist tödliches Gift."

Aiyuk hörte, wo es die Giftwurzel gab und wie man sie in warmem Wasser aufweichen konnte.

Aiyuk verstand nicht, warum ihm Tunulig vom Gift erzählte. Der Alt-Mensch hilft allen Menschen, das war schon immer so.

„Ja, guter Junge", sagte Tunulig. „Ich helfe allen Menschen. Wenn jemand stirbt, aber nicht sterben kann, und wenn die Schmerzen unerträglich werden – ja, da helfe ich mit dieser Wurzel. Dann geht es schnell."

Aiyuk erschrak. Davon hatte er noch nichts gehört. Er erschrak vor dem Gedanken, wissentlich einen Menschen zu töten; und auch vor der Verantwortung eines solchen Tuns.

„Wie kannst du nur so reden?" fragte Aiyuk.

„Ich weiß, was ich sage", meinte Tunulig ernst. „Der Mensch muß dem Menschen helfen und gut zu den anderen Menschen sein. Aber mein Lieber: in manchen Fällen ist das Gift gut."

Aiyuk erschrak noch mehr. Nun endlich wußte er, warum Alt-Menschen oft abwesend, meist ernst waren. Sie trugen die Toten mit sich herum.

„Es ist nicht so schlimm wie du denkst, Aiyuk. Du mußt es ja nur tun, wenn es der Kranke will. Aber du mußt es dem Todkranken vorschlagen."

„Ich?!"

Tunulig schwieg. Nach einer Weile sagte sie: „Du mußt dich zuerst an den Gedanken gewöhnen."

Die schlafende Kattee im Arm, gingen Aiyuk die Todesgedanken durch den Kopf. Hier die blühende, warme Kattee – und was soll ich mit dem Tod? Seit er Kattee kennengelernt hatte, wurde der Tod ausgeklammert. Und jetzt auf einmal mußte er daran denken und an die schlechten Zeichen der letzten Tage. Jetzt auf einmal sollte er, ausgerechnet er, einmal der Verteiler des Todes werden. Dagegen wehrte er sich heftig. Trotzdem wußte er: Wer Alt-Mensch wird, kann es sich nicht aussuchen. Das ist eben so. Alle Dinge sind wie sie sind.

Erst da fand er ein wenig Ruhe, doch einschlafen konnte er noch lange nicht.

Ein andermal nahm ihn Tunulig beseite und begann: „Ich glaube, es gibt noch ein paar Dinge in den Gesetzen bei Mann und Frau, die du noch nicht kennst."

Aiyuk horchte auf. Sofort kam ihm der Satz in den Sinn: Man spricht nicht darüber, wenn das Gesetz verletzt wird. Obwohl er von der Hirschjagd müde war, war er sofort hellwach und hörte aufmerksam zu.

„Die Gewohnheit mag manchmal anders sein. Aber das

Gesetz sagt: Jede Frau darf bei jedem Mann liegen, so oft sie will, wenn er einverstanden ist. Jeder Mann darf bei jeder Frau liegen, so oft er will, wenn sie einverstanden ist. Sobald eine Frau Brüste bekommt, darf sie bei einem oder vielen Männern liegen, um zu sehen, wer ihr am meisten gefällt. So lange ihr der Mann gefällt, bleibt sie bei ihm liegen. Eine Frau darf einen Mann nicht zwingen, bei ihr zu liegen. Ein Mann darf eine Frau nicht zwingen, bei ihm zu liegen. Wer bei einem Menschen liegt, bleibt nur so lange bei ihm, wie er das Gefühl für ihn hat. Wir Menschen wissen, daß das Gefühl oft kein Leben lang vorhält."

Aiyuk hob die Hand, um zu protestieren. Lächelnd sah ihn Tunulig von unten herauf an und fuhr fort: „Ich spreche nicht von dir und Kattee. Höre das Gesetz.

Die Dinge sind manchmal nicht einfach. Ein Mann darf die Frau, die mit ihm liegt, nicht gleich verlassen, wenn er sich ihr versprochen hat und das Figürchen geschnitzt hat. Eine Frau darf nicht bei einem Mann liegen, wenn sie sich bereits einem anderen versprochen hat, aber ohne bei ihm gelegen zu sein. Das ist ein Gesetzesbruch. Ebenso darf ein Mann sich nicht der einen Frau versprechen, sie schwängern, und dann eine andere Frau schwängern.

Doch auch da gibt es Ausnahmen, von denen man am besten nicht spricht, da es böses Blut geben könnte. Trotzdem mußt du alles erfahren.

Für Notzeiten trifft das Gesetz Vorsorge. Wenn zum Beispiel eine Seuche die meisten hinweggerafft hat, muß es bald viele Geburten geben, oder die Menschen sterben aus. In diesem Fall darf jede Frau mit jedem Mann liegen, auf daß sie schnell schwanger werde. So ist es in Notzeiten, wenn es zu wenige Frauen gibt. Und umgekehrt heißt es: Wenn Not droht und es zu wenige Männer gibt, kommen viele Frauen zu den wenigen Männern, um sich schwanger machen zu lassen."

Sofort sagte Aiyuk: „Aber dann kennt niemand seine Eltern."

Tunulig verstand sofort, worauf er anspielte. Ohne zu zögern antwortete sie ihm: „Dieser Fall ist meines Wissens noch nie bei den Mammut-Menschen eingetreten – auch nie bei den Pferde-Menschen."

Aiyuk beruhigte sich wieder.

„Es ist nur ein Notgesetz. Darum weiß niemand mehr davon. Aber du mußt alles wissen."

Auch in dieser Nacht fand Aiyuk keine Ruhe. Die Gesetzesbestimmungen gingen ihm durch den Kopf. Insbesondere das Notgesetz fand er eigentümlich; aber je mehr er sich den Sinn des Gesetzes überlegte, desto sinnvoller schien es. Allein zu sein, das ist der Tod. Die Gemeinschaft und ihr Überleben ist alles.

Unwillkürlich dachte er an Igiluk und an die Gesetzesverletzung, in die Igiluk offenbar verwickelt war. Hatte ihm Tunulig heute abend die Antwort gegeben? Hatte sie sie ihm wortwörtlich vorgesagt, eingekleidet in die allgemeinen Gesetzesbestimmungen? So sehr er auch nachsann, er fand keinen Bezug des Gesetzes zu Igiluk.

Da müssen zwei Männer darin verwickelt sein, dachte er. Oder es sind zwei Frauen. Wer hat sich wem versprochen – oder hat das alles nichts mit Igiluk zu tun?

Er war verwirrter als vorher. Immerhin glaubte er, eines begriffen zu haben: Die Gesetzesverletzung hat irgend etwas damit zu tun, wer bei wem liegt.

Als er wieder anfing zu grübeln, erinnerte er sich, wie er erst vor wenigen Tagen Tunulig so viel Vertrauen entgegengebracht hatte. Nun schämte er sich seiner erneuten Ungeduld wegen.

Es kommt eine Zeit für die Liebe und eine Zeit für die Fragen. Und jetzt ist die Zeit der Liebe.

Ganz leicht küßte er Kattees Haare. Noch im Schlaf strich sie ihm über das Gesicht. Aiyuk verdrängte die beunruhigenden Gedanken. Aiyuk war Kattee und Kattee war Aiyuk. Bald danach schlief er ein.

In diesem Sommer jagten die Menschen viel. Wie immer gab es viel Ren, aber auch Auerochsen, Enten und Gänse. Die beiden jungen Männer, die bei Hikiijaut und Teschadjuk lagen, zeigten sich als umsichtige Jäger. Wenn sie mit ihren Frauen zusammen waren, wurde viel gelacht und gespielt. Sie kümmerten sich nicht allzu viel um die Mammut-Menschen, waren noch etwas scheu, aber immer zu Späßen aufgelegt. Deshalb freundeten sie sich ein wenig mit Lucuwat und Kukikatugak an. Aiyuk erschien ihnen zu ernst und nachdenklich, obwohl Hikiijaut und Teschadjuk nur Gutes über ihn sprachen und großen Respekt vor ihm besaßen.

Aiyuk und Kattee fühlten sich immer mehr zu den „Stillen" hingezogen – zu Fagayuk und Eschona, zu Tore und Tunulig, zu Oschet und Gukall.

Aiyuk und Kattee lernten einander immer besser kennen, und je mehr sie einander verstanden, desto mehr liebten sie einander. Zwar waren sie beide nachdenklich, still, liebten die Menschen und achteten die Tiere. Da waren sie gleich. Aber sie bemerkten immer mehr die Unterschiede: Während Aiyuk oft, vielleicht zu oft, das tat, was die Gemeinschaft von ihm verlangte, besaß Kattee oft genug ihren eigenen Kopf. So sagte sie manchmal, daß sie einfach keine Lust zum Fischen habe. Und das, obwohl kein ersichtlicher Grund vorlag und sie anerkanntermaßen am besten mit der Harpune umzugehen verstand. Oder sie war manchmal ein wenig traurig. Sie weinte selten, aber dann ohne äußeren Grund. Aiyuk nahm sie in den Arm, streichelte ihren Kopf und Rücken, und fragte: „Deine Mutter?"

Jedes Mal sagte sie: „Nein, nein, es ist – nichts, es ist nichts bestimmtes." Dabei war Kattee eine so selbstsichere Person, die ihre Selbstsicherheit so natürlich trug, daß Aiyuk nicht anders konnte als sie zu bewundern. Er selbst quälte sich mit zu vielen unlösbaren Fragen und ließ sich verunsichern. Aber Kattee. Und nun weinte sie manchmal. Aiyuk sprach oft mit ihr darüber, um sich ihr Gefühl genau beschreiben zu lassen, damit er es verstehen konnte. Dabei wurde ihm nichts klarer, denn beschreiben konnte Kattee nicht gut. Sie sagte immer: „Ich weiß nicht, ich weiß nicht."

Aiyuk lag nachts oft wach, ganz im Gegensatz zur Gewohnheit der Jäger, die immer sofort einschliefen.

Die Menschen sind oft das gleiche und das andere, dachte er. Kattee ist selbstsicher und auch unsicher. Das ist so bei den Menschen. Das habe ich bei dem Streit zwischen Fagayuk und Eschona gelernt. Manchmal sind die Menschen allerdings mehr das eine als das andere. Tore ist unsicherer als sicher. Und Kattee ist sicherer als unsicher. Vielleicht kommt ihre Unsicherheit aus der falschen Sicherheit. Sie würde mich nicht anlügen; also ist sie nicht traurig, weil sie ihre Mutter vermißt. Also kommt die Unsicherheit aus der Sicherheit. Ich bin wohl ihre Sicherheit, unser Gefühl ist die Sicherheit und die gute Gemeinschaft der Mammut-Menschen.

Dann endlich kam Aiyuk der Gedanke, nach dem er gesucht hatte: Unsicherheit. Das ist Angst. Sie hat Angst, das alles zu verlieren. Alles ging zu leicht. Alles ist zu gut. Es gibt unser Gefühl und die guten Mammut-Menschen. Sie mag Fagayuk besonders. Es gibt viel zu essen, es ist Sommer, es gibt nie Streit. Ja, sie hat Angst, daß das zu Ende gehen wird, wo es doch nicht besser sein kann. Sie ist nicht so wie die meisten anderen Menschen, die den Tag so hinnehmen, wie er ist. Sie hat Angst vor dem, was noch kommen wird.

Anstatt selbst der Angst zu verfallen, wurde Aiyuk immer ruhiger. Er hatte das Leben akzeptiert mit seinen Unsicherheiten. Obwohl er gegen den Hunger ankämpfte wie alle anderen, hatte er im Gegensatz zu Kattee schon gelernt, den Hunger und die Angst und den Tod als Teil des Lebens zu akzeptieren. Das mußte Kattee noch lernen. Wer den schnellen Tod nicht fürchtet, konnte besser leben. Und hatte ihm das Leben nicht zwei wertvolle Geschenke gemacht, Kattee und das Große Gefühl? Mehr konnte sich niemand wünschen. Das Leben war der Tod und auch das Glück. Nun war für ihn die Zeit des Glücks. Für Aiyuk war die Zeit des Glücks so selbstverständlich geworden wie die Zeit des Unglücks. So war es richtig.

In diesem Sommer gab es ein paar Krankheiten, die die Menschen ohne zu murren an sich feststellten: Oschet bekam wieder Zahnschmerzen, und wieder wurde ihr ein Backenzahn gezogen. Kukikatugak bekam einen Ausschlag zwischen den Beinen. „Das kommt vom Schwitzen", meinte Tunulig und rieb mehrere Tage lang die aufgerauhte Haut mit Birkenasche ein. Der Ausschlag verschwand. Gukall hatte öfters als sonst Kopfschmerzen, zum Glück keine Ohrenschmerzen. Oschet zupfte an seinem Haar, damit das Blut wieder fließen konnte. Sie rieb die schmerzende Stelle so intensiv, bis der Kopf heiß wurde. Auf Nacken und Stirn legte sie die Hände und ließ sie in aufwärts streichender Weise gleiten. Am meisten rieb sie dabei den Nacken. Der Schmerz verging nicht ganz, aber die Massagen halfen erheblich. Tore klagte erstmals über Magenschmerzen und ließ sich von Tunulig und Aiyuk massieren, quer und gegen die Sonne um den Nabel herum. Die Wurzel der Hoka beruhigte den geblähten Bauch. Das dauernde Hungergefühl in Tores Magen ließ nach, war aber nicht ganz zu beseitigen. Zusätzlich bekam er die von den Menschen so genannte Brustkrankheit. Das bekämpften die Menschen mit dem Aderlaß am Bein, an der äußeren Seite des Knöchels und darunter an der inwendigen Seite des Fußes. Die Schmerzen hörten sofort auf.

Am nächsten Morgen bekam Aiyuk das Große Gefühl. Und das kam so.

In der Nacht davor war die Spitze einer großen Wisentherde durch das Grüntal gen Süden gezogen. Am nächsten Morgen wollten die Mammut-Menschen daher – jetzt, im Spätsommer – auf die Wisentjagd gehen. Kattee war vor die Überdachung getreten und wusch sich. Aiyuk saß noch auf seinem Wisentfell und schaute ihr zu, wie das Wasser an ihrem schönen Körper hinabfloß. Dann wandte er den Blick zu Tunulig, die wenige Schritt von ihm entfernt eifrig an einer alten Wisentrobe nähte. Sie nähte das Kopfteil zusammen, damit einer der Jäger es über die Stirn stülpen konnte; der Rest bedeckte seinen Rücken. Auf diese Weise konnten die Jäger ganz offen, ohne sich anzupirschen, an die Wisents herankommen. Sie brauchten nur Gegenwind.

Aiyuk strich mit der Hand mechanisch über sein Fell. Als ob es direkt vor seinen Augen gewesen wäre, sah er Tunuligs Knochennadel durch das Fell dringen. Immer wieder mußte Tunulig drücken und mit aller Kraft pressen, bis die Nadel die Fellhaut durchstach. Der Schweiß stand ihr auf der Stirn. Immer wieder sah Aiyuk das Drücken und Schieben und den mühsamen Durchbruch der Nadelspitze. Aiyuks Augen wurden starr. Er hörte nichts mehr. Kattee war verschwunden. Auch Tunuligs Hand verschwand, und er sah nur noch eines: Fell und Nadel, Fell und Nadel. Da war es ihm, als ob er eine Wisentstimme hörte: „Achtung vor dem Wisent, Achtung vor der kleinen Spitze!" Er hörte die dumpfe Stimme ganz deutlich; und zugleich sah er sich selbst dasitzen und denken: Bekomme ich das Große Gefühl, Wisent? Ohne zu antworten fuhr die Stimme fort: „Achtung vor dem Wisent, Achtung vor der kleinen Spitze!"

Aiyuk schloß die Augen. Ihm war schwindelig und übel. Alles drehte sich in braunen Wisentkreisen. Um nicht umzufallen, stützte er sich ab. Die Stimme verschwand. Tunulig hatte aufgehört zu nähen und starrte Aiyuk an. Kattee kam zitternd und naß herbei und verstand sofort, was vorgefallen war.

„Rede mit ihm, schnell", sagte Tunulig.

„Aiyuk! Aiyuk, Lieber", rief Kattee ängstlich.

Sie nahm seinen Kopf in die Hände und drückt sein Gesicht an ihre nassen Brüste. Die Körperwärme und zugleich die kühle Nässe ließen ihn zu sich kommen.

„Mir ist schlecht", sagte Aiyuk.

„Leg dich hin, es vergeht schnell", meinte Tunulig.

Kattee streichelte Aiyuk unablässig. Und wirklich: bald fühlte er sich wieder gut. Er küßte Kattees Hand.

„Es ist gut", sagte er müde.

„Das ging besser als beim ersten Mal, mein Lieber", sagte Tunulig erleichtert. „Du wirst es lernen."

Kattee legte sich neben ihn. Tunulig und die anderen, die sich um Aiyuk versammelt hatten, machten sich wieder wortlos an die Jagdvorbereitungen. Noch einmal legte Kattee Aiyuks Gesicht an ihre Brust und streichelte seine Haare. Aiyuk küßte ihre Brustwarzen und dann ihre Lippen. Das Große Gefühl, anders als beim ersten Mal, war vorbei. Jetzt war alles wieder gut.

Nachdem Aiyuk gegessen und getrunken hatte, war es so, als ob nichts passiert wäre. Dank Kattee fühlte er sich so gut wie nie.

„Bevor wir auf die Jagd gehen, muß ich euch etwas sagen. Das Wisent hat zu mir gesprochen. Wir wollen uns vor dem Wisent in acht nehmen. Es kann gefährlich sein, wenn die Spitze zu klein ist und das Fell nicht durchdringen kann."

„Vielleicht ist das dein Pfeil", meinte Tore ohne zu zögern. „Das ist doch die einzige kleine Spitze, die es gibt."

Aiyuk hatte sich nämlich noch einen Bogen gebastelt. Den Pfeilen hatte er winzige Steinspitzen aufgesetzt.

„Du hast wohl recht", nickte er Tore zu, und Tores Gesicht glänzte vor Freude, ihm geholfen zu haben.

Dann legte Aiyuk den Bogen beiseite und griff wieder zu Speeren und Speerwerfer. Mit dem Bogen war es ohnehin nicht so gut gegangen; immer mehr war er davon abgekommen.

„Im Bogen und Pfeil liegt nur Unheil", meinte Tunulig bestimmt. „Gib den Bogen auf."

Aiyuk überlegte kurz. Ohne daß jemand erstaunt gewesen wäre, nahm er Bogen und Pfeile in die Hand und zerbrach sie nacheinander.

„Wenn das Große Gefühl dagegen ist, bin ich auch dagegen", sagte Aiyuk.

Das Große Gefühl behielt recht. Trotz seiner Wisentrobe, die ihn ganz bedeckte, wurde Aiyuk von einem alten Wisentbullen angegriffen. Der Wind hatte sich plötzlich gedreht. Schnaubend hob der Bulle den Schwanz steil in die

Höhe. Aus dem Stand galoppierte er auf Aiyuk los. Kattees und Kukikatugaks Speere drangen seitlich in den Bullen ein. Aber erst Aiyuks Langspeer brachte das Wisent zu Fall. Aiyuk hatte den Speer mit der längsten Spitze, eine halbe Armeslänge lang, mitgenommen, wie ihm das Große Gefühl befohlen hatte. Tatsächlich wurde der Langspeer meist nur beim wolligen Nashorn und dem Mammut benützt. Heute jedoch hatte sich Aiyuk für den schweren Langspeer entschieden. Der scharfe Feuerstein drang direkt oberhalb des gesenkten Kopfes zwischen zwei Halswirbeln ein. Keine fünf Schritte vor Aiyuk brach das Tier auf der Stelle lautlos zusammen.

In diesem Sommer kam das Große Gefühl nicht wieder. In guten Zeiten war das oft so: In guten Zeiten wurde das Große Gefühl nicht benötigt; es kam auch nicht. Und es war wirklich ein guter Sommer, mit Ausnahme der ausgebliebenen Pferdeherden. Die Mammut-Menschen jagten sehr viel, auch viele Hirsche. Kattee und Aiyuk nähten sich neue Hirschhemden für den Winter. Das war das bekannte „Doppelhirschhemd": Fell nach innen zur Menschenhaut hin, darüber noch ein Hirschfell mit der Fellseite nach außen, um die Kälte abzuhalten.

Das Grüntal war in diesem Jahr so warm und voller Tiere, daß für die Menschen mehr als genug zu essen da war. Fast jeder bekam ein neues Hemd; Wisentfelle waren sogar übrig. Aiyuk und Kattee überwanden zusammen Kattees Angstgefühl. An das schlechte Zeichen der hungernden Hyänen dachten sie nicht mehr: Das war im Frühsommer gewesen, aber jetzt, wo die Herden wieder in Richtung der Sonne durch das Grüntal zogen, gab es mehr als genug für alle. Bald würden die Menschen den Herden gen Süden folgen.

Tunulig sprach ein letztes Mal mit Aiyuk über die Dinge hinter den Dingen.

Tunulig lächelte. „Ich habe dich genau beobachtet. Du bist nicht mehr so hitzig wie früher. Ich bewundere, wie gut du in Eschonas Gedankenwelt eingedrungen bist und zwischen ihm und Fagayuk vermittelt hast. Wie nennt man das?"

„Helfen", sagte Aiyuk etwas beschämt.

„Ja. Du hast geholfen. Du hast unserer Gemeinschaft geholfen, weil du gelernt hast, die Menschen zu verstehen. Du ärgerst dich auch nicht mehr über Kukikatugaks dumme Worte, und das ist gut so. Du wirst immer ruhiger und dringst immer mehr in die Dinge ein. Auf diese Weise wirst du dich nie ärgern. Statt dessen wirst du immer mehr sehen können, wo du helfen kannst.

Ich habe lange darüber nachgedacht, über dieses Helfen, mein Lieber. Helfen heißt Menschenleben wieder schenken – du hast Eschona und Fagayuk ein neues Leben geschenkt, und sie sind dir zu Recht dankbar. Der Sinn des Lebens ist ganz einfach, und doch verstehen es manche nie: selbst zu leben und Leben zu geben. Insbesondere der Alt-Mensch schenkt Leben. Die guten Tiere sterben für uns. Nun müssen wir uns würdig zeigen, ihr Opfer anzunehmen und weiteres Leben zu schenken. Das tut man auf zweierlei Weise: einmal, indem man Kinder bekommt, zum anderen, indem man andere schützt, ihnen beisteht, sie liebt und achtet. Und wenn es sein muß, indem man sich für sie opfert. Denn außer dem Tierleben gibt es nichts Wertvolleres auf der Welt als das Menschenleben."

In der nächsten Vollmondnacht, kurz vor dem großen Aufbruch nach Süden, kündigte sich neues Leben an. Es ergab sich, daß Hikiijaut, Teschadjuk, Fagayuk – und Kattee keinen Drang verspürten, ihr Menstruationsblut in die Erde sickern zu lassen. Außer Oschet waren alle jungen Frauen schwanger. In dieser Nacht drang Aiyuk drei Mal in Kattee ein, so glücklich waren sie beide über die bevorstehende Geburt. Es war wie in ihrer ersten Nacht. Sie küßten sich so lange und intensiv, daß die Zungen müde wurden. Von der Scheide bis zu den Haaren leckte Aiyuk Kattees schönen Körper.

Am nächsten Morgen freilich gelangten die Mammut-Menschen zu einer realistischen Einschätzung der Lage.

Daß vier Frauen ausgerechnet vor der Spätsommerwanderung schwanger wurden, geschah selten. Zwar würden sie es jetzt über die Berge schaffen. Aber bei der Frühjahrswanderung wären alle hochschwanger. Die Bergüberquerung wäre zuviel. Und selbst wenn ein oder zwei Kinder geboren wären – in den ersten Wochen würde eine Bergüberquerung ihren Tod bedeuten. Und die Frühjahrswanderung um viele viele Tage zu verschieben war ebenso undenkbar, da die Herden bereits nach Norden gezogen sein würden.

Schweren Herzens entschlossen sich die Mammut-Menschen daher, ihren angestammten Wanderweg zu ändern. Tunulig schlug vor, nur bis zu den großen Bergen zu wandern, am Nordhang, und dort in der Höhle-des-tanzenden-Menschen das Winterlager zu errichten. Nach langem Hin und Her stimmten schließlich alle zu. Sie brachen auf in eine ungewisse Zukunft. Angst lag in der Luft; auch Lucuwat fühlte sie. Sie weinte.

Der Hunger

Als die Berge in Sichtweite kamen, begann der große Windsturm. Schon seit Tagen hatte es geregnet. Mit einem unguten Gefühl sahen die Mammut-Menschen die Höhle-des-tanzenden-Menschen näher kommen, die ihr Winterlager werden sollte, ganz gegen alle Gewohnheit. Wer seine Gewohnheiten ändert, bekommt immer ein ungutes Gefühl. Denn die Gewohnheiten sind erprobt, sie sind bekannt und haben sich bewährt. Im Neuen ist stets das Todesrisiko mit eingebunden. Aber immerhin: Noch vor dem Regen hatte ihnen der große Fluß viele Lachse geschenkt, die flußaufwärts zum Laichen schwammen und hüpften. Forelle, Bärenhirn und Knochenmark ausgenommen, gab es nichts Schmackhafteres als das rosig-zarte Fleisch der großen Lachse. Tagelang gab es nur Lachs zu essen. Das hob die Stimmung der Mammut-Menschen ganz erheblich. Auch geräuchert schmeckte der Lachs gut. Vielleicht zum Ausgleich – da die Pferde dieses Jahr ausgeblieben waren – schickte die Natur besonders viele Lachse. Auf diese Weise vermochten die Mammut-Menschen viel Lachs als Wintervorrat zu räuchern. Ohne daß sie es wußten, sollte ihnen der Lachs das Leben retten. Sie fühlten, daß da etwas Gutes für sie bereitgestellt wurde, und sie waren dankbar. Genauso fühlten sie, daß die Änderung ihrer Gewohnheiten und das Überwintern am Nordhang der großen Berge nichts Gutes bringen würde. Und auch da hatten sie recht.

Aiyuk hatte sich an das ungute Gefühl gewöhnt. Die besorgte Miene, die Eschona zeigte, vermochte Aiyuk hinter sich zu lassen. Das Schlechte, die Angst, die fortwährende Unsicherheit: all das hatte er als einen Teil des Lebens akzeptiert. Seine Unruhe war daher von einer großen Ruhe umgeben.

Allmählich begann sich seine Ruhe auf Kattee zu übertragen. Trotz der Anstrengung der Wanderung glühten ihre Wangen rot. Ihr Bauch war zwar noch schlank, aber im Gesicht wurde sie voller. An den Oberarmen setzte sie etwas Fett an, auch an den Hüften. Sie fühlte sich in ihrer Schwangerschaft wohl. Aiyuk bestärkte sie in ihrem Wohlgefühl, denn seine Liebe zu ihr wuchs, anstatt, wie so häufig bei Menschen, nachzulassen. Jeden Abend drang Aiyuk in ihre Scheide, aber nur von hinten, damit das Ungeborene nicht erdrückt würde. Ganz ruhig ließ er seinen Samen in sie fließen; ganz sanft und still fühlte Kattee ihren Orgasmus. Aiyuk war Kattee und Kattee war Aiyuk. Kattee spürte die Enge zu Aiyuk besonders dann, wenn er ihr den Samen schenkte oder wenn er neben ihr lag und ihren Bauch streichelte und leckte. In diesen Augenblicken übertrug er seine Ruhe auf sie. Sie fühlte deutlich, wie er sich bemühte, sie an seiner Ruhe teilhaben zu lassen. Ganz allmählich wich ihre Unsicherheit. Je größer ihr Bauch wurde, desto selbstsicherer und stiller wurde sie. Es war eine glückliche Stille, eine Ausgeglichenheit, die die Angst beseitigte. Ihre alte Selbstsicherheit kehrte wieder zurück. Während Aiyuk und Kattee nebeneinander über die Tundra wanderten, dachte Aiyuk manchmal, Kattee würde schweben: so sicher, still, unpretentiös war ihr Gang. Das Kind in ihrem Bauch und Aiyuks Ruhe hatten ihr etwas Altes wiedergegeben, aber in neuer, gesteigerter Weise: Würde. Es war nicht so, daß sie das Kind stolz trug. Nein, es war Würde ohne Stolz. Denn Stolz kannten die Mammut-Menschen nicht. Stolz, das war verpönt. Die Mammut-Menschen sagten immer: Wer stolz ist, hat wohl einen Grund, sich hinter dem Stolz zu verstecken. Das ist verständlich, aber nicht menschengemäß. Denn alle Menschen sind gleich, weil alle Menschen essen und hungern und sterben. Bei der Würde war es anders. Würdig zu sein, hieß die Dinge des Lebens akzeptiert zu haben, bedeutete innere Ruhe trotz äußerer Unruhe. Längst hatte Tunulig diese Ruhe erreicht; Aiyuk war ihr nahe, und Kattee folgte und verringerte den Abstand zu ihm immer mehr.

Daher konnte Kattee ihre Angst akzeptieren, als Aiyuk sich bereit erklärte, allein in die Höhle-des-tanzenden-Menschen zu gehen. Es roch ein wenig nach Bär. Gukall drängte sich vor, aber Aiyuk bestand darauf zu gehen.

„Mir passiert nichts", sagte er und legte die Hand auf Gukalls Schulter. „Ich fühle es genau, mir passiert nichts."

Als er die Fackel in die Hand nahm, lächelte er Kattee zu und strich ihr über die Wange. Dann drehte er sich um und ging. Mit schnellen Schritten, ohne zu zögern, drang er ins Innere. Er erinnerte sich ganz genau an den Tag, an dem er Bärenjäger geworden war. Jeder Schritt, den er damals getan hatte, war ihm gegenwärtig. Wie hatte er damals vor Angst gezittert. Angst besaß er zwar jetzt auch. Doch alles war anders. Nachdem er damals, am Tag vor der ersten Bärenjagd, von der Anhöhe herab mit dem Bärengeist gesprochen hatte, hatte er den Bären nicht mehr gefühlt. Heute jedoch spürte er irgendwie, daß ihm nichts passieren konnte. Obwohl der Bärengeruch bei jedem Schritt stärker wurde, war Aiyuk nicht im mindesten beunruhigt. Vorbei an den Gravuren und Bildern von Steinböcken, Wisents, vorbei am tanzenden Menschen mit dem Hirschgeweih. Da sah er die längst verlassene Lagerstätte einer Bärengemeinschaft. Dann ging er weiter, aber der Bärengeruch nahm ab. Die Höhle war leer. Nur ein paar Fledermäuse schreckten auf. Eine flog dicht an Aiyuks Kopf vorbei ins Freie. Von seinen vielen Höhlenbesuchen kannte er die Fledermäuse gut; er erschrak nicht einmal vor den kleinen „Schwarzhautvögeln", wie sie die Menschen noch mit dem alten Namen nannten.

Als Aiyuk ins Freie trat, umarmte ihn Kattee heftig. Kukikatugak lachte. Die Mammut-Menschen zogen ins neue Winterlager ein.

Vor langer Zeit hatten andere Menschen viel Holz am Höhleneingang gestapelt. Was waren das für Menschen? Waren es Pferde-Menschen – oder gar Mammut-Menschen? Denn das Holz war steinhart, völlig ausgetrocknet und brüchig. Dankbar nahm Tunulig ein Ästchen in die Hand. Zum ersten Mal seit Tagen lächelte sie. Das Holz war ein gutes Zeichen. Die Menschen, die vor vielen hundert – oder waren es tausend? – Sommern das Holz gesammelt hatten und nie wiedergekehrt waren, hatten den Mammut-Menschen jetzt geholfen. So war es richtig: die Menschen helfen den Menschen. So war es gut.

Unbemerkt von den anderen schoß Aiyuk ein Gedanke durch den Kopf: Vielleicht ist das Holz kein gutes Zeichen. Die Menschen sind ja nie zurückgekehrt. Das ist nicht gut. Wer sammelt Holz für den ganzen Winter und kehrt nie zurück? Ist den Holzsammlern etwas Schreckliches zugestoßen?

Als ihm Kattee die Hand drückte, verschwanden die Gedanken. Aiyuk lächelte. Er hatte sich wieder ertappt bei seinen alten, unnützen Fragen und Zweifeln. Niemand konnte die Frage je beantworten. Die Holzsammler waren längst tot, längst war ihnen das Ocker zwischen die Rippen gesickert.

Ein Mammut-Mensch kümmert sich nur um das Nützliche, sagte er sich.

Kattee küßte ihn. Der Aufbau des Winterlagers begann.

Jeder richtete sich ein, so gut es ging. Aiyuk lag zwischen Kattee und Kukikatugak. Bevor der erste Schnee kam, wurden schnell Gräser und Farne als Unterlagen gesammelt. Die letzten Knollen wurden ausgegraben, die letzten Beeren gepflückt, das Dornengatter zurecht gezimmert. Flache Steine zum Braten der Renfilets wurden herbeigetragen. Auch ein fast flacher Granitamboß fand sich, und Granit für Speerspitzen ohnehin. Keine fünfzig Schritt vom Höhleneingang rauschte ein eiskalter Gebirgsbach den

Berg hinab; das Wasser war also kein Problem. Überhaupt war die Höhle nicht schlecht gelegen. Sie besaß fast keinen Vorplatz wie das traditionelle Winterlager, aber das war nicht so schlimm, da die Höhlenöffnung geräumiger war als jenseits der Berge.

Und natürlich wurde gejagt. Dies war nicht das ruhige, sichere, überlegene Jagen der Mammut-Menschen im Mittsommer. Es war ein angstgetriebenes, hastiges, erschöpfendes Jagen während der ersten schweren Regenstürme, die bisweilen in Schnee übergingen. Der Schnee blieb noch nicht liegen, aber der Nebel kam. Normalerweise jagten die Mammut-Menschen nicht bei Nebel, denn man sah weder die Beutetiere, noch gab es starken Gegenwind; und außerdem konnte man sich leicht verlieren, und dann war alles zu Ende. Im traditionellen Winterlager mußten sich die Mammut-Menschen zwar auch beeilen, den Wintervorrat einzubringen. Doch jenseits der Berge war es wärmer, und das bedeutete: bis zum Spätwinter gab es noch Renherden, und viel Geflügel. Aber hier, im neuen Lager, auf der Nachtseite der Berge? Niemand kannte das Winterverhalten der Herden in dieser Gegend. Wahrscheinlich, mutmaßten die Mammut-Menschen oft, würden sie vor den Bergen abdrehen, und an ihnen entlang in Richtung der Sonne wandern.

Wohin nur? Ihnen zu folgen wagten die Menschen nicht; in einer unbekannten Gegend ohne Höhlenschutz bei einem schweren Schneesturm waren alle zum Tod durch Erfrieren verurteilt. In der Höhle-des-tanzenden-Menschen gab es genug Holz, immerhin. Also blieb nur eine Wahl: hier bleiben und von Sonnenaufgang bis in den Abend hinein jagen, und nachts die Kadaver zurücktransportieren.

Aiyuk stand vor dem Morgengrauen auf. Außer den schwangeren Frauen und Tunulig jagten alle, auch Oschet. Die großen Herden begannen schon, an den Bergen entlang, wieder fortzuziehen; daher verdoppelten die Menschen ihre Anstrengungen. Die Erfahrensten – Tore,

Eschona, Kukikatugak und Aiyuk – jagten das Wisent, die Jüngeren das Ren.

An manchen Nachmittagen wurden die Jäger vom Nebel überrascht. Mit Mühe fanden sie noch heim. Wiederum an anderen Tagen entging ihnen das Wild, da der Wind schnell und ohne Vorwarnung drehte. Sie mußten immer weiter von der Höhle jagen, immer weiter mußten sie die schweren Wisente tragen.

Bald wurden die Jäger müde, und immer müder. Lucuwat war der Anstrengung nicht gewachsen und blieb in der Höhle, was ihr niemand übel nahm. Im Gegenteil. Auch in der Höhle wurde jede Arbeitskraft gebraucht. Wenn die Jäger abends oder mitten in der Nacht erschöpft zurückkehrten, schliefen auch die Frauen fest: was die Männer nachts herbeigeschafft hatten, nahmen sie am Tage aus, spannten die Felle in die Rahmen, rieben die Felle ein, räucherten das Fleisch, gruben Fleischdepots, kratzten Fleisch von den Knochen, füllten Fett in die Phiolen. Ihre Arbeit war genauso schwer wie die Männerarbeit. Aiyuk hatte kaum Zeit, um mit Kattee zu reden. Als er nachts heimkam, schlief sie schon fest, und als er morgens aufstand und fortging, schlief sie noch immer. Das hatten die Menschen so vereinbart: Wenn es schon notwendig ist, daß die schwangeren Frauen so viel arbeiten, sollen sie wenigstens so lange schlafen, wie sie wollen. Niemand soll sie stören. Auch sollten sie am Tage nicht zu viel stehen. Bisweilen wurde Tunulig böse, wenn sich die Schwangeren am Tage nicht wenigstens für eine kurze Zeit hinlegen wollten. Einmal verlor sie sogar die Geduld und erhob die Stimme, was noch nie passiert war. Sofort entschuldigte sie sich. Aber vielleicht war das doch beabsichtigt – wenigstens glaubte es Aiyuk, als er durch Lucuwat eines Morgens davon hörte –, denn von da an legten die Schwangeren tatsächlich oft Pausen ein. „Man muß das richtige Gleichgewicht finden zwischen dem Leben, das uns das Wisentfleisch schenkt, und dem neuen Leben im Frauenbauch", sagte Tunulig oft.

Aiyuks kleines Fettpolster nahm rapide ab. Nachts

schlief er wie ein Toter. Dennoch meldete er sich bisweilen freiwillig als Augen-Mensch, da man übereingekommen war, den schwangeren Frauen den Posten des Augen-Menschen zu verwehren. Das war zwar kein Gesetz, aber alle Menschen hielten es so. Obwohl sie selbst am Rande der Erschöpfung war, widersprach Tunulig meist heftig, wenn ein Jäger sich als Augen-Mensch verpflichtete. Ohne ein Wort zu sagen, gesellte sich ihr Lucuwat zu. Die Augen einer alten Frau waren nicht gut genug für diese Arbeit, und den Speerwerfer hatte sie seit vielen Sommern nicht mehr berührt. So wuchs Lucuwat in die Erwachsenenrolle hinein. Sie fühlte sich für alle Mammut-Menschen verantwortlich, wenn sie nachts, das große Feuer im Rücken, in die Dunkelheit starrte und horchte. Auch die alte Tunulig würde sie mit ihrem Speer schützen. So saß eine alte Frau mit strähnigen Haaren, faltiger Lederhaut im Gesicht, mit arthritisch gekrümmten Fingern und schmerzendem Rükken neben einem kleinen Mädchen mit langen, schwarzen Haaren, großen braunen Augen und weißer Gesichtshaut. Selten wurde ein Wort gewechselt.

In diesen Nächten, während alle anderen fest schliefen, trat Lucuwat in die Erwachsenenwelt ein. Sie bezwang ihre Furcht und fühlte sich ganz als Jägerin. Tunulig fühlte, was in dem kleinen Mädchen vorging und umarmte und streichelte sie oft. Doch manchmal schob Lucuwat Tunuligs liebkosende Hand beiseite, was sie früher nie getan hätte. Tunulig lächelte dann und nickte: So ist es, wenn Kinder beginnen, sich als Erwachsene zu fühlen.

Zum ersten Mal kümmerte sich Aiyuk so gut wie gar nicht um seine Schülerin. Und was Kattee anging: Bisweilen strich er über Kattees Bauch, der noch immer keine Rundung aufwies, bevor er einschlief. Doch oft genug schlief er ein, ohne sich auch nur richtig zuzudecken und ohne einen Bissen zu essen.

Schon seit Wochen hatte er Kattee seinen Samen nicht gegeben. Wenn er ein wenig Zeit gehabt hätte, hätte er ohnehin keine Kraft mehr gehabt. Sein Geschlechtstrieb war wie erloschen. Er jagte und trug und ging und jagte und trug und ging. Es gab keine Pause.

Es regnete nun täglich. Die Robbendarmanoraks wurden reihum getragen, jeder einen Tag. An den Tagen, an denen er keinen Anorak trug, war Aiyuk fast immer bis auf die Haut durchnäßt. Daß er, genauso wie die anderen, nicht die sogenannte „Brustkrankheit" bekam, lag an seiner Abgehärtetheit und Kraft – auch wenn diese Kraft von Tag zu Tag nachließ, ganz unmerklich. Aber erkältet war er doch. Kukikatugak hatte ein leichtes Fieber. Trotzdem jagte er weiter. Eschona, hohlwangig, und die beiden neuen Jäger erwiesen sich als ebenso stark und ausdauernd.

Es wurden kaum noch Worte gewechselt. Nur die Jagdpläne wurden kurz besprochen. Nicht ein einziges Mal gab es Streit, keiner murrte: das hätten sich die Mammut-Menschen nicht leisten können.

Nach zwei Wochen machte Oschet schlapp; sie bekam wieder einen Abszeß und ein hohes Fieber. Tunulig operierte sie sofort, dennoch fiel sie für ein paar Tage als Arbeitskraft aus. Und so arbeiteten die anderen Frauen umso mehr. Tunulig schlief nicht einmal mehr jede zweite Nacht. Manche Nächte, als alle anderen schliefen, arbeitete sie durch. Dann verfiel sie in einen entrückten, dämmerartigen Schlaf, und in kurzer Zeit war sie wieder auf den gekrümmten alten Beinen. Wie alle anderen holte sie die letzten Kraftreserven aus ihrem Körper. Nur machte sie das anders als die anderen Menschen. Ihre Art war nicht die Art der anderen. Ihre Ruhe besiegte selbst in diesen Tagen die Erschöpfung.

Angst hatte niemand mehr. Die Arbeit hatte alles verdrängt. Auch an das Malen der Geister dachte niemand. Im späten Winter war dafür noch Zeit genug, auch für Oschets Pferd. Und daß die Menschen in einer Höhle wohnten, die eigentlich die Ruhestätte der Tiergeister war, was nun gar nicht üblich war: auch daran dachte niemand. Wenn es um das Überleben der Lebenden ging, mußten die Toten zurückstehen und sich die Geräusche der Lebenden gefallen lassen. Schließlich, dachte Aiyuk einmal, haben sie so ein wenig Gesellschaft, und das ist ja auch gut. Denn allein zu sein: das ist auch der Schrecken der Geister.

Doch von einem Tag zum anderen endete die erschöpfende Arbeit. Die beiden Jägergruppen kehrten mit leeren Händen heim. Die Herden waren weitergezogen. Die Tundra war leer.

Als ob eine große Last von ihnen abgewälzt worden wäre, schliefen die Jäger bis in den nächsten Nachmittag. Sie aßen ein wenig und schliefen am frühen Abend wieder ein. Dabei hatten sie keinen Grund zur Freude: sie hatten zwar viel erjagt, aber die Vorräte würden für den langen Winter bei weitem nicht ausreichen. Der geräucherte Lachs war ihr äußerster Vorrat. Falls gar keine Tiere mehr vorbeikamen? – Daran mochte niemand denken. Auch Aiyuk verdrängte den Gedanken. Aber er hatte so ein Gefühl – so ein unangenehmes Gefühl, das ihn ständig begleitete. Es beruhte auf der Jagderfahrung der letzten Wochen.

Wer in Eile jagen muß, dem bringt der Winter nichts Gutes. Es ist nicht menschengemäß, in Hast zu jagen, dachte er täglich während der wildesten Jagdperiode, die er je durchgemacht hatte. Das kommt davon, wenn der Mensch die Gewohnheiten ändert. Wer nicht in Ruhe jagt, wird die Beute auch nicht in Ruhe verzehren. Das war schon immer so.

Als er am nächsten Morgen Kattees noch immer flachen Bauch liebkoste, waren seine Gedanken bei seinem unguten Gefühl und nicht bei Kattee. Sie fühlte seine Sorge und streichelte ihn.

„Es wird gut", sagte sie zuversichtlich.

Da mußte Aiyuk lachen: nun hatten sich die Rollen vertauscht. Die Ruhe und Gelassenheit der Schwangeren begannen auf ihn einzuwirken. Allmählich wurde er heiterer. Dann dachte er an das Kind, das Kattee von ihm trug. Zum ersten Mal seit vielen Wochen gab er ihr seinen Samen. Danach schlief er wieder ein. Doch die Anspannung war verschwunden.

Langsam fanden die Mammut-Menschen wieder ihre gewohnte Ruhe und Fröhlichkeit. Der abendliche Ritus des großen Feuers versetzte sie wieder in ihre alte Vertrautheit miteinander. Die alte Freundlichkeit kehrte zurück. Man sprach wieder miteinander, lachte, scherzte, sang. Kukikatugak erzählte Geschichten von seinem Bauch, der sich dank Wisent und Ren von der Großen Jagd – so nannten sie die Mammut-Menschen nun – erholte. Immer mehr, je größer die Distanz wurde, sprachen sie von der zurückliegenden Jagd, die sie auch die Wilde Jagd nannten. Die Männer, die bei Hikiijaut und Teschadjuk lagen, erwiesen eine große Gabe im Dichten. Sie dichteten und sangen das Lied von der Großen Jagd. Um das Lied rankte sich bald eine Legende, die von Woche zu Woche, von Monat zu Monat immer mehr ausuferte. Die Große Jagd wurde zum Mythos.

Einst kamen Menschen vom Grünen Tal
In die weiße Ebene gezogen.
Da gab es Wisent und Ren und Bär,
Die töteten sie alle mit ihrem Speer.

In der tiefen Höhle-des-tanzenden-Menschen
Da ließen sie sich nieder.
Von dorther sandten sie alle Speere
Gegen Wisents und Rene und Bären.

Zehn mal zehn Jäger zogen aus,
Und die Frauen mit prallen Bäuchen.
Zehn Rene schleppten sie am Abend her
Und jede Nacht einen Bär.

Die Jäger waren so groß wie das Mammut
Und die Frauen gebaren täglich.
Die Menschen leben, die Tiere sterben;
Alle Dinge des Lebens müssen verderben.

Mit einem Wurf traf der stärkste Jäger
Durch zwei Wisentkälber hindurch.
Zehn mal zehn Tage jagten sie weit,
Am Ende wurde es ihnen leid.

Da packten sie einfach das Wisent am Horn
Und warfen es schnell zu Boden.
Wisentstark wurden sie nun.
Mit dem Bären wollten sie das Gleiche tun.

Doch der Bär erschrak und floh von dannen,
Aber es nützte ihm nichts.
Schnell warfen sie den Bären um
Und schlugen ihm die Nase krumm.

Und hundert mal hundert Rene
Und hundert mal hundert Bären
Und hundert mal hundert Wisente
Erjagten die großen Jäger
Bei der Großen, Großen Jagd.

Der erste Schnee fiel und blieb liegen, aber die Heiterkeit hielt an. Die Erkältungen verschwanden. Oschet erholte sich. Beim nächsten Vollmond menstruierte auch sie nicht mehr. Endlich konnte auch sie die Ruhe der Schwangeren teilen. Auch Gukall zeigte eine heitere Gelöstheit, die Aiyuk noch nie an ihm gesehen hatte. Noch immer sagte er so gut wie nichts. Aber genau wie Oschet strahlte er eine stille Zuversicht aus.

Lucuwat und Tunulig erholten sich. Lucuwat, die sich nun als Erwachsene fühlte, ließ sich endlich herab, mit ihrem kleinen Bruder, der gerade laufen lernte, zu spielen. Erwachsene spielen ja auch mit Kindern.

Die Mammut-Menschen fühlten sich immer wohler.

Die Monate vergingen. Kattees Bauch wurde rund und immer praller, und auch ein wenig spitz.

Die Tage zogen sich hin. Immer seltener wurden die blau-weißen Tage. Immer häufiger reflektierte das Weiß des Schnees das tiefe Grau der Wolken. Oft genug kam auch das nicht zustande, da es wochenlang stürmte. Es wurde eisig kalt, viel kälter als im Winterlager südlich der großen Berge. Viele froren nachts. Die Mammut-Menschen beschlossen daher, innerhalb der Höhle ein Zelt aufzurichten, um wenigstens während der Nacht, dicht aneinander gedrängt, die schlimmste Kälte abzuhalten.

„Wer sagt denn, daß die Winter wärmer werden?" fragte Kukikatugak eines Tages.

Tunulig verzog die Mundwinkel zu einem Lächeln. Antwort gab sie keine.

Holz war genug da. Nur eines gab es nicht: Tiere. Gewiß, ab und zu verirrten sich ein paar Einzelgänger zu den Mammut-Menschen. Einmal töteten sie einen alten Hirsch. Doch wie lange reicht ein Hirsch für alle? Vielleicht drei, vielleicht vier Tage. Wieder einmal trafen die Jäger auf ein paar Wildschweine. Sie erlegten zwei uralte Eber, die ohnehin bald gestorben wären. Und wie lange reichen zwei alte, zähe Eber?

„Gibt es denn hier nur alte Tiere?" fragte Kukikatugak.

Niemand antwortete. Dabei war allen klar, daß sie enormes Glück hatten, überhaupt Tiere anzutreffen, daß sie enormes Glück hatten, sich einen Weg durch den hüfthohen aber leichten Schnee zu bahnen.

Die Eber waren die letzten Tiere, die die Jäger in diesem Winter erlegten. Bald darauf setzte der schwerste Schneesturm ein. Innerhalb eines Tages waren die Mammut-Menschen eingeschneit. Für die nächsten Monate gab es nur den Vorrat, es gab nur den Rest der geräucherten Rene und Wisente. Aiyuk sprach aus, was insbesondere Tunulig seit langem gedacht hatte: „Wir müssen den Rest genau aufteilen. Einen anderen Weg gibt es nicht."

Jeder war einverstanden. Auch Lucuwat nickte, ohne sich darüber im klaren zu sein, was beschlossen wurde. Aber sie hatte begonnen zu fühlen, zu fühlen wie die Erwachsenen; rationale Entscheidungen nicht zu durchdenken, sondern zu erfühlen.

Die Schwangeren bekamen die doppelte Menge. Das war eine Bestimmung des Notgesetzes. Und außerdem war es selbstverständlich. Das war jedoch gerade die Stärke des Gesetzes: es schrieb vor, was selbstverständlich war, was sinnvoll war, was menschlich war. Darum war es für die Gemeinschaft kein Gewaltakt, das Gesetz einzuhalten. Es war natürlich.

Es wurde nur einmal am Tage gegessen.

Voller Sorge streichelte Aiyuk Kattees Wange. Ob das Ungeborene das Fasten überstehen würde? Dann tröstete er sich wieder: die Ungeborenen ertragen viel, und außerdem, sobald der Schnee ein wenig schmolz, würde sich vielleicht eine kleine Herde zu ihnen verirren.

Täglich wurde die Ration kleiner. Jeder teilte nun selbst ein, halbierte die Ration und halbierte sie nach einer Woche wieder.

Der Schnee schmolz nicht, nicht ein einziges Tier ließ sich blicken. Längst hatten Aiyuk und Kukikatugak alle Fledermäuse, tief in der Höhle, von der Decke abgenommen. Die erbärmlichen Fleischbröckchen wurden unter die Frauen verteilt. Kaum zwei Bissen blieben für jede.

Noch einmal wurde die Ration halbiert. Die Menschen aßen nur noch alle zwei Tage. Allmählich zog der Hunger bei den Mammut-Menschen ein. Den Hunger nannten die Menschen auch „das Mammut in sich haben". Wenn der Hunger zerrt, ist es wie das Reißen der Stoßzähne von einer Seite zur anderen. Das Geräusch dabei erinnert an das Trompeten des Mammuts. Außerdem sagten die Menschen, der Hunger sei im Menschen so groß wie ein Mammut, und auch darum hieß der Hunger „das Mammut in sich haben".

Einen anderen Grund gab es freilich auch. Blaß und vom Hunger ermattet erzählte Aiyuk eines Abends am Feuer seiner Schülerin Lucuwat den eigentlichen Grund für den Hunger:

„Einmal, da war alles grün, und alles war warm. Doch dann wurde es immer kälter. Es gab immer weniger zu essen. In der Zeit, in der der Mensch zum Bären wurde, trug sich folgendes zu: Wegen der Kälte, da dann die menschlichen Säfte fließen, verstopften die menschlichen Nasen für eine Weile. Die Menschen mußten sich also daran gewöhnen, mit offenem Mund zu schlafen, jedenfalls bis sie ihre Nasen an die Kälte gewöhnt hatten. Die Menschen schliefen also mit offenem Mund. Da es kalt war und auch die Tiere sich noch nicht daran gewöhnt hatten, stieg einmal ein kleines Mammut in eines der offenen Münder. In dieser Nacht war es besonders kalt, und das kleine Mammut wollte sich im Menschen wärmen. Weil es ihm so gut gefiel, blieb es im Menschen. Es wuchs und wuchs und nahm den ganzen Menschen ein. Der Mensch stöhnte, aber es half nichts. Der Mensch übergab sich, aber es half nichts. Der Bauch schwoll an und quoll immer mehr auf. Schließlich rissen ihm die Stoßzähne den Bauch auf, und der Mensch starb. So kam der Hunger zu den Menschen."

Ein andermal nahm er Lucuwat auf den Schoß, als sie wimmerte. Er und Kattee streichelten sie.

„Weißt du, Kind", sagte er, „der Hunger ist vielleicht nicht das Schlimmste. Noch schlimmer ist die Trauer. Denn wenn jemand gestorben ist, kannst du ihn nicht wieder lebendig machen. Aber wenn du Hunger hast, kannst du wohl wieder ein Ren fangen und dich erholen. Fürchte den Hunger darum nicht zu sehr. Der Hunger ist ein Teil des Menschenlebens, und wir müssen ihn ertragen und auf bessere Zeiten warten. Verstehst du mich?"

Unter Tränen nickte sie. Noch mehr als Aiyuks Worte half aber die Tatsache, daß nach dem dritten Fastentag das Hungergefühl verschwindet. So half die Natur dem Menschen, das Schlimmste zu überwinden. „Nach der dritten Nacht bist du ein wenig leichter", sagten die Menschen.

Tage und Wochen vergingen. Die letzten Rationen waren fast aufgegessen: Es gab nur noch den allerletzten Vorrat in den Erddepots: den geräucherten Lachs. Aber keiner erwähnte den Lachs; niemand wagte, die Lachse auszugraben. Jeder wußte, daß zwischen ihnen und dem Tod nur noch die Lachse waren.

Da die Mammut-Menschen vom Hunger geschwächt waren, griff die „kleine Krankheit" um sich. Übelkeit, Durchfall, Fieber und Gliederschmerzen befielen fast jeden. Auch Aiyuk und Kattee lagen Tag und Nacht in ihren Wisentfellen. Gegen die „kleine Krankheit" gab es kein Heilmittel außer sich auszuschwitzen, zu warten – und leichtes Essen, kein fettiges Ren, zu sich zu nehmen. Leichtes Essen! Als ob es überhaupt noch eine Wahl gegeben hätte.

Nach einigen Tagen sagte Tunulig: „Es hat keinen Sinn. Wir müssen mit dem Lachs anfangen."

Sie als einzige hatte einen klaren Kopf behalten. Nur sie und Tore waren von der „kleinen Krankheit" verschont geblieben.

Wie gut schmeckte der erste Lachsbissen. Der Lachs zerging auf der Zunge. Kattee traten die Tränen in die Augen. Während Aiyuk ihre Hände küßte und sie langsam am Lachs lutschte, lächelte sie ein wenig, das erste Mal seit Tagen.

Jeden Tag gab es nun ein wenig Lachs, genug, um zu leben und zuviel, um zu sterben. Niemand wusch sich mehr, niemand besaß die Kraft, den ganzen Abend am Feuer zu sitzen. Aber immerhin: der Schneesturm, der wochenlang getobt hatte, hörte von einem Augenblick zum anderen auf. Der Wind pfiff nicht länger.

Aiyuk streichelte Kattees prallen Bauch.

„Es wird alles gut, Liebes", sagte er.

„Ich habe manchmal solche Angst", sagte sie und rieb ihre Nase an seiner Schulter.

„Ich auch", sagte Aiyuk leise. „Es hat keinen Sinn, wenn man es leugnet. Die Angst ist ein Teil des Lebens."

„Und das Kind? Hat es auch Angst? Kickt es deshalb so stark? Da, schon wieder, fühle."

Aiyuk spürte zwei kleine Fußtritte und lächelte.

„Es geht ihm gut, dem kleinen Leben", sagte er erleichtert.

In dieser Nacht liebten sie sich besonders zärtlich.

Aiyuk spürte zwei kleine Fußtritte und lächelte.

Aber Aiyuk täuschte sich über das Kind. Am nächsten Morgen geschah etwas Schreckliches.

Kattee fühlte, noch als Aiyuk schlief, eine große Feuchtigkeit an ihrer Scheide, größer als die Feuchtigkeit des Samens, der am nächsten Morgen aus ihrem Leib tritt. Noch halb im Schlaf strich Kattee mit dem Mittelfinger über die Scheide und schaute mit dem einen wachen Auge die Fingerspitze an. Der Finger war blutrot. Sie riß die Augen auf und rief: „Aiyuk, Aiyuk, das Kind!"

Sofort war Aiyuk wach. Eine panische Angst durchströmte seinen Körper und schoß durch seinen Mund nach außen. Dann war er vollkommen ruhig.

„Still, still, ganz ruhig", sagte er leise.

Er warf Kattees Wisentfell beiseite und streichelte mit dem Zeigefinger über ihre Scheide. Ohne Hast blickte er seinen Finger an. Ein schmaler Blutfaden rann am Finger hinab in seine Handfläche. Dort hielt der Rest des Bluttropfens.

Tunulig kniete neben Kattee.

Das Blut sickerte in Kattees Wisentfell und sickerte immerzu und immer schneller.

„Hinlegen, ganz still hinlegen", befahl Tunulig freundlich.

Zitternd legte sich Kattee zurück.

„Es ist zu spät, es ist zu spät", murmelte sie.

„Hast du Schmerzen?" fragte Tunulig.

„Nein, nichts."

„Gut. Dann ist noch Hoffnung."

Unablässig streichelte Aiyuk Kattees Gesicht und küßte ihre Stirn.

„Ganz ruhig. Es gibt noch Hoffnung. Laß dein Herz ganz ruhig werden."

Allmählich wurde Kattee ruhiger. Aber Kattee und Aiyuk fühlten die Hoffnungslosigkeit in ihren Körpern, als immer mehr Blut aus der Scheide sickerte. Als die ersten leichten Wehen kamen, weinte auch Aiyuk.

Unter großen Schmerzen gebar Kattee am frühen Nachmittag ein totes Mädchen. Vor Erschöpfung schlief Kattee sofort danach ein. Aiyuk schluchzte nur noch und drückte den Kopf gegen Kukikatugaks Brust. Unablässig streichelte ihm Kukikatugak über die Haare. Auch Tunulig, Fagayuk und Kukikatugak weinten. Tore streichelte Aiyuk den Rücken. Nur Lucuwat hörte, wie Tunulig sagte: „Der Hunger hat das Kind getötet."

Eschona begrub das Kind in aller Stille im Innern der Höhle. Die blutige Nachgeburt wurde mit ihm begraben.

Hungertage vergingen. Kattee erholte sich körperlich. Allmählich, ganz allmählich, gewann Aiyuk seine innere Stärke wieder. Schon wenige Stunden nach der Fehlgeburt wurde ihm klar, daß er zuerst sich selbst aufrichten mußte, um Kattee wieder Kraft zu schenken. Kukikatugak, Tore und Tunulig wiederum umsorgten Aiyuk; unablässig wurde Kattee von Fagayuk und Aiyuk gestreichelt. Ganz leicht fuhren Fagayuk und Aiyuk mit den Fingerspitzen über Kattees Stirn, während Aiyuk vor allem von Tunulig auf dieselbe Weise gestreichelt wurde. Es war dies das rituelle Streicheln-damit-du-wieder-Kraft-bekommst: aus meinen Fingerspitzen kommt meine gesunde Kraft, die in dich dringt. Ich schenke dir einen kleinen Teil meines Lebens, damit du leben kannst.

Kattee überlebte und trauerte mit neuer Kraft. In seiner Trauer gewann Aiyuk eine leichte Fröhlichkeit, eine Abgeklärtheit, die selbst er nie zuvor gekannt hatte. Nun war der Tod ein Teil von ihm geworden, und er hatte gelernt, den Tod in das Leben zu integrieren. Durch den Tod spürte er das Leben intensiver – das knisternde Feuer brannte in ihm, das Hungergefühl biß und stach, als ob sich neues Leben in ihm regte. Der blaue Himmel schmerzte in den Augen. Die nächtliche Kälte ließ ihn zittern. Jeder Kuß in Kattees tiefem breitem Mund durchfuhr ihn und ließ sein Glied ersteifen.

Eine kurze Wärmeperiode setzte ein, ein Großteil des Schnees taute. Kukikatugak, Eschona und Tore gingen auf die Pirsch, so schwach, daß sie nur mühsam vorankamen. Zurückgekehrt, leuchteten Kukikatugaks Augen.

„Es gibt Mammuts in der Nähe", rief er begeistert. „Wir haben ihre Spuren verfolgt und ihren Kot geprüft. Keinen Tag alt. Wir werden leben!"

Und noch während er sprach, hatten Tore und Eschona die Beile und Schaufeln geholt.

„In einem Tag können wir unten in der Ebene eine Grube ausheben", sagte Eschona mit einer Begeisterung, die er nur selten offenbarte. Nur Tunulig, Lucuwat, Kattee, Teschadjuk, Oschet und Hikiijaut blieben zurück. Alle anderen stiegen bergab, um mit letzter Kraft eine Mammutgrube für die Treibjagd auszuheben.

Am Abend wurde der letzte Lachs aufgegessen. Kattee saß zum ersten Mal wieder am Feuer und ließ sich von Aiyuk streicheln. Plötzlich sagte sie: „Ich werde morgen mitgehen."

Aiyuk küßte ihre Augenbrauen und lächelte: das war ein gutes Zeichen.

Der alte Tore, befreit von allen Sorgen, sagte schnell: „Außer den Schwangeren werden wir alle gehen, und alle werden essen."

Tunulig schaute ihn lange an, sah dann ins Feuer, blickte Tore wieder an und sah wie durch ihn hindurch. Sie schwieg lange. Tonlos, aus weiter Ferne, sagte sie: „Tore, es wäre besser, du würdest morgen nicht auf die Jagd gehen."

Das Mammut

Aiyuk legte den Arm um den alten Tore und drückte ihn an sich.

„Es ist gut, dem Großen Gefühl zu gehorchen", sagte Aiyuk leise.

„Ich bin alt und von Rheuma und Arthritis geplagt. Ich bin schwach. Ich habe keine Angst vor dem Tod, nur – ein kleines bißchen. Aber dann geht es schnell. Nein: ich gehe wie immer auf die Jagd. Jeder wird gebraucht. Sollen wir denn verhungern?"

Tunulig antwortete lange nicht. Dann sagte sie: „Ich kann dir nicht sagen, ob du stirbst. Ich fühle nur Unglück, das von dir ausgeht."

„Wir werden sehen", sagte Tore.

„Willst du nicht doch ...?" fragte Aiyuk.

„Ich will nicht. Alle werden gebraucht. Und außerdem: Wo das Große Gefühl nicht genau ist, kann es sich doch täuschen. Das wissen wir alle. Und hier in meinem Fall ist es nicht genau. Es sagte nicht, was da kommen soll. Unglück! Was ist denn Unglück? War der ganze Winter nicht ein einziges Unglück? Und kann noch Schlimmeres passieren, als wenn alle Mammut-Menschen verhungern? Sollen die anderen Ungeborenen auch noch blau aus dem Leib treten? Nein, Tunulig: Ich gehe auf die Jagd."

Aiyuk umarmte ihn. Tunulig schwieg. Der Entschluß stand fest. Morgen gab es Mammutfleisch.

Aiyuk und Kattee schliefen eng umschlungen. Ein letztes

Mal, noch vor dem Einschlafen, küßte Aiyuk Kattees Stirn und Augenbrauen und Augen. Noch einmal streichelte er ihre Schläfen. Dann schlief er ein. Kattee lag noch lange wach. Wenige Schritte von ihr, hinter dem schnarchenden Kukikatugak, lag auch Tore wach. Trotz seiner mutigen Worte zitterte er vor Angst. Tunuligs Worte waren ihm durch Mark und Bein gedrungen. Wer hatte denn keine Angst vor dem Tod? War aber das langsame Verhungern nicht noch schlimmer? Und überhaupt: Wer konnte so wenig an die Gemeinschaft denken, als daß er sich der Jagd entzogen hätte – und das bei vier halbverhungerten, schwangeren Frauen? Nein: es gab überhaupt keine Wahl. Ja wenn das Große Gefühl Genaueres gesagt hätte. Oder wenn Aiyuk das Große Gefühl bekommen hätte. Aber so. Es gab keine Wahl.

Mitten in der Nacht standen die Jäger auf. Jeder bewaffnete sich mit den schweren Langspeeren. Jeder nahm sich eine Fackel. Aiyuk nahm den zitternden Tore in den Arm und verabschiedete sich dann von Lucuwat.

Auch Eschona nahm Tore in den Arm und sagte dann lächelnd: „Keine Angst. Das Große Gefühl war nicht genau. Heute abend gibt es für alle Mammutfleisch."

Tore lächelte und sagte nichts.

Mit schnellen Schritten gingen die Jäger bergab. Bald erreichten sie die große Grube, in die die Mammuts getrieben werden sollten. Der Jagdplan wurde besprochen. Es wurden drei Trupps gebildet: Eschona und Teschadjuks Mann; Kukikatugak, Gukall und Hikiijauts Mann; Aiyuk, Tore und Kattee. Dann begann der lange Marsch zur Mammutherde. Im entscheidenden Augenblick, sobald alle Jäger die Herde umrundet hatten, sollten die Fackeln angezündet werden, um die verängstigte Mammutherde in Richtung der mit Schnee und Fellen getarnten Grube zu treiben: ein einfacher Plan, der so gut wie immer ohne Verluste ablief.

Im Gegenwind wurde die kleine Mammutherde umkreist. Allmählich aber kamen die Jäger, die alle dreißig

Schritt voneinander krochen, um ein geringes Angriffsziel zu bilden, in den Wind. Die Tiere standen alle. In dem Augenblick, in dem sie regungslos dastanden, wurden in aller Eile die Fackeln angezündet. Tore warf das glimmende Holz zu Kattee, die es wiederum Aiyuk zuwarf. Das war der kritische Augenblick. Würden die Tiere in die falsche Richtung durchbrechen und einen Jäger zertrampeln?

Mit einem Mal standen die Jäger auf, schwenkten die Fackeln und schrieen nach Leibeskräften. Die Tiere blieben den Bruchteil einer Sekunde starr vor Schreck. Das Leittier erfaßte die Lage sofort. Einige Tiere drehten sich verängstigt im Kreis, trompeteten und drängten sich dann an das Leittier. Der riesige Mammutbulle machte einen Satz in die Richtung, wo keine Menschen standen, und die Herde rannte donnernd los. So schnell wie sie konnten folgten ihnen die Jäger mit Geschrei. Die Treibjagd hatte begonnen.

Die verfolgten Riesentiere rannten um ihr Leben. Nun trompeteten sie nicht mehr. Sie rannten und rannten nur. Die großen weißen Stoßzähne rissen den Schnee auf, die tonnenschweren Körper walzten die Schneemassen flach, so daß die Jäger ihnen leicht folgen konnten, immer in Richtung der Grube. Immer mehr bedeckte sich das dunkelbraune, zottige Fell der Tiere mit dem aufgewirbelten Schnee. Immer fester wurden die Eisklumpen an ihren Flanken. Trotzdem rannten sie weiter, und keuchend und mit Schmerzen in der Lunge folgten ihnen die Mammut-Menschen. Der Abstand zwischen Jägern und Gejagten vergrößerte sich zusehends, so daß die Jäger mit ihrem Geschrei aufhören konnten. Und weil das Geschrei aufhörte und auch das Leittier durch den aufgewirbelten Schnee nichts sehen oder riechen konnte, verlangsamte sich der Abstand von Tier und Mensch wieder, und mit Geschrei und Trompeten ging die Treibjagd erneut los. Der Abstand von ein paar hundert Schritt vergrößerte sich, verringerte sich, vergrößerte sich, verringerte sich. So war es immer bei der Mammutjagd.

Besorgt schaute Aiyuk immer wieder zu Kattee. Wie er, keuchte sie und pustete lange weiße Wolken in die schneidende Luft hinaus. Aber sie hielt das Tempo durch, die Fakkel in der Linken, den schweren Langspeer in der Rechten.

Die Jagd ging weiter. Immer mehr verringerte sich der Abstand zwischen Mammut und Mammut-Mensch. Immer öfters kamen die Mammut-Menschen auf zweihundert, dann auf hundert Schritte an die Herde heran. Der Schweiß der Mammut-Menschen lief an ihren Körpern herab.

Weiter, immer weiter, nur jetzt nicht aufhören, dachte Aiyuk. Weitermachen, nicht mehr lange, Kattee hält gut durch, Tore hält gut durch. Bald geschafft.

Da kam ihm ein eigentümlicher Gedanke: Können Mammuts eigentlich auch schwitzen?

Und während der Gedanke durch seinen Kopf rauschte, durchzuckte ihn das gleiche Angstgefühl, wie damals in der Bärenhöhle: Kattee war gestolpert und fiel der Länge nach hin. Sie stand sofort auf, aber ihre Fackel war ausgelöscht worden. Aiyuk und Kattee sahen es im selben Augenblick. Dann blickte sie zu Aiyuk herüber, kurz und fragend, und ohne daß er etwas hätte rufen können, warf sie die Fackel im hohen Bogen fort und rannte weiter. Aiyuk fühlte die Angst, fühlte den Verlust der Fackel als große Gefahr. Und doch schob er die Angst sofort beiseite: Nein, es macht ja nichts, Tore und ich beide dreißig Schritt von ihr, die Mammuts sind noch weit weg.

Mammuts und Mammut-Menschen rannten weiter. Nun gab es kein Halten, kein Zögern. Der Halbkreis der Treiber durfte nicht aufgebrochen werden. Nur jetzt nicht aufhören, nur jetzt nicht den Halbkreis lockern. Jetzt immer enger ziehen, die Herde immer bestimmter auf die Grube zutreiben.

Völlig erschöpft rannten Mammuts und Mammut-Menschen durch den Schnee. Tierlungen und Menschenlungen waren am Bersten. Tiere und Menschen stöhnten, keuchten, zitterten. Die Grenze aller Kräfte und Ängste war erreicht. Nur noch wenige dutzend Schritte, da mußte die Grube sein. Jetzt, gleich, jetzt war es soweit, jetzt – und das Leittier und ein Muttertier mit ihrem Jungen sackten lautlos in die Grube.

Die Menschen schrieen. Die Mammuts, ohne Leittier, trompeteten in Panik, drehten sich im Kreis, stießen aneinander, rannten vor und zurück. Noch ein Jungtier rutschte ab und fiel kopfüber in die Grube.

Nun waren die Jäger so nahe, daß sie die Panik in den Mammutaugen erkennen konnten. Sie hielten an, schwenkten die Fackeln und schrieen, um die Tiere in die andere Richtung zu treiben, in die Freiheit. Das Trompeten des Leittiers in der Grube verstärkte die Angst der Tiere außerhalb der Grube. Das Trompeten ging über in ein trompetendes Kreischen, in das angstverzerrte hohe Schnauben der totalen Panik.

Noch einen Augenblick standen sich Mammuts und Mammut-Menschen gegenüber. Dann kam der Ausbruch.

Alle Tiere, bis auf einen Jungbullen, sprangen an der Grube vorbei in die menschenleere Tundra. Ohne zu hören und ohne zu riechen und zu sehen, in der höchsten Not, rannte ein Mammutbulle auf die Jäger zu. Noch im letzten Augenblick, noch außer Speerweite, schien er die Fackeln zu sehen und drehte ab. Nun rannte er auf die von ihrem Fall noch schneebedeckte Kattee zu; auf Kattee zu, die keine Fackel besaß. Aiyuk erfaßte die Lage sofort, vierzig Schritt von ihr entfernt. Er rannte vor Angst getrieben auf sie zu, um sie zu retten. Tore aber, keine zwanzig Schritt von ihr, blieb vor Schreck kurz unentschlossen stehen. Dann warf er die Fackel in den Schnee und rannte von Kattee weg, rannte stolpernd und in wilden Sätzen um sein Leben. Alleingelassen blieb Kattee stehen und hob den Arm zum sinnlosen Wurf.

Daß der Langspeer in seinen Rüssel eindrang, nahm der Mammutbulle nicht wahr. Auch die schneebedeckte Kattee nahm er nicht wahr. Starr vor Schreck und ohne Kraft gelang es Kattee nicht mehr, sich beiseite zu werfen. Wie ein Kieselstein durch die Luft fliegt, so leicht wurde sie in einem flachen Bogen fünf Schritte weit geschleudert. Das Mammut rannte weiter, ohne Aiyuks Speer in seiner Hinterflanke zu bemerken. Und Tore: Tore rannte weiter und umklammerte schließlich vor Angst Eschona, der ihn angewidert beiseite warf.

Kattee lag mit bebendem Körper im Schnee. Endlich war Aiyuk bei ihr angekommen, warf sich auf sie und sah im Augenblick des Hinkniens die große rote Blutlache um ihren Kopf. Aiyuk weinte und schluchzte. Kattee schloß die Augen und atmete in Stößen. Aus dem rechten Ohr, aus Mund und Nase floß das helle, leichtflüssige Blut.

Eschona hatte sich neben Kattee hingekniet, packte Aiyuk an den Schultern und schob ihn beiseite. Er befühlte ihren Körper, strich ihr über die Haare. Nach kurzer Zeit sagte er, und Aiyuk nahm seine Worte in großer Ferne wahr: „Der Schädel – hat einen Riß – zwei oder drei Rippen ganz zerquetscht – wahrscheinlich in die Lunge eingedrungen."

Mit jedem Atemzug sickerte ein feiner Blutstrom aus Kattees Mundwinkel.

Kattee, Kattee, Kattee, bleib bei mir!

Noch einmal warf sich Aiyuk neben Kattee, küßte ihre Hand, küßte ihre Augen und leckte ihr Blut vom Gesicht.

„Kattee, Kattee! Wach auf, steh auf, Kattee! Hör auf, Blut, hör auf!" schrie er und leckte ihr das Blut von der Oberlippe.

Kattee schlug die Augen auf und sah Aiyuk an. Die Mundwinkel verzogen sich zu einem Lächeln. Sie wurde ruhiger und Aiyuk wurde ruhiger. Zum ersten Mal dachte er wieder klar und sah sich selbst im Geist denken: Sie stirbt, sie stirbt, Kattee stirbt, Kattee stirbt, und ich muß ohne sie leben. Das Mammut hat sie getötet, nein, Tore hat sie getötet.

„Tore!" kreischte Aiyuk plötzlich, drehte sich um, zog sein Messer und warf sich mit einem wilden Satz auf Tore.

„Du Mörder!"

Er hob den Arm, um zuzustoßen; aber im selben Augenblick traf ein Faustschlag seinen Unterarm, der ihm den Arm fast ausrenkte. Sein Feuersteinmesser flog im hohen Bogen durch die Luft. Im nächsten Augenblick landete Kukikatugak auf Aiyuk und preßte seinen Oberkörper in den Schnee.

„Was tust du, was tust du da, Aiyuk", stieß Kukikatugak hervor und umklammerte ihn mit einer ungeheueren Stärke.

„Aiyuk, Aiyuk, du kannst doch Tore nicht töten!" rief er.

Ich – ein Mörder – ich töten?

Und Aiyuk war still und weinte in den Schnee. Alles wurde leicht, und Kukikatugaks Umklammerung verschwand. Aiyuk weinte, allein neben Kukikatugak, der ihm nun die Haare streichelte; Aiyuk weinte in den Schnee hinein.

Sie hatte das Unglück geahnt, und so war Tunulig gekommen. Als sie Kattee untersuchte, schüttelte sie nur den Kopf. Aiyuk blickte auf, sah Kattee und robbte sich zu ihr hin. Kattee hob die Hand und streichelte seinen Kopf.

„Sie stirbt", flüsterte Tunulig in Aiyuks Ohr. Aiyuk nickte, schüttelte sich und schluchzte.

„Sie hat große Schmerzen", flüsterte Tunulig noch einmal, und laut, ganz sachlich und laut sagte sie zu Kattee: „Soll ich dir das Gift geben? Es geht dann ganz schnell und schmerzlos."

Mit einer Heftigkeit, die ihr niemand mehr zugetraut hatte, schüttelte Kattee den Kopf. Ihre Lippen formten blutüberströmt immer nur das eine Wort: Aiyuk, Aiyuk.

Gift – ich das Gift? Ich – Kattee?

Aiyuk fiel in Ohnmacht.

Er fühlte nichts, nur Ruhe. Dann spürte er Tunuligs leichte Schläge im Gesicht und wachte auf. Im selben Augenblick war er ganz bei sich, ganz wach und ganz ruhig und ganz Alt-Mensch.

„Ich werde es tun", flüsterte er. „Gib."

Völlig ruhig und doch wie in Trance fühlte er das Giftkraut in seiner Handfläche. Dann halfen ihm Kukikatugak und Tunulig, Kattees Oberkörper aufzurichten. Er schaute ihr in die Augen, weinte und lächelte. Auch sie lächelte. Unablässig floß ihr das Blut aus Nase und Mund.

„Ich gebe es dir", sagte er leise.

Kattee nickte schwach und öffnete die Lippen.

Kattee schluckte mehrmals, hustete Blut und schluckte noch einmal. Und noch einmal sah ihr Aiyuk in die Augen. Er brachte keine Silbe hervor, als wenige Minuten später ein Zittern ihren Körper durchlief und die Pupillen stehenblieben. Noch ein letztes Mal legte er den Kopf auf ihre Brust und fühlte, daß ein Teil von ihm mit ihr starb.

Aiyuk blieb noch viele Stunden bei Kattees Leichnam. Er nahm nicht wahr, wie Eschona und Kukikatugak mit ihren Langspeeren die Halswirbel der gefangenen Mammuts durchtrennten und das ängstliche Trompeten mit einem Mal aufhörte. Er nahm auch nicht wahr, daß wenige Schritte von ihm Tore weinend und zusammengekauert hockte. Er nahm nicht wahr, daß Tore vor Scham das Gesicht in den Händen verborgen hielt, und daß Angst und Trauer und Schuld ihn vernichtet hatten.

Die Jäger häuteten und zerlegten das Mammutjunge und die Mammutkuh. Hikiijauts und Teschadjuks Männer und auch Gukall kehrten mit dem Fleisch zur Höhle zurück, während alle anderen gleich an der Grube das von Tunulig mitgebrachte Holz anzündeten. Noch diese Nacht hielten sie bei Kattee und den toten Mammuts Wache. Doch all das nahm Aiyuk nicht wahr. Nur Tore und Aiyuk aßen nichts. Zwar versuchte Kukikatugak, ihm das Fleisch zwischen die Zähne zu schieben, aber es half nichts. Vom Schmerz betäubt, schüttelte er nur kurz den Kopf.

In dieser Nacht regte sich weder Aiyuk noch Tore von der Stelle. Beide weinten nicht mehr, beide schienen so erstarrt wie Kattees eisiger Leichnam. Aiyuk saß da mit hängendem Kopf; Tore jedoch wagte es nicht, die Hände vom Gesicht zu nehmen. Niemand würdigte ihn eines Blickes, niemand bot ihm Fleisch an. Stundenlang wurde Aiyuk von Eschona, Kukikatugak und Tunulig gestreichelt, bis er im

Sitzen in einen Dämmerschlaf verfiel. Tore jedoch, total wach, wurde nicht gestreichelt. Tore war ein lebender Toter. Er wußte, was mit ihm geschehen würde.

Kattee wurde am nächsten Morgen ohne Ocker und ohne Blumen beerdigt. Niemand brachte das Abschiedslied über die Lippen. Sogar Eschona und Kukikatugak weinten. Aiyuk aber war so starr und leer wie die kalte Tundra. Der Wind pfiff, doch nahm er ihn nicht wahr. Aiyuk erstarrte zu einer Eissäule, die keiner Regung fähig war. Er fing erst wieder an zu schluchzen, als Kattees Leichnam von Kukikatugak zugeschüttet wurde. Aiyuk war unfähig, einen klaren Gedanken zu fassen und schluchzte unkontrolliert. Und mit ihm, zwanzig Schritt von den Lebenden, schluchzte auch Tore in seiner Schuld.

Viele Stunden saßen Aiyuk und Tore da, jeder in sich zusammengesackt. Unablässig wurde Aiyuk von Tunulig gestreichelt. Endlich gelang es ihr, ein wenig von seinem Schmerz in sich eindringen zu lassen. Kurz darauf sagte Aiyuk mit klarer Stimme: „Es geht besser, danke."

Tunulig lächelte und umarmte ihn.

„Gut", sagte sie. „Kannst du verstehen, wenn ich mit dir rede?"

Aiyuk nickte. Tunulig fuhr fort: „Dann ist es gut. Denn ich muß heute mit dir reden. Die Zeit der Liebe ist vorbei. Nun kommt die Zeit der Worte und der Erklärungen. Nun muß ich sprechen. Ohne deinen Freund Kukikatugak wärst du zum Mörder geworden. Du hättest ein viel größeres Verbrechen begangen als Tore – ja, du sollst gleich erfahren warum –, ein schlimmeres Verbrechen als Tore, ich sage nichts ohne Grund."

Auf einmal war Aiyuk ganz wach, ganz gefaßt, ganz ruhig in seiner Trauer. Er, schlimmer als Tore? Er, Aiyuk der Alt-Mensch?

„Höre", sagte Tunulig sanft, „höre das Geheimnis, über das ich so lange geschwiegen habe, um Tore zu beschützen. Aber nun ist es gleich, und alles zu spät. Denn Tore hat durch Feigheit Kattees Tod verursacht. Deswegen wird er verbannt von den Mammut-Menschen und muß allein über die Steppe wandern, bis er verhungert oder von den Wölfen zerrissen wird."

Allein zu sein, das ist der Tod.

„Höre also, was einst geschah.

Vor vielen Sommern ging Tore zu den Pferde-Menschen. Igiluk, deine Mutter, hatte sich den Sommer zuvor entschieden, bei Mayogureak von den Mammut-Menschen zu liegen. In jenem Sommer hatte sie aber noch keine Brüste, und wer noch keine Brüste hat, darf nicht bei einem Mann liegen. Also entschieden alle, sie solle bis zum nächsten Sommer warten. Im Sommer darauf trafen wir aber die Pferde-Menschen nicht, und unser Mayogureak war zu krank, um Igiluk zu holen. Und so ging Tore allein zu den Pferde-Menschen, um die Frau für seinen Freund Mayogureak zu holen. Doch der Winter kam früh. So mußte Tore bei den Pferde-Menschen den Winter über bleiben. Die Pferde-Menschen zogen schnell in Richtung der Sonne weiter. Im nächsten Frühjahr bekam Igiluk einen Sohn, dich, obwohl sie sich Mayogureak versprochen hatte, der so weit weg war. Das Versprechen war gebrochen worden, das Gesetz war verletzt worden. Denn wenn sich eine Frau einem Mann freiwillig verspricht oder ein Mann sich einer Frau freiwillig verspricht, darf derjenige, bis er mit ihm oder mit ihr liegt, nicht bei anderen liegen. Und erst recht nicht, wenn derjenige, dem man sich versprach, krank ist und sich nicht wehren kann. Das ist nicht menschengemäß. Wie auch immer: das war ein Gesetzesbruch, wenn auch kein schwerer. Dafür wird niemand verbannt. Es wäre auch nicht möglich gewesen, Igiluk zu verbannen, denn sie starb bei deiner Geburt. Kurz darauf starb auch Mayogureak an seiner Krankheit. Tore brachte dich als Kleinkind zu uns zurück, und Tore und ich haben dich großgezogen."

„Bin ich dann nicht ein Pferde-Mensch und kein Mammut-Mensch?"

„Du bist ein Mammut-Mensch. Verstehst du nun?"

Aiyuk stand langsam auf. Er ging zu Tore herüber, der

noch immer in sich zusammengekauert dasaß. Noch immer hielt er das Gesicht in den Händen. Er fühlte Aiyuk neben sich und begann wieder zu weinen. Plötzlich hockte sich Aiyuk neben ihn hin und strich ihm über das schlohweiße Haar.

„Du bist mein Vater", sagte Aiyuk freundlich, „du bist mein Vater, und ich war blind. Du und Igiluk." Er umarmte Tore und küßte ihn und fühlte eine Liebe zu diesem erbärmlichen Menschen, die er nur noch für Kattee empfunden hatte.

„Tore, Tore, Vater, armer Mann. Du hast mir das Leben gegeben und es mir wieder genommen."

Nun verstand Ayiuk, wie schwer die Schuld wog, die Tore erdrückte, wie doppelt schwer die Schuld des Vaters gegenüber dem Sohn sein mußte. Er verstand Tore vollkommen – diesen elenden, zerstörten Menschen, der ohne Widerrede in die Steppe hinausgehen würde, weil er gegen die Gemeinschaft verstoßen hatte und auf ihn kein Verlaß mehr war.

Aiyuk verstand seinen Vater vollkommen. Tore trug die Schuld des Vaters, der doch dem Sohn alles Leben schenken wollte, und der nun den Tod gebracht hatte.

Aiyuk umarmte Tore noch einmal und sagte: „Ich verstehe dich, und ich verzeihe dir. Du bist ein schwacher Mensch, aber ich bin nicht besser, und war doch so stolz auf mich. Und gestern wäre ich beinahe zum Mörder meines Vaters geworden. Nein, Tore: ich habe auch Schuld auf mich geladen. Ich will es wieder gutmachen, alter Mann. Da du niemand wissentlich getötet hast, würden dich die Pferde-Menschen aufnehmen – falls du es je schaffst, zu ihnen durchzukommen. Aber das schaffst du nie allein. Vielleicht geht es, wenn wir zusammen gehen. Ich werde freiwillig mit dir in die Verbannung gehen."

Tore schob ihn von sich und schüttelte heftig den Kopf. „Nein, nein, nein", flüsterte er. „Nein, mein Sohn, nein, nein, du mußt leben."

Aiyuks Worte schmerzten Tore mehr als alle Schuld:

„Vater, ich habe kein Interesse mehr am Leben. Wenn ich überlebe, lebe ich. Wenn ich sterbe, dann mit dir zusammen."

Tunulig kniete sich neben Aiyuk und fragte: „Hast du dir das gut überlegt? Weißt du, daß ihr es kaum schaffen werdet, allein zu den Pferde-Menschen zu kommen? Weißt du, daß du sterben wirst?"

„Ich habe mich entschlossen. Nach Kattees Tod kann ich es hier nicht länger aushalten."

„Bitte, Aiyuk, bitte ..." begann Kukikatugak, und sah ein, daß sein Flehen sinnlos war. Er umarmte Aiyuk heftig und weinte.

„Es ist gut, mein Lieber", sagte Tunulig und entfernte sich.

Und so war es beschlossen. Niemand hätte gewagt, Aiyuk Vorhaltungen zu machen; niemand hätte gewagt, ihn mit unmenschengemäßen Argumenten aufzuhalten wie: Wenn Tunulig in ein paar Sommern stirbt, wer soll dann Alt-Mensch sein? Wer soll der ältere Freund von Lucuwat werden? Weißt du wie schlimm der Ausfall eines Bärenjägers für uns ist?

Den Mammut-Menschen wären Fragen dieser Art trivial vorgekommen gegenüber dem Entschluß Aiyuks; und im Angesicht seines Unglücks.

Aiyuk selbst war ruhig und gefaßt. Dennoch gingen ihm die Gedanken durch den Kopf, die ihm die Ironie des Lebens bewußt machten und ihm die Zuversicht in die Ordnung der Welt nahmen: Kattee, Kattee. Vom Vater getötet ohne daß er etwas dafür kann. Er ist nur schwach geworden, nur kurz, und seine Schwäche war der Tod.

Noch in seiner Trauer erkannte Aiyuk die Ironie seines Lebens: Jetzt endlich habe ich das Geheimnis erfahren, wo es mir gleichgültig ist. Jetzt endlich habe ich den Vater gefunden, wo er am besten nicht gefunden worden wäre.

Sofort schämte er sich: Wer kann es wagen, einen schwachen, alten Mann zu verurteilen? Er war aus Angst schwach und ich aus Wut. Ich war innerlich zu stolz und zu ruhig. Es war die falsche Ruhe, die dumme Ruhe der Überheblichkeit. Ich bin noch lange kein Alt-Mensch. Und jetzt werde ich sterben. Aber dann finde ich Kattees Geist.

Und als er oben in der Höhle ankam, malte er im Schein von Kukikatugaks Fackel Kattees weibliches Zeichen, ein langes Oval. Und obwohl es nicht Sitte war, malte er daneben sein eigenes, zwei lange Parallelstriche. Kukikatugak schüttelte den Kopf; er weinte in sich hinein und konnte nicht sprechen.

Am nächsten Morgen halfen alle, die Tragesäcke mit Fleisch zu stopfen. Ohne Regung ließ sich Tore zwei Wisentfelle umhängen, wovon das zweite nachts ein kleines Dach, auf die gekreuzten Langspeere gebunden, abgeben würde. Aiyuk trug das Feuerholz, steckte zwei Kurzspeere und den Speerwerfer in den Gürtel und griff nach dem Langspeer. Bogen und Pfeil ließ er für immer hinter sich.

Keiner sprach. Aiyuk wurde von allen umarmt und gestreichelt. Plötzlich umarmte ihn Lucuwat und rief weinend: „Aiyuk, Aiyuk! Bleib und laß mich bei dir liegen!"

Mit tränenüberströmtem Gesicht fiel Aiyuk vor ihr auf die Knie und preßte sie an sich. Dann lächelte er und sagte: „Liebes Kind, liebes Kind. Ich habe das Gefühl für dich, aber nicht als ob du eine Frau wärst. Ich will keine Frau mehr, und du bist ohnehin zu jung. Kukikatugak wird dein älterer Freund sein. Er wird dir auch erklären, warum ich nicht mehr bei den Mammut-Menschen bleiben will. Du wirst es später verstehen."

Dann stand er schnell auf und schulterte den schweren Tragesack. Tore wich allen Blicken aus und heftete die Augen auf die Erde. Aiyuk drückte ihm den Langspeer in die linke Hand. Dann schaute Aiyuk Tunulig und Kukikatugak kurz an und lächelte.

„Ihr schafft es bestimmt", sagte Kukikatugak.

„Vielleicht", antwortete Aiyuk.

Er nahm Tore bei der Hand und ging mit ihm langsam in die Tundra hinaus.

Der Hase

Viele Tage lang zogen Aiyuk und Tore über die Tundra. Am Anfang gab es noch viele Gebirgsbäche zu überqueren. Jedes Mal nahm Aiyuk den alten Tore an die Hand, und zusammen durchschritten sie das eisige Wasser. Dann wieder wurde der Schnee tiefer. Tore ließ es sich nicht nehmen, mit blutenden Knien einen Weg zu bahnen, und Aiyuk ließ ihn gewähren. Er verstand ihn wohl: die blutenden, halberfrorenen Knie, die schon nach einem Tag zu erfroren waren, um überhaupt noch zu bluten: das war ein Teil von Tores Sühne. Aiyuk verstand ihn. Tore lebte nur noch für Aiyuk, seinen Sohn. Tore lebte nur noch, um ihn zu den Pferde-Menschen durchzubringen.

Aiyuk nahm das Angebot seines Lebens an. Wenn er es nicht getan hätte, das spürte er genau, dann hätte sich Tore auf der Stelle hingelegt und wäre gestorben. So aber schenkte ihm sein Sohn noch Sinn. Tore aß wenig, gab Aiyuk die größeren Portionen, und Aiyuk nahm sie. Tore schlief wenig, bestand darauf, fast jede Nacht Augen-Mensch zu sein, und Aiyuk nahm sein Opfer an. Es war kein großes Opfer; Tore war sich dessen bewußt.

Dann kam der Tag, an dem Tore versuchte, das große Opfer darzubringen. Das kam so: Seit einem Tag wurden die beiden Jäger aus weiter Ferne von Wolfsgeheul begleitet. Am zweiten Tag zeigte sich das hungrige kleine Rudel kurz und verschwand darauf. Am dritten Tag blieben die Wölfe in Sichtweite. In der Nacht des dritten Tages hielten sie nur zwei große Feuer von dem Angriff ab. Am nächsten Tag aber, das fühlten Aiyuk und Tore, würden die Wölfe den Angriff wagen. Davor hatte keiner der Jäger Angst. Der Schrecken vor dem unbekannten Tod war längst gewichen. Aiyuk war ruhig und zugleich benommen von der Trauer um Kattee; er nahm alles hin, wie es kam. Und Tore war bereit, sein Dasein zu erfüllen, und das hieß, sich für Aiyuk in Stücke reißen zu lassen.

Doch es kam anders.

Am Morgen des vierten Tages kam das Knurren immer näher. Die Jäger traten vor das kleine Zelt und lösten die Langspeere von den Zeltfellen. Aiyuk nahm den Langspeer in die Linke, den ersten Wurfspeer und den Speerwerfer in die Rechte.

Im ersten Morgenlicht zogen die Wölfe ihre Kreise immer enger. Die Jäger stellten sich Rücken an Rücken.

Aiyuk hatte schon zwei Wölfe mit den Wurfspeeren getötet, da tat Tore etwas Unerwartetes: mit erhobenem Langspeer und wildem Geschrei sprang er auf drei große Wölfe zu. Dem ersten zerschmetterte er den Schädel, dem zweiten riß er den Unterkiefer aus der Halterung – und plötzlich verkrochen sich die restlichen Wölfe mit eingezogenen Schwänzen, jaulend, dann rennend. Dieser Mann war ihnen unheimlich. Es war, als ob sie seinen Wunsch gefühlt hätten: tötet mich, ich bin bereit, ich will sterben.

Einen Menschen, der den Tod erwartete, das hatten die Wölfe noch nicht erfahren, einen Menschen, der ganz allein auf sie losstürzte und so viele Wölfe in den Tod mitnehmen wollte, wie er zu töten vermochte.

Die Wölfe verschwanden.

Keuchend vor Anstrengung schaute Aiyuk Tore an. Zum ersten Mal vermochte Tore, Aiyuk in die Augen zu schauen. Du siehst, ich bin nicht nur schlecht, sagte Tores Blick. Ich war schwach, aber nun bin ich stark. Du bist mein Leben geworden.

Aiyuk sagte nichts. Er legte ihm die Hand auf die Schulter.

Der große Feind, größer als alle Wölfe, war erst im Anmarsch. Diesem Feind hatte Tore nichts entgegenzusetzen. Es war der spätwinterliche Schneesturm.

Zwei Tage nach dem Zwischenfall mit den Wölfen begann der Sturm. Tore und Aiyuk konnten sich gerade noch zu einer Felswand retten, gegen die sie ihre Speere stemmten, um daran die Felle festzubinden. Auf diese Weise hielten sie den schlimmsten Wind ab.

Schon am nächsten Morgen waren sie eingeschneit. Bisweilen gingen sie vor das winzige Zelt, um mit den Händen die dichtesten Schneeberge beiseite zu räumen. Nach der nächsten Nacht gab es Schnee und immer nur Schnee, der ohne Unterlaß die Tundra bedeckte. Der Schneefall war so dicht, daß die Jäger die dicken grauen Wolken nur erahnen konnten.

Alles war still. Nur der Wind pfiff und heulte und schrie: Hier bin ich! Hier bin ich und bringe euch den Tod!

Und Aiyuk und Tore hörten den Wind und sahen den Todesschnee. Sie zogen ihre Wisentfelle nur noch enger an sich, aber Angst hatten sie keine. Stumm lagen sie zusammengekauert in den Fellen. Der Sturm aber richtete sich auf der Erde ein; es gefiel ihm bei den beiden Jägern, und täglich brachte er neue Kälte und neue Schneemassen.

Am fünften Tag sprach Tore nur einen einzigen Satz: „Wir müssen mit dem Feuerholz sparsamer umgehen."

Aiyuk nickte.

Danach wurde es im Zelt immer kälter. Ein jeder fühlte, daß der Sturm nur zu ihm gekommen war. Tore dachte: Der Sturm bringt mir den Tod, damit ich Kattees Tod sühne – und er freute sich. Aiyuk dachte: Der Sturm bringt mir den Tod, damit mein Geist mit Kattees Geist vereinigt wird. Und er freute sich.

Am siebten Tage des Sturms sagte Aiyuk: „Wir müssen das Wisentfleisch rationieren."

Zu seinem Erstaunen antwortete Tore: „Nein. Wir werden nicht rationieren. Ab heute werde ich nicht essen."

„Du mußt essen. Ich will es. Du mußt essen, Vater. Allein schaffe ich es nicht zu den Pferde-Menschen."

Tore lächelte. „Ohne Fleisch im Magen wirst du es auch nicht schaffen. Ich bleibe dabei. Ich esse nicht."

Immer wieder redete Aiyuk ihm zu. Schließlich gab er auf. Es war Tore also doch noch gelungen, sich für Aiyuk zu opfern. Oder doch nicht? Würde der Sturm vielleicht aufhören und sich gnädig erweisen?

Doch der Sturm kannte keine Gnade. Um diese Jahreszeit hatte er noch nie so lange sein Unwesen getrieben. Der Sturm dachte gar nicht daran aufzuhören.

Am zwölften Tag des Sturms stellte Aiyuk fest: „Das Feuerholz reicht nur noch für drei Tage. Wir wären schon lange bei den Pferde-Menschen angekommen."

Am fünfzehnten Tag des Sturms begann das große Frieren.

Am sechzehnten Tage des Sturms aß Aiyuk nur jeden zweiten Tag.

Am zwanzigsten Tag des Sturms aß Aiyuk den letzten Fleischbissen. Aber am einundzwanzigsten Tag hörte der Sturm auf. Urplötzlich wurde es wärmer, der Schnee begann zu schmelzen, und die Sonne fühlte sich auf Aiyuks Gesicht warm an.

„Komm", sagte Aiyuk zu Tore. „Komm schnell. Vielleicht schaffen wir es doch noch."

Tore antwortete nicht. Aber auch er schien ein wenig Hoffnung geschöpft zu haben. Ist das Leben nicht doch besser als der Tod, auch wenn man ihn herbeiwünscht?

Bei strahlendem Sonnenschein stapften die Männer durch den Schnee. Die Bewegung tat ihnen gut; so froren sie nicht mehr so stark. Ja, sie begannen wieder zu schwitzen. Die Füße und Hände wurden wieder warm.

Der Hunger hatte zu nagen aufgehört. Nur noch zwei Mal fünf Tage, dann mußten sie auf die Pferde-Menschen stoßen. Nur noch zehn Tage den Hunger aushalten. Da kam Aiyuk ein Gedanke: Und wenn die Pferde-Menschen durch den Sturm aufgehalten wurden? Oder wenn sie schon viel weiter in Richtung der Nacht gezogen sind, so daß wir sie nicht mehr einholen können?

Obwohl die Sonne schien und es immer wärmer wurde, wurde das Fortkommen von Tag zu Tag schwieriger. Dies war der letzte Feind nach dem Hunger. Allmählich ließen die Kräfte nach.

Jeden Tag schien die Last der Speere und der Felle schwerer zu drücken. Jeden Tag wurden die Füße schwerer. Jeden Tag wurde die zurückgelegte Strecke geringer.

Am zehnten Tag war keine Spur von den Pferde-Menschen zu entdecken. Würden sie noch kommen? Waren sie schon dagewesen? Der Schnee war nur zwei Tage alt. Ob Menschen hier gewandert waren, ließ sich nicht mehr feststellen.

Aiyuk und Tore beschlossen, auf dem traditionellen Weg der Pferde-Menschen weiterzuziehen. Irgendwie mußten sie doch zusammentreffen.

Trotz seiner Ermattung trug Aiyuk Kattee in sich. Wenn er über die weiße Ebene blickte, sah er ihre leuchtenden Augen. Wenn ihn die Dunkelheit der Nacht umgab, stand sie vor ihm und lächelte. In solchen Augenblicken erwachte er aus der Gleichgültigkeit, die immer mehr von ihm Besitz ergriff, und spürte einen Schmerz in der Brust. Zu anderen Zeiten sah er Kattees breiten Mund und ihre weißen Zähne. Dann wieder erschienen ihm ihre langen, schlanken Hände, und er küßte ihre Fingernägel. Ein andermal sog er ihren Duft ein und fühlte ihren weichen Hals. Doch immer wieder kam er auf ihre Augen zurück, die er immer wieder küßte. In solchen Augenblicken verzweifelte er; einmal legte er sich einfach in den Schnee. Selbst ohne Kraft, baute Tore das Zelt um Aiyuk herum, legte ihn in sein Wisentfell und streichelte seinen Kopf – ohne ihn anzusehen, denn Tore wußte, warum Aiyuk schwermütig war.

Allmählich, ganz allmählich gingen die Kräfte zu Ende. Jeder Schritt wurde zur Qual. Tore blieb immer mehr hinter Aiyuk zurück. Die Pausen verlängerten sich. Ab und zu regnete es. Tore und Aiyuk waren zu müde, um sich dagegen zu wehren. Sie ließen den Regen an ihrer Haut hinabrieseln. Es war ihnen längst gleichgültig.

Dann fing Tore an zu husten. Bald wurden die Schmerzen in der Brust unerträglich. Dennoch schleppte er sich weiter, hustend, stöhnend. Die Lungenentzündung griff auf das Rippenfell über, dann auf den anderen Lungenflügel. Am nächsten Tag stolperte Tore, fiel hin und stand nicht mehr auf.

Er schloß die Augen und sagte nur noch: „Mein Junge, verzeih." Dann keuchte er und starb.

Aiyuk streichelte ihm stundenlang Kopf und Gesicht. Als das letzte Zittern Tores Körper durchlief, hatte Aiyuk noch geweint. Nun aber war er selbst ein lebender Toter, erschöpft, leer, hoffnungslos, zu abgestumpft, um echte Trauer zu empfinden. Mechanisch begrub er Tore im Schnee, ohne daß es ihm gelungen wäre, auf Grund zu kommen.

Was macht es noch aus, wenn ihn die Wölfe finden? dachte er. Und wer begräbt mich? Kattee, Vater! murmelte er.

Aiyuk stand auf, ging weiter, immer weiter. Die Speere warf er von sich.

Wenn die Wölfe kommen, bin ich bereit. Es spielt keine Rolle mehr. Kattee, ich komme bald.

In dieser Nacht legte er sich in sein Wisentfell und schlief bis zum Mittag. Dann ging er weiter. Die äußere Erschöpfung holte allmählich die innere ein. Als die körperliche und seelische Erschöpfung zusammentrafen, legte sich Aiyuk in den Schnee und bereitete sich auf den Tod vor. Kattee stand in voller Größe vor ihm und streichelte ihm über das Haar. Kukikatugak lachte. Lucuwat ließ sich von ihm kitzeln. Tunulig schaute ihn ernst an. Kattee streckte ihm ihre Brust zum Kuß hin. Oschet stöhnte vor Zahnschmerzen.

Mein Fuß, mein Fuß, Kattee! dachte Aiyuk und wurde sich bewußt, daß er im rechten Bein kein Gefühl mehr besaß.

Mein Fuß, dachte er, und dann: Wenn du am Erfrieren bist, reibe und drücke die Stelle, bis das Blut wieder kommt. Reibe aber nicht mit dem obersten Schnee, sondern mit dem Schnee dicht über dem Erdboden.

Und so grub Aiyuk ein großes Loch in den Schnee.

Was für ein Loch? fragte er sich, wurde bewußtlos und mußte doch weitergegraben haben. Denn als er erwachte, war er dabei, den Fuß mit dem Schnee einzureiben. Er rieb immer fester. Langsam bekam er wieder ein Gefühl in den Fuß, und auch die Hände wurden warm. Er freute sich darüber, dann aber lachte er: Was soll ich mich einreiben, was soll ich noch? Kattee, ich komme, ich kann ja sowieso nicht mehr weiter. Kattee, Kattee, Tore, Tunulig, Kukikatugak!

Kattee küßte ihn, Kukikatugak streichelte ihn, alle lachten und winkten ihm zu. Kattee nickte mit dem Kopf und lachte. Aiyuk küßte ihr die Stirn. Er lächelte. Dann schlief er ein.

Ohne daß er es bemerkt hätte, hatte er den Schnee weggekratzt und Gräser und Farne freigelegt.

Aiyuks Schlaf wurde immer tiefer, es wurde immer stiller um ihn. Wie lange er geschlafen hatte, wußte er nicht. Auf einmal fühlte er ein Kitzeln in seiner Hand, dann noch einmal.

Kattee?

Es war aber nicht Kattee. Aiyuk war hellwach, öffnete ein Auge und schloß es sofort wieder. Direkt an seiner rechten Hand schnupperte ein großer weißer Hase. Als sich Aiyuk lange nicht rührte, drehte ihm der Hase den Rücken zu und begann, von den freigelegten Gräsern zu essen.

Ein Hase! Ein Hase! Wo kommt der Hase her?

Langsam, mit dem Instinkt des alten Jägers, öffnete Aiyuk beide Augen einen Spalt breit. Ja, es war ein Hase, kein Traum. Wer hatte ihm den Hasen geschickt? War es Kattee?

Da wurde ihm klar: den Hasen habe ich selbst geschickt, als ich gegraben habe. Er will nur die Gräser. Jetzt – schnell!

Und Aiyuk fuhr flitzschnell mit der rechten Hand auf das Fell zu.

Gefangen! Jetzt den Hals.

Der Hase wand sich, biß und trat. Noch ein Griff um den Hals – Aiyuk brach dem Hasen die Wirbelsäule. Der Hase bewegte sich nicht. Hastig zog Aiyuk den großen Hasen zu sich her, riß ihm mit den Zähnen die Halsschlagader auf und trank gierig das warme Blut. Es durchströmte seinen ganzen Körper, es füllte den Magen und drang mit seiner lebendigen Wärme bis in seine Fußspitzen. Zuerst stützte sich Aiyuk auf seinen Ellbogen, dann fand er die Kraft, sich hinzuknien. Mit den Fingern und den Zähnen riß er das Fell in Fetzen ab und steckte das rote Fleisch in den Mund.

Hase, ich lebe, ich lebe! rief er in die Tundra.

In kurzer Zeit hatte er den Hasen aufgegessen. Trotz seiner völligen Erschöpfung fühlte er sich wohl. Die Trauer hatte er abgelegt.

Leben, nur leben!

Er machte einige Schritte, schwankte, fiel hin und stand auf. Langsam ging er weiter. Zuerst wurde er immer stärker, einmal lachte er sogar. Dann aber, nach einigen Stunden, erbrach er sich und fühlte, wie ihn die Kräfte wieder verließen. Er fieberte und phantasierte. Manchmal ging er auf den Knien weiter, manchmal ertappte er sich beim Schlafen.

Nicht einschlafen, der Hase war doch nicht umsonst, Kattee, wo bist du?

Dann fühlte er seine Schritte, sah den blauen Himmel im Kreise tanzten. Er bestieg einen kleinen Hügel. Alles drehte sich. In weiter Ferne hörte er sein Keuchen, hörte sich „Kattee!" rufen und fiel hin.

Als er erwachte, war alles warm. Der Knollenbrei brannte in ihm. Sein Gesicht glühte. Er schlug die Augen auf und sah den alten Seloka, der ihn fütterte. Seloka legte die Schale beiseite und streichelte Aiyuks Wange.

„Aiyuk – ich bin es, Seloka. Du bist jetzt bei uns", sagte er, „bei den Pferde-Menschen."